Die Inte

's

Die Internatler

Lange Schatten des Schweigens

von Stephan M. Killian

ISENSEE VERLAG
OLDENBURG

Die Handlung und Figuren dieses Romans sind frei erfunden. Ähnlichkeiten mit lebenden oder verstorbenen Personen sind nicht beabsichtigt und wären rein zufällig.

2. *Fassung Juni 2011*

Bibliografische Information Der Deutschen Bibliothek

Die Deutsche Nationalbibliothek verzeichnet diese Publikation
in der Deutschen Nationalbibliografie; detaillierte bibliografische Daten
sind im Internet über http://dnb.d-nb.de abrufbar.

ISBN 978-3-89995-785-3

Gedruckt bei Isensee in Oldenburg

„Jeder Einzelne trägt die ganze Verantwortung“

Willy Graf ,Die weiße Rose’

Dieses Buch ist meiner Frau Gina
und meinen beiden Töchtern
Elisa Marlene und Sophia Rene
gewidmet.

René, Woody, Pia, Steve,
Danke!

Schon eine ganze Weile fuhr er an diesem herrlichen Sommertag in seinem alten silbernen Cabrio die schmale geschwungene Landstraße entlang.

So manche Stunde verging wie im Flug. Das Dach des Wagens war zurückgeworfen und während der ganzen Fahrt hörte er laute Popmusik aus den achtziger Jahren.

Die gleißende Mittagssonne schien ihm schon die ganze Zeit direkt ins Gesicht und der sich verwirbelnde Fahrtwind zerzauste sein nicht mehr ganz so dichtes blondes Haar. Hier und da traten auch schon an den Schläfen die ersten grauen Strähnen hervor. Um die Augen bildeten sich kleine Falten, besonders, wenn er wie jetzt, die Augen etwas zusammenkniff, waren sie deutlich zu sehen.

Auf seinem Gesicht lag ein sanftes Lächeln. Er liebte diesen letzen Teil der Landstraße mit seinen großen alten Eichen am Wegesrand, deren Äste mit ihren Blättern vom Himmel nur einen kleinen Streifen frei gaben und die sich endlos hinziehenden Felder, die sich an beiden Seiten leicht erhoben, wie tragende glatte Meereswellen.

Kaum etwas hatte sich hier in den letzten zwanzig Jahren verändert. Es kam ihm immer so vor, als ob sich Kilometer für Kilometer, die er zurücklegte, die Jahre von ihm abfielen. Für jeden Kilometer ein Lebensjahr und die dabei abgerissenen und zu Boden gefallenen Kalenderblätter, warteten nur darauf, wieder angeklebt zu werden, egal wie vergilbt sie auch waren, wie so manche Erinnerung die ihm in diesen Momenten immer wieder kam.

Kurz hinter dem Ortsschild, nach einer alten Kirche, bog er in eine kleine Straße ein, als sein Telefon zu klingeln begann. Er griff mit seiner rechten Hand zu seinem Handy, dass in der Mittelkonsole lag und drehte dabei das Radio etwas leiser.

„Ja hallo, Petersen am Apparat. Mit wem spreche ich?“

„Ich bin es, Justus, wo steckst du denn gerade…ich verstehe dich kaum, das ist ja eine ganz schlechte Verbindung. …Da ist so ein Rauschen in der Leitung.“

„Das kann durchaus sein, ich fahre gerade in meinem alten Mercedes. Es ist wahrscheinlich der Fahrtwind, den du hörst. Ich bin auf dem Weg nach Fürstenwald.“

„Was machst du denn da?“, wollte Justus wissen, der sichtlich überrascht war.

„Wir treffen uns dort mit unserem Internatsvorstand zu einer Sitzung“, sagte Michael mit lauter Stimme, damit ihn sein Freund jetzt besser verstehen konnte. „Um über einige Veranstaltungen zu diskutieren, die in Kürze anstehen.“

„Wie lange bist du denn dort?“

„Voraussichtlich wird es das ganze Wochenende dauern. Aber stell dir vor, der alte Goethegang soll renoviert werden. Aus diesem Grunde wird er zur Zeit auch nicht mehr von Schülern bewohnt. Als ich das gehört habe, wollte ich unbedingt noch einmal in meinem alten Zimmer schlafen. Zimmer zwei – du erinnerst dich sicherlich noch?“, sagte Michael mit heller Stimme, der man die Vorfreude anhören konnte.

„Natürlich erinnere ich mich noch. Ich will dich auch gar nicht lange bei deiner kleinen Zeitreise stören. Nur eins schnell, dein Lieblingskunde Herr Rinkmann hat angerufen und wollte dich sprechen. Ich habe ihn auf Montag vertröstet, aber alles Weitere kann ich dir dann ja nach dem Wochenende erzählen“, sagte Justus.

„Ist in Ordnung, wir sehen uns am Montag im Büro, schönes Wochenende“, wünschte Michael.

„Aber sag noch, kommt Louise auch zu eurem Treffen?“, wollte Justus noch wissen, ohne seiner Frage eine begleitende Erklärung zu geben.

„Ja“, antwortete Michael. „Sie hat sich auch ein Zimmer auf unserem alten Gang ausgesucht, Zimmer sieben, da stehen jetzt zwei Betten drin, das eine ist für sie, das andere für ihre kleine Tochter.“

„Und heute Abend, geht es doch sicher in die Scheune, in unsere alte Internatskneipe, oder?“, fragte Justus mit einem Lächeln in der Stimme und begleitet von allerlei Erinnerungen.

„Davon gehe ich mal ganz stark aus, dass da etwas organisiert wird, sonst müssen wir das halt selber in die Hand nehmen“, meinte Michael mit einem ironischen Unterton.

„Ja schade, dass ich nicht dabei sein kann. Aber o.k., also noch einmal viel Spaß bis Montag“, sagte Justus. Er legte den Hörer auf, um sich wieder seiner Arbeit zuzuwenden.

Michael schaltete sein Handy ab und ließ es zwischen den CD's in der Mittelkonsole zurückgleiten.

Kurze Zeit später konnte er schon das große Eingangsportal sehen, verringerte die Geschwindigkeit seines Wagens und schaute zur Seite hoch, auf die ersten Gebäude, die zum Internat gehörten. Einige Zimmerfenster standen offen. Aus anderen schallte lautstarke Musik auf die Straße hinab.

Fast immer spürte er ein wenig Wehmut in diesem Moment und sein Herz schlug schneller. Es waren die Gedanken an seine eigene Schulzeit, die Erinnerungen an seine Freunde, die sich wie Treibgut in ihm breitmachten.

Langsam fuhr er durch das große bemooste Portal, mit seinen beiden schwarzen verwitterten Toren. Der Weg war ab hier nicht mehr geteert, sondern sandig mit einigen tiefen Schlaglöchern, gesäumt von ein paar Eichen, die sich zart im Wind wiegten. Er fuhr jetzt im Schritttempo an einem kleinen See mit einer alten Mühle und der alten Werkstatt vorbei, die von den Handwerkern für die verschiedensten Arbeiten genutzt wurden.

Im täglichen Internatsbetrieb gibt es immer etwas zu reparieren, etwas aufzubauen. Dafür sorgen schon rund hundert interne und zweihundert externe Schüler.

Die Lehrer natürlich nicht zu vergessen. Aber das, was sie anrichten, ist meist mit guter alter Handwerkskunst auch nicht mehr zu reparieren.

Michael hielt mit seinem Wagen direkt vor dem Haupthaus, einem alten Gutshaus, das bis heute der Mittelpunkt des Internats ist. Hier wohnen im obersten Stock seit Generationen die Schülerinnen der Oberstufe. Darunter liegt die Verwaltung mit dem Büro des Internatsleiters, der auch seine Wohnung auf der gleichen Etage hat.

In den Räumen des Erdgeschosses sind die Essensräume untergebracht mit ihren hohen Decken und den alten Parkettfußböden, die im Laufe der Jahre unter den vielen Schülern schwer zu tragen hatten und altersschwach laut knarren. Wenn man nur ruhig und leise zuhörte, dann konnte man gerade nachts hören, wie das jahrhundertealte Gutshaus tief atmete.

Die vielen kleinen und großen Geschichten, die Geheimnisse, die es für sich behielt hinter den einfachen doppelt verglasten Scheiben mit seinen Eisblumen im Winter. Zu dieser Jahreszeit, schufen die großen steinernen Kamine, wenn Feuer in ihnen loderte und ihr Schein flackernde Bilder an die Wände warf, eine ganz besondere Atmosphäre.

Die Sonne hatte sich mittlerweile hinter ein paar Federwolken versteckt und ein leichter Wind aus Norden kühlte sein verbranntes Gesicht, als er aus seinem Auto stieg.

Er öffnete den zweiten Knopf seines Polohemds. Sein Blick schweifte über das Internatsgelände, aber er konnte kaum einen Schüler oder Lehrer auf dem Hof entdecken.

Ein kurzer Blick auf die Uhr verriet ihm, dass es gerade Mittagessen gab. Nicht mehr im Haupthaus, sondern in einem neuen Gebäude direkt gegenüber des Haupthauses, das erst vor ein paar Jahren neu erbaut worden war.

Ein modernerer Bau, der aber durchaus in das Ensemble der anderen Häuser passte.

Jedes der Häuser hat seinen eigenen Namen. Manche dieser Namen waren offiziell, andere wiederum wurden von den Schülern mit eigenen bedacht und von Schülergeneration zu Schülergeneration weitergegeben. Eine Unterscheidung war nach all der Zeit nicht mehr möglich.

Michael hatte noch keinen Hunger und so lief er die breite Treppe des Haupthauses hoch, durch das Foyer mit seinen hohen Decken und den vertäfelten Wänden. Auf einmal hatte er wieder diesen vertrauten Geruch von Parkettwachs und abgelegenen Holzscheiten neben den Kaminen in der Nase. Er begab sich auf dem direkten Weg in die Verwaltung des ersten Stocks, um sich bei dem neuen Direktor anzumelden, der erst seit ein paar Monaten im Amt war und noch keine Internatserfahrung hatte, was viele als ein Problem ansahen. So stand er von Anfang an, sowohl von den Lehrern aber auch von den ehemaligen Schülern unter besonderer Beobachtung.

Es unterrichteten immer noch Lehrer an dieser Schule, die Michael noch als Schüler erlebt hatte, obwohl mittlerweile schon mehr als zweiundzwanzig Jahre vergangen waren.

Er klopfte leise an die Tür des Büros. Ohne eine Antwort abzuwarten, trat er ein. Hinter dem Schreibtisch schaute Frau Brüning auf, die langjährige Sekretärin des Direktors. Ein ihm seit Jahren vertrautes Gesicht. Sie erkannte ihn sofort und ein leises Lächeln der Nachsicht formte ihre Augen. Sie sprach ihn wie selbstverständlich mit seinem Vornamen an.

„Guten Tag Michael, hast du eine gute Fahrt hierher gehabt?"

„Ja, danke der Nachfrage, Frau Brüning", antwortete er höflich. Selber aber traute er sich nicht sie zu duzen, oder sie sogar mit ihrem Vornamen anzusprechen. Wahrscheinlich, weil er das immer so gemacht hatte, zu schüchtern war er sicher nicht. Aber es gab eine Distanz, die Bestand hatte und das empfand er als richtig.

„Sagen Sie, ist der Herr Direktor auch da?"

„Er ist da, aber er hat gerade ein Aufnahmegespräch mit interessierten Eltern, die ein Internat für ihre Tochter suchen", antwortete Frau Brüning. „Er möchte aber auf gar keinen Fall gestört werden."

„Wenn du den Schlüssel für euren Gang und für dein Zimmer haben möchtest, den habe ich dir bereits rausgesucht und Louise mitgegeben."

„Oh, ist sie schon da?"

„Ja, sie ist vor einer halben Stunde mit ihrer Tochter angekommen. Zum Abendessen habe ich euch in der Küche angemeldet. Vielleicht triffst du Louise auf dem Gang oder im Essenssaal, wenn du Glück hast."

„Ist in Ordnung", sagte Michael ironisch. „Ich wollte mich ja auch nur ordnungsgemäß anmelden, so wie sich das gehört."

Frau Brüning hatte den kleinen Seitenhieb sehr wohl verstanden und zog ihre linke Augenbraue ein wenig hoch.

„Na, dann mache ich mich mal auf die Suche, nach der jungen Mutter. Ihnen wünsche ich noch einen schönen Arbeitstag, Frau Brüning", sagte Michael, während er das Büro verließ und auf die gegenüberliegende Wohnung des Direktors zuging.

Von dort aus führte eine weitere Treppe in den zweiten Stock, auf den Mädchengang, wo auch seine Freundin viele Jahre gewohnt hatte. Wenn man dort hinaufwollte, musste man stets an der Tür des Direktors vorbei. Wer heute dort wohnte, war ihm nicht bekannt, das dumpfe Knarren der alten Treppe sehr wohl.

Tagsüber kam einem dieses Knarren noch sehr leise vor. In der Nacht machten die Stufen einen solchen Lärm, dass immer die Gefahr bestand, dass der Direktor aufwachen könnte. Wenn man allerdings am jeweiligen Rand der Stufen ging, verringerte sich die Lautstärke erheblich, aber nur wenn man behutsam und mit größter Vorsicht einen Schritt nach dem anderen machte.

Während er daran dachte, wie häufig er in der ganzen Zeit ausgestiegen war, sah er das Fenster, was sich neben der geschwungenen Treppe befand. Von dort aus war er nachts immer eingestiegen, um seine Freundin zu besuchen.

Nach dem Abendessen hatte er zumeist das Fenster unbeobachtet geöffnet und nur leicht angelehnt, um es in der Nacht wieder leicht öffnen zu können. Den Griff des Öffners hatte er so aufgesetzt, dass es so aussah, als sei das Fenster verschlossen. Mit einem leichten Druck von außen war es jedoch spielend leicht zu öffnen gewesen.

In der ehemaligen Essenausgabe war jetzt das Büro des Vorstands, dessen Mitglied er nun schon seit ein paar Jahren war.

Louise hatte ihn dazu überredet. Seine Wahl zum Mitglied in den Vorstand hatte jedoch ohne ihn stattgefunden. Ein schon einmaliger Vorgang, aber was sollte er machen, die Sitzung und die sich anschließende Wahl waren im Haupthaus sehr früh angesetzt worden.

Für Michael zu früh. Der Abend zuvor war einer dieser typischen Abende mit seinen Internatsfreunden und mit viel zu viel Alkohol, und so verpasste er die Wahl.

Aber Louise hatte sich während der Hauptversammlung für ihn starkgemacht. Mit ihrer energischen reibenden Stimme hatte sie ihn zur Wahl aufstellen lassen und dann ein überzeugendes Wort für ihn eingelegt. Obwohl kaum jemand ihn kannte, war Louise wohl so überzeugend in ihren Argumenten gewesen, dass Michael mit großer Mehrheit gewählt wurde.

Das war typisch für sie, wenn sie sich mal etwas in den Kopf gesetzt hatte, konnte sie auch dafür kämpfen und es war dann für Niemanden leicht, sich ihr in den Weg zu stellen. Das war schon während ihrer Schulzeit so gewesen.

Michael kannte Louise schon seit ihrem fünfzehnten Lebensjahr, sie war gemeinsam mit ihrem Bruder Tim nach Fürstenwald gekommen. Ihre Eltern waren in diesen Jahren beruflich sehr stark engagiert gewesen und sahen wohl in einer Internatserziehung den besten Weg für ihre Kinder.

Das war sicher ein Schicksal, das sie mit vielen anderen Schülern und Schülerinnen teilte.

Louise besuchte so oft es ging in den letzten Jahren ihr altes Internat, dass sie selbst liebevoll ihr zweites Zuhause nennt. Und es gab auch kaum einmal ein Ehemaligentreffen, an dem sie nicht mit ihren Freunden aus gemeinsamen Internatszeiten teilnahm.

Sie treffen sich dann bei ihrem Bruder Tim, der nur ein paar Kilometer entfernt von Fürstenwald einen Gutshof besitzt, auf dem er mit seiner Familie wohnt.

Genügend Platz für alle, um gemeinsam zu feiern, zu grillen und sich alte Internatsgeschichten zu erzählen.

Von der Haupthaustreppe hatte Michael heute wie damals einen guten Überblick über das gesamte Internatsgelände und seine anliegenden Gebäude. Was hatte er hier früher auf den Treppen vor und nach dem Essen viel Zeit mit seinen Freunden verbracht. Verabredungen wurden gemacht, der Tag geplant oder einfach nur geplaudert, über dieses und jenes.

Er war gespannt, was sich so alles auf seinem alten Gang verändert hatte. Seit Jahren war er nicht mehr dort hochgegangen. Ob sein Zimmer noch die gleichen Möbel hatte? Den gleichen Teppichboden, die gleichen Vorhänge?

Als er über den Goethegang schlenderte, blieb er vor der Tür mit der Nummer zwei stehen. Sein Blick ging kurz den Flur hoch, aber außer einem neuen Anstrich hatte sich zu seiner Verwunderung nichts verändert.

Auch in seinem Zimmer nicht, in dem er das letzte Jahr vor dem Abitur gelebt hatte. Fast alle seine Freunde hatten hier ein Einzelzimmer gehabt. Das Besondere aber war, dass es sich um einen selbstverwalteten Gang gehandelt hatte. Nicht ganz unfreiwillig muss man sagen, da im Laufe der Zeit kein Lehrer mehr Gangvater oder Gangmutter dort sein wollte.

Ein Neuer, noch junger unerfahrener Lehrer, der auch zuvor nicht auf einem Internat gewesen war, hatte es noch einmal versucht. Aber die Wucht, die ihm entgegenschlug war so groß, dass er nach wenigen Monaten wieder aufgab und völlig frustriert das Internat verließ.

Das war aber nicht die einzige Besonderheit. Hier lebten Jungen und Mädchen Tür an Tür ohne Aufsicht. Sie teilten sich eine kleine Küche, ein Badezimmer und einen Gemeinschaftsraum.

Ob das immer alle Eltern gewusst haben? Michael war sich da nicht ganz so sicher und musste schmunzeln bei dem Gedanken.

Als er jetzt in seinem alten Zimmer stand, musste er zu seiner Verwunderung feststellen, dass sich überhaupt nichts verändert hatte. Sein Schreibtisch, sein Kleiderschrank und das Bett standen jetzt anders. Die weiß gekalkten Wände, der rostbraune Filzteppichboden, der wohl mal ausgetauscht worden ist. Und natürlich der runde weiße Papierlampenschirm, der in allen Zimmer hing.

Ja, aber sonst! Alles war noch so wie früher!

Auch die rotbraunen Vorhänge mit der groben kratzigen Wolle, die jetzt durch einen Windhauch durch das geöffnete Fenster hin und her tanzten.

Michael begann, ohne nachzudenken die Möbel umzustellen. Er stellte sie exakt so wieder hin, wie sie damals in seiner Erinnerung auch standen.

Danach setzte er sich aufs Bett und schaute gedankenverloren durch das kleine Fenster, durch das dass Sonnenlicht kleine Streifen über den Teppich bis an die weiße Tür warf. Die anliegenden Wälder, Wiesen und der Sportplatz mit der großen Halle lagen immer noch da.

Erst durch ein paar Schritte auf dem Gang, die langsam näher kamen, wurde er aus seinen Erinnerungen gerissen. Es klopfte einmal kurz an seiner Tür. Als er sie öffnete, lachte Louise, mit ihrem Baby auf dem Arm, ihn an.

„Hey, schön dich zu sehen, mein Lieber“, sagte sie erfreut. Er nahm sie beide in die Arme und drückte sie fest an sich.

„Ja, schön euch zu sehen, Frau Brüning sagte mir bereits, dass ihr schon vor mir angekommen seid. Gut, dass du schon aufgeschlossen hattest. Wo seid ihr denn gewesen?“, wollte er wissen und schaute dabei der kleinen Marina tief in die Augen, die ihn mit ihren großen blauen Augen genau fixierte und jede seiner Bewegungen wach beobachtete.

„Wir waren in meinem alten Zimmer“, erzählte Louise wehmütig. „Und haben uns gemeinsam alle Gebäude angesehen bis hin zur alten Blockhütte, die wohl immer noch genutzt wird. Zusätzlich habe ich Marina einige Erklärungen zum Leben auf einem Internat gegeben.“

Michael wandte sich der Kleinen zu, deren dünne blonde Haare wie elektrisiert abstanden: „Na du, wenn du das so hörst, willst du dich doch sicherlich auch sofort anmelden, oder?“

Das kleine Mädchen nahm ihren angesabberten Schnuller aus dem Mund und hielt ihn direkt vor sein Gesicht. Als er danach griff, zog sie ihn schnell wieder weg, um dabei vor Freude zu juchzen.

„Und ihr habt euch Zimmer sieben ausgesucht?“, wollte Michael wissen.

„Zimmer sieben, das ist das einzige mit zwei Betten, das ist für Marina heute Nacht etwas bequemer. Aber was anderes, ich hoffe du hast an die Flasche Whisky, die Cola, und an den Wein gedacht“, sagte Louise mit mahnender, aber nicht ganz ernst gemeinter Stimme.

„Selbstverständlich, ich hole meine Tasche gleich aus dem Wagen. Und du, hast du denn auch an die Zigarren gedacht?“

„Was für eine Frage?“, grinste Louise vielsagend.

„Für heute Abend hoffe ich, dass die Schüler die Scheune öffnen, damit wir ein bisschen feiern können.“

„Wir können ja nachher beim Abendessen ein paar Schüler fragen, was für heute Abend geplant ist“, sagte Louise.

„Ist in Ordnung. Ich hole jetzt meine Tasche aus dem Auto, um auch noch einen kleinen Rundgang zu machen. Ich war schon lange nicht mehr bei der Blockhütte im Wald. Wenn es dir recht ist, sehen wir uns später beim Abendessen“, sagte Michael, während er sich von beiden verabschiedete.

Am frühen Abend, im großen Saal, hatten sich auch die anderen Mitglieder des Vorstands eingefunden. Alles ehemalige Schüler und Schülerinnen aus den unterschiedlichsten Abijahrgängen und pensionierte Lehrer, die sich ehrenamtlich für das Internat engagierten. Es wurde an diesem Abend viel diskutiert und immer wieder wurden alte Internatsgeschichten zum Besten gegeben.

Nach einer Weile, es hatten sich schon einige aus der Runde ins Bett verabschiedet, schaute Louise mit ihren hellblauen Augen Michael fragend an.

„Was meinst du …, sollen wir uns auch verabschieden?“ Sie grinste dabei und zeigte auf die beiden Zigarren, die sie ganz unbemerkt aus ihrer Tasche geholt hatte. Michael nickte zustimmend.

„Ja klar, lass uns aufs Zimmer gehen, leider ist jetzt nichts mehr in der Scheune los, aber wir haben ja noch etwas zu trinken dabei. Wir dürfen aber nicht vergessen, gleich noch Gläser und einen Aschenbecher aus der Küche mitzunehmen“, flüsterte er ihr zu.

Sie verabschiedeten sich von den anderen, mit dem Hinweis, dass die Tagung gerne morgen früh etwas später beginnen könnte. Der Einwand war aber vergebens, da die meisten gerne den Rest des Sonntags zu Hause verbringen wollten.

Die Nacht war sternenklar und für die späte Stunde nicht mehr ganz so warm, als Louise und Michael auf einem kleinen sandigen unbeflasterten Weg vom Haupthaus zu ihrem Gang liefen. Der Geruch von feuchter modriger Erde hing in der Luft und ein leichter Wind bewegte die Blätter, der Bäume und Büsche, die an ihren Rändern kleine Tropfen bildeten. Überall lagen Blütenblätter verteilt, die durch Schritte in den feinen Sandboden gedrückt wurden.

Michael schaute dabei mit ausgestreckten Armen verträumt nach oben in den Sternenhimmel: „Ist das nicht ein wunderbarer Abend. An solchen Abenden wie diesen hier in Fürstenwald, habe ich immer das Gefühl, dass die Zeit stehen geblieben ist. Der Zauber der Jugend küsst einen noch einmal.“

Louise musste lachen über so viel Poesie: „Das ist nicht der Zauber der Jugend, dass ist der Alkohol, der dir die Sinne vernebelt.“

„Aber Louise, unser Leben wird von Gelegenheiten bestimmt, und manchmal ist man blind, sie zu erkennen, wenn sie an einem vorbeigehen. Dinge, auf die wir manchmal keine Antwort haben. Was macht den Geist dieser Schule aus? Was verbindet uns damit über so viele Jahre? Weißt du, was ich meine?“

„Den einzigen Geist, den du gerade spürst, ist der Flaschengeist“, sagte Louise, die sich diebisch darüber amüsierte, wie er mit unsicherem Gang hin und her torkelte. Er schaute weiterhin nach oben und hatte dabei gar nicht bemerkt, dass er zielsicher auf einen Holzzaun zusteuerte.

„Achtung“, rief Louise erschrocken, als sie das sah und packte ihn am Unterarm, um ihn zu sich ranzuziehen.

„Pass doch auf, wo du hinläufst!“

„Mein Gott, was sind wir heute wieder erwachsen, meine Liebe“, sagte er mit einem Anflug von Ironie in der Stimme.

„Keinen Sinn für die Poesie des Augenblicks. Du hast bestimmt schon einen Crash-Kurs absolviert in: Wie werde ich vernünftig in vierzehn Tagen. Den konnte man wahrscheinlich parallel zur Schwangerschaftsgymnastik buchen zum halben Preis“, lachte Michael, nicht ganz ernst gemeint.

„Werden Sie mal nicht unverschämt, junger Mann“, konterte Louise amüsiert. „Sondern holen Sie mal lieber den Gangschlüssel aus der Tasche. Wir stehen nämlich vor einer verschlossenen Tür. Wenn Ihnen das überhaupt noch auffällt.“

Michael kramte in seinen Taschen und schloss dann die große Glastür auf. Ohne Umwege gingen sie auf sein Zimmer und zündeten sich die langen Zigarren an und tranken Whisky-Cola aus Milchgläsern dazu.

Louise griff zu ihrer blauen Jacke, die sie aufs Bett geworfen hatte, um einen weißen Umschlag herauszuholen.

„Schau mal hier, ich habe die Bilder von der Villa mitgebracht.“

„Oh, ja zeig mal her.“ Louise reichte sie ihm vorsichtig.

„Oh, die ist aber schick“, sagte Michael keineswegs überrascht.

„Direkt mit Meerblick und einem kleinen Park dabei. Die Villa gehört der Stadt und in einem Bieterverfahren soll sie verkauft werden.“

„Wie viele Wohnungen hat sie denn?“

„Fünf.“

„Das wäre ja ideal. Ich denke Linus wird sie auch gefallen.“

„Meinst du?“

„Die Idee findet er toll. Die anderen müssen wir halt fragen."

„Verrückt ist die Idee aber schon."

„Wieso?", fragte Michael erstaunt. „Im Internat waren wir doch auch alle zusammen. Wenn wir alle alt und grau sind, die Kinder aus dem Haus, willst du dann in deinem Haus alleine sitzen. Auf die Enkelkinder warten. Für so eine WG haben wir doch die besten Voraussetzungen. Wir haben das doch schon ein paar Jahre geübt."

„Schöne Idee, aber ein bisschen verrückt", sagte Louise, die es sich aber durchaus vorstellen konnte, später mit den alten Internatsfreunden wieder unter einem Dach zu leben.

„Ja, wäre sie denn sonst von uns?", sagte Michael mit einem Augenzwinkern.

„Du hast recht, wir haben ja noch etwas Zeit, um mit den anderen zu sprechen. Das Bietverfahren beginnt erst in zwei Monaten", ergänzte Louise und nahm ihr Glas, um daraus einen Schluck zu nehmen.

Es war ja auch nicht das erste Mal, dass sie darüber sprachen. Vor ein paar Monaten hatte sie sich mit ihrem Lebensgefährten ein altes Herrenhaus angesehen, das aber stark renovierungsbedürftig war.

Erschwerend kam hinzu, dass auch die Besitzverhältnisse ungeklärt waren. So hatten sie sich also schnell wieder davon verabschiedet. An der Idee hatte sich aber nichts geändert und nun suchten sie gelegentlich nach dem richtigen Objekt.

„Hast du was von Andre´s Eltern gehört?"

„Leider nein", antwortete Louise. „Du etwa?"

„Nein. Wie lange ist das jetzt her, als wir das letzte Mal dort waren?"

„Ich glaube neun oder zehn Jahre." Sie machte eine kleine Pause. „Eine ganz schön lange Zeit."

„Ich habe schon sehr häufig darüber nachgedacht, warum sie sich nicht mehr gemeldet haben. Hast du eine Idee?", fragte Michael.

Louise antwortete mit trauriger, nachdenklicher Stimme: „Ich weiß es auch nicht. Die ganzen zehn Jahre, die wir sie immer wieder besucht haben, hatte ich geglaubt, dass so etwas wie Freundschaft zwischen uns entstanden ist."

„Ja, so ging es mir auch", sagte Michael nachdenklich. Er hielt inne und schaute dabei über ihre Schulter aus dem Fenster in die klare

Nacht. Als er sich dabei nach vorne lehnte, verlor er kurz das Gleichgewicht und stützte sich am Tisch ab, der seitlich neben ihm stand.

„Ich glaube, ich muss mal kurz auf die Toilette."

Er erhob sich schwerfällig aus seinem Stuhl und bemerkte dabei, dass er im Laufe des Abends viel zu viel getrunken hatte.

„Oh je….. ich glaube, ich habe wohl schon ein wenig zu viel von dem Zeug."

„Na, muss ich dir helfen?"

„Danke, geht schon."

Michael ging langsam über den schwach beleuchteten Gang zu den Toiletten.

Mit glasigen Augen und einem traurigem Gesicht schaute er in den Spiegel, als er sich die Hände wusch und sich mit dem Wasser über sein Gesicht und durch die Haare fuhr. Im Hintergrund hörte er noch die Toilettenspülung und für den Bruchteil einer Sekunde, glaubte er in seinem Spiegelbild den Internatsschüler zu sehen, der er mit neunzehn war. Ein kleiner Schreck durchfuhr ihn.

Was war denn das, dachte er bei sich, als er zurück auf den Gang schlenderte. Nach wenigen Schritten blieb er vor der ersten Tür stehen. Er lehnte sich mit dem Arm an den Türrahmen, um sein Gleichgewicht zu halten, um erst leise und dann immer lauter an die Tür zu klopfen. Erst mit den Fingern. Dann mit der ganzen Faust. Immer lauter. Immer lauter.

„Linus, mach die Tür auf", rief er mit undeutlicher, gebrochener Stimme. „Du willst doch wohl an einem solchen Abend nicht schlafen, wenn wir feiern. Wir schreiben morgen keine Arbeit. Komm ….. wir gehen morgen früh erst zur dritten Stunde hin, dann können wir ausschlafen. Also, mach die Tür auf, wir wollen was trinken. Sei keine Spaßbremse. Wir gehen alle erst nach der großen Pause hin."

Er wartete ein paar Sekunden, aber niemand machte auf. Dann ging er schwankend von einer Tür zur nächsten und an jeder klopfte er an. Erst leise und dann immer lauter.

Den ganzen Flur entlang. Bis er wieder an einer Tür stehen blieb, die nur ein paar Meter von seinem Zimmer entfernt war.

„Andre, was ist mit dir. Komm steh auf und mach die Tür auf. Sonst trete ich sie ein.“ Michael legte dabei seine Hand auf die Türklinke und drückte sie mehrmals schnell nach unten. „Wie seid ihr denn heute alle drauf, ihr Langweiler. Los komm, lass uns ein bisschen Party machen. Wir haben noch genug zu trinken für alle da.“

Während er dies sagte, lehnte er sich mit dem Rücken an die Tür und rutschte ganz langsam auf die Knie. Der Türrahmen gab ihm Halt, damit er nicht zur Seite wegrutschte. Er vergrub sein Gesicht in seinen Händen.

Louise war das Gestammel und das heftige Klopfen nicht entgangen. Sie wartete noch einen Moment, um dann mit leisen Schritten auf den Gang zu gehen, und nach Michael zu schauen.

Die Gefühle hatten ihn überwältigt und mitgerissen in ein tosendes Meer von Erinnerungen, in dem sich jeder Gedanke wie eine Welle über ihm brach und ihn in eine dunkle Tiefe zog.

Sie spürte sehr schnell, was in ihm vorging, dass er sich in einem Zustand von melancholischem Schmerz befand, der sich durch den Alkohol noch verstärkte. Louise konnte ihn gut verstehen.

„Mensch Micha, was ist mit dir los?“, fragte sie verständnisvoll, als sie sich behutsam neben ihn setzte.

„Kannst du dir das nicht denken? Ich habe nie verstanden, warum Andre das gemacht hat. Kannst du mir das vielleicht erklären, warum er das gemacht hat?“

Er hatte seinen Kopf gesenkt. Louise schaute ihn verschreckt an, ihre Augen wurden schmal. Sie suchte in der Dunkelheit nach etwas, an dem sie sich festhalten konnte.

„Ich verstehe dich ja. Mir fällt es auch manchmal schwer, wenn ich daran zurückdenke. Besonders an Abenden wie diesen.“ Sie legte dabei ihren Arm vorsichtig um ihn.

„Komm, ich glaube es ist Zeit, dass du zu Bett gehst“, flüsterte sie. Gerade so, als sollte es niemand mit bekommen. Erst jetzt konnte sie, als er zu ihr aufsah, in dem diffusen grauen Licht sehen, dass ihm einige Tränen über das Gesicht rannen.

Sie streckte ihm ihre Hand entgegen.

„Komm Michael, ich helfe dir, es ist auch schon spät genug, wir haben morgen früh noch eine Sitzung, und da wollen wir doch einigermaßen fit sein.“

„Lass bitte, ich möchte noch einen Moment hier sitzen bleiben“, er schaute sie dabei mit einer vertrauten Gewissheit an, dass sie ihn sicher verstehen wird.

„Ich schaffe das schon gleich ins Bett“, beteuerte er leise.

„Na gut. Denke nicht mehr so viel nach. Ich wecke dich morgen früh… Schlaf gut. …Gute Nacht.“

„Gute Nacht, Louise. Schlaf gut“, sagte Michael und schaute ihr noch nach.

Kurze Zeit später raffte er sich auf, um in sein Zimmer zu gehen und sich ins Bett zu legen, welches ihm heute viel schmaler vorkam. Auch das Zimmer wirkte auf ihn kleiner, viel gedrungener, als wären alle vier Wände näher zusammengerückt. Es roch nach Zigarren und Alkohol. Beim Blick an die Decke fing sich das ganze Zimmer an zu drehen, wie ein Kettenkarussel in einem Vergnügungspark. Er ließ sein linkes Bein aus dem Bett fallen und drückte es fest auf den Fußboden.

Er musste mit einem Lächeln im Gesicht unweigerlich daran denken, was seine Großmutter immer mahnend zu ihm gesagt hatte. „Michael, wenn du das Gefühl hast, die ganze Welt dreht sich um dich, vergiss nicht, zumindest mit einem Bein auf dem Boden zu bleiben.“

Er schloss langsam die Augen und in schneller Reihenfolge zogen unzählige Bilder, die sich ungeordnet aneinanderreihten, an ihm vorbei. Hauptsächlich aus seiner Internatszeit mit seinen Freunden auf dem Gang, im Zimmer, auf der Haupthaustreppe, fast alles Orte, die er heute schon im Laufe des Tages aufgesucht hatte und die jetzt in seinen Gedanken, wie der Blick aus einem fahrenden Zug, an ihm vorbeizogen.

Er tauchte langsam in einen langen tiefen Traum ein, der seinen Anfang nahm in seinem alten grüner Käfer, den er zu seiner Internatszeit fuhr.

Es war Winter, auf den großen Eichen entlang der Landstraße lag noch Schnee und die Straßenkarte, die neben ihm lag, zeigte ihm, das er bald in seiner neuen Schule sein müsste.

Der Volkswagen war voll bepackt mit Bettzeug, Schulbüchern, Klamotten, die aus seiner Reisetasche quollen und Schallplatten. Hinter dem Lenkrad ein gerade mal neunzehnjähriger blonder Junge, in beige Chinos und Jeanshemd, der sich darauf freute seinen Freund Justus wiederzusehen.

Sie hatten sich schon in einem anderen Internat kennengelernt und viele Jahre das Zimmer geteilt. In diesen Jahren hatte sich eine enge Freundschaft zwischen ihnen entwickelt, die ihre härteste Bewährungsprobe dadurch erlebte, dass Justus, auf Geheiß seines Vaters, das Internat wechseln musste und nach Fürstenwald kam.

Auch seine schulischen Leistungen zeichneten sich nicht dadurch aus, dass er uneingeschränkten Applaus von seinen Lehrern bekam. Die schulischen Leistungen von beiden waren, um es mit einem Wort zu sagen, miserabel. Von Jahr zu Jahr schlidderten sie so durch. Und wie das mit dem Schliddern so ist – einer unkontrollierten Fahrt. Es gibt den einen oder anderen Crash.

Crash war hier gleichbedeutend mit sitzen bleiben. Wie sich das aber in einer guten Freundschaft gehört, tat Michael es seinem besten Freund gleich und musste ebenfalls die Klasse wiederholen. Nur mit dem Unterschied, dass Justus Vater der Meinung war, dass eine erfolgreichere Schulzeit nur auf einem anderen Internat möglich sei. Das hatten Justus und Michael so nicht geplant.

Sechs Monate, ein halbes Schuljahr, waren seitdem vergangen, aber sie hatten öfters miteinander telefoniert oder sich geschrieben.

Michael hielt vor dem Haupthaus, schaute sich kurz um und griff zu seiner Jacke, die neben ihm auf dem Beifahrersitz lag. Es war kalt. Ein paar Tage zuvor hatte es geschneit. Die Sonne hatte das meiste schon weggetaut. Nur vereinzelt lag noch Schneematsch und in den Pfützen spiegelte sich dieser nasskalte Tag wieder. Die Kälte zog durch einen leichten Wind unangenehm an ihm hoch. Schnell schloss er sein Auto zu.

Eines der Nebengebäude, das sowohl Klassenzimmer als auch Schülerzimmer beherbergte, lag nur wenige Meter vom Haupthaus entfernt. Justus hatte das Fenster einen Spalt geöffnet, um sofort am Motorengeräusch, diesem typischen Klang des luftgekühlten Boxermotors, zu hören, wenn sein Freund ankommt.

Mit schnellen Schritten ging er zum Fenster und sah wie Michael die Haupthaustreppe hochlief. Er rief ihm noch etwas nach, als die schwere Eichentür ins Schloss krachte.

Ganz offensichtlich hatte er ihn nicht gehört. Er entschied sich spontan, ihm nachzugehen, zumal er wusste, dass sein Freund das gemeinsame neue Zimmer noch nicht kannte.

Im Sekretariat wartete er ungeduldig vor der Tür des Direktors. Hier standen einige Cordsessel mit einem kleinen Beistelltisch, auf dem Zeitungen und Prospektmaterial über das Internat lagen.

Das Gespräch zwischen dem Direktor Herrn Dr. Fritsch und Michael konnte Justus nur dumpf und verzerrt durch die verschlossene Tür mit anhören. Frau Brüning ließ ihn, während sie an einer Schreibmaschine saß, die ganze Zeit nicht aus den Augen.

„Herr Petersen, mir ist zu Ohren gekommen, dass Sie in ihrer alten Schule einigen Ärger hatten. Ganz besonders die letzten Tage, die Sie dort verbracht haben. Gehen Sie davon aus, dass Sie sich auf meinem Internat so etwas nicht leisten können… Mit Leuten wie Ihnen, bin ich bisher noch immer fertig geworden“, drohte der Direktor unumwunden mit energischer Stimme und sah ihn scharf an.

Schon seine äußerliche Gestalt, seine ausgebeulte braune Feincordhose, die an manchen Stellen schon verschlissen und speckig war, wirkte auf Michael abstoßend. Seine ungepflegten, etwas zu langen gewellten, mit Schuppen überzogenen grauen Haare, dazu der helle viel zu lange Pullover, der seine korpulente Figur noch unvorteilhafter erscheinen ließ, verstärkten diesen Eindruck.

Der Direktor zeigte keinerlei Interesse daran, Michael zu diesen Vorfällen zu befragen. Es interessierte ihn ganz offensichtlich auch nicht, sein Bild von ihm hatte sich bereits gebildet. Er fixierte Michael genau, um in seinem Verhalten neue Nahrung für seine Vorurteile zu finden. Dieser nickte nur beiläufig, hatte seine Beine lässig übereinandergeschlagen und saß ganz entspannt da, ohne ein Wort zu verlieren. Aber er spürte, dass sich eine giftige Wolke über ihm zusammenbraute.

„Was Sie mir allerdings noch erklären müssen, wieso Ihre Mutter so besorgt war. Herr Dr. Dr. Kerber sagte mir, dass sie Bedenken hat, Sie könnten das Klassenziel verfehlen, obwohl Sie doch das Schuljahr wiederholen. Ihr Zeugnis weist nur Zweien auf. Wie kommen Ihre Mutter und Ihr Großvater auf diesen Gedanken?“

Michael rutschte jetzt aufgeschreckt, durch die feindselige Ansprache und eine Frage, auf die er nicht sofort eine Antwort parat hatte, nervös auf seinem Stuhl hin und her.

Er durfte diese Frage auf gar keinen Fall wahrheitsgemäß beantworten. Seine Stimme wurde flatterig.

„Das kann ich Ihnen auch nicht erklären!", sagte er nicht sehr überzeugend.

„Ich glaube eher, das wollen Sie mir nicht erklären", sagte der Direktor verärgert.

„Wir gehen doch beide davon aus, dass Sie das Schuljahr bei uns schaffen, …nicht wahr, Herr Petersen?"

„Selbstverständlich Herr Fritsch, oh entschuldigen Sie, Herr Dr. Fritsch. …Sagen Sie, haben hier eigentlich alle Lehrer mindestens einen Doktortitel?", fragte Michael, leichtfertig begleitet von einem Grinsen.

Er rückte dabei aus seinem Stuhl nach vorne, weil er glaubte, dass damit das Gespräch wohl zu Ende sei.

Er sehnte sich nach draußen. Nur weg von hier, war sein alles bestimmender Gedanke.

Dem Direktor hatte es für einen Moment die Sprache verschlagen. Mit einer solchen provokanten Frage hatte er nicht gerechnet. Er überspielte seine Überraschung, indem er das Gespräch fortsetzte, und tat so, als hätte er sie gar nicht gehört.

„Wir haben Sie der Gruppe von Herrn Förster zugeteilt, auf den ausdrücklichen Wunsch Ihres Freundes Justus. Wie Sie sicherlich schon wissen, teilen sie sich auch das Zimmer auf dem Gang von Herrn Kerber mit ihm. Wenn ich richtig informiert bin, haben Sie sich schon auf Ihrem vorherigen Internat viele Jahre das Zimmer geteilt. Ich hoffe Justus hat einen guten Einfluss auf Sie."

„Na, davon können Sie mal ausgehen, darum waren meine Eltern ja auch so bemüht, dass ich unbedingt nach Fürstenwald komme", antwortete Michael nicht ganz ernst gemeint und dabei formte sich sein Gesicht wieder zu einem Grinsen, das dem Direktor gar nicht gefiel.

„Wenn Sie unten aus dem Haupthaus kommen, gleich das Gebäude links, die Treppe hoch, das zweite Zimmer rechts. Ihren Schlüssel bekommen Sie bei ihrem Gangvater. Sie kennen ihn ja schon, bei Ihrer Vorstellung hatten Sie bereits miteinander zu tun," sagte der Direktor, als er aufstand und mit dem Zeigefinger unmissverständlich auf die Tür zeigte.

„Sie entschuldigen mich jetzt bitte, ich habe noch zu tun."

„Selbstverständlich", antwortete Michael und ging, ohne sich zu verabschieden, zur Tür. Als er die Türklinke hinunterdrückte, drehte er sich noch einmal um und schaute über seine Schulter hinweg den Direktor an, der hinter seinem Schreibtisch saß, mit einem Telefonhörer in der Hand und Michael dabei aber nicht aus den Augen ließ.

„Herr Petersen, ich behalte Sie im Auge, Typen wie Sie….." Ohne, dass er den Satz beendete, wusste Michael, dass er hier von Anfang an keinen leichten Stand haben wird, zumal die Ablehnung und das Misstrauen, das ihm der Direktor entgegenbrachte, mit Händen zu greifen war. Alles andere als ein guter Start und er war sich in diesem Moment sicher, dass er sich vor ihm in Acht nehmen musste.

Justus erschrak über den feindseligen letzten Satz des Direktors, der für ihn klar verständlich gewesen war, durch die geöffnete Tür. Er erhob sich aus seinem Stuhl, warf die Zeitschrift auf den Beistelltisch, um seinen Freund zu begrüßen, den er schon seit ein paar Wochen nicht mehr gesehen hatte.

Auf Michaels Gesicht war abzulesen, dass ihn das Gespräch sichtlich beeindruckt hatte.

„Hallo Justus, woher wusstest du, dass ich schon da bin?", fragte er, erleichtert darüber ihn zu sehen.

„Ich habe deinen Wagen gehört und als ich sah, wie du ins Haupthaus gelaufen bist, habe ich mir gedacht, dass du sicherlich zuerst den Direktor aufsuchst, um dich anzumelden", bemerkte Justus.

„Komm, lass uns hier bloß abhauen", forderte Michael ihn auf, begleitet von einer Handbewegung.

„Am besten aufs Zimmer."

„Selbstverständlich, aber sag mal, was sollte diese Bemerkung von dem Alten."

„Komm das erzähle ich dir später", entgegnete Michael, der das Gespräch so schnell wie möglich vergessen und das Haupthaus verlassen wollte.

„Hilf mir bitte, den Wagen auszuräumen und meine Sachen aufs Zimmer zu bringen".

„Ja, klar mach ich", antwortete Justus.

Gemeinsam richteten sie ihr neues Zimmer ein. Stellten die Schreibtische um und richteten die Betten so aus, dass sie sich abends noch gut unterhalten konnten. Seinen alten Farbfernseher hatte Justus dabei im Schrank versteckt und zwei Kopfhörer so umgebaut, dass man damit auch nachts, für andere völlig geräuschlos, fernsehen konnte.

Nach zehn Uhr war Bettruhe und alle Schüler mussten auf ihren Zimmern sein, der Gang wurde vom Gangvater abgeschlossen und das Gemeinschaftszimmer, das einen Fernseher beherbergte, durfte um diese Zeit nicht mehr betreten werden. Die Gefahr, dass man dabei erwischt wird, war einfach zu groß.

Strafen konnten Michael und Justus nicht gebrauchen. Oberstes Gebot war es, sich nicht erwischen zu lassen und wann immer sie gemeinsam ausstiegen, nahmen sie sich kurz in den Arm und spuckten sich über die Schulter. Das sollte Glück bringen.

„Nun sag endlich Michael, was hatte der Direktor damit gemeint, – Typen wie Sie …,“ drängelte Justus erneut.

„Willst du die ganze oder die verkürzte Version hören?“, fragte Michael, dessen Laune sich so langsam aufhellte.

„Nun mach es nicht so spannend und fang an!“, sagte Justus genervt.

„Ich habe das schlechte Halbjahreszeugnis des letzten Jahres, du erinnerst dich, in dem Jahr in dem wir sitzen geblieben sind, meinen Eltern, und was mit der einen, oder anderen Fünf versehen war, vorgelegt.“

Justus schaute ihn ungläubig an: „Was hast du gemacht? Du hast das alte Zeugnis für das neue ausgegeben?“

„Ja, genau!“

„Und das haben sie nicht gemerkt? Wie ist denn das möglich?“, Justus konnte seine Verwunderung nicht verbergen. War aber immer noch skeptisch, ob ihm seiner alter Freund nicht eine kleine Geschichte auftischen wollte.

„Ganz einfach, in den Zeugnissen steht doch oben immer nur der Jahrgang, zum Beispiel 82/83. Da ist es gar nicht aufgefallen, als ich ihnen den Jahrgang 81/82 vorgelegt habe. Außerdem haben sie natürlich nicht damit gerechnet, dass ich ihnen freiwillig ein schlechteres Zeugnis vorlege. Welcher Schüler macht das schon?“, sagte Michael triumphierend, ohne dabei ein schlechtes Gewissen zu haben.

So langsam fing Justus an, seinem Freund die Geschichte abzunehmen.

„Was hättest du gemacht, wenn sie dich dabei erwischt hätten"?.

„Keine Ahnung, ich bin davon ausgegangen, dass es klappt", erwiderte Michael, der dabei lachte.

„Es war schon schlimm genug gewesen, die Kommentare meiner Eltern, besonders meines Vaters, zu ertragen. Das war seine große Chance, endlich hatten sich alle seine Prophezeiungen erfüllt. Wie immer waren meine Großmutter und meine Mutter auf meiner Seite. Sie gaben auch den Anstoß, indem sie fragten, wie es dir jetzt hier in Fürstenwald ergeht. Ich habe ihnen dann erzählt, dass du dich hier sehr gut eingelebt hast und ein sehr gutes Zeugnis vorgelegt hast. Nicht, weil du so fleißig warst, sondern weil es hier viel leichter ist", sagte Michael augenzwinkernd.

„Aha, das hast du also gesagt", bemerkte Justus der ebenfalls lachen musste und gleichzeitig mit einem Kopfkissen, das er gerade bezogen hatte, übermütig nach ihm warf.

„Und wie ist es dann weitergegangen?"

„Wir hatten dann ein Gespräch mit Herrn Kerber vor ein paar Tagen. Dieser Moment war allerdings sehr kritisch. Während der Unterhaltung verlangte meine Mutter, dass ich dem Herrn Dr. Dr. doch bitte das Zeugnis vorlegen sollte. Du kannst dir sicherlich vorstellen, dass mir in diesen Sekunden, die mir wie eine Ewigkeit vorkamen, das Herz in die Hose gerutscht ist.

Mit zitternder Hand, aber unbemerkt, habe ich dann das aktuelle Zeugnis aus der Folie gezogen, in dem auch das Alte steckte. Ich reichte es dem Lehrer, der es sich genau ansah.

Als meine Mutter dann fragte, ob ihr Sohn denn auf dieser Schule das Schuljahr schaffen werde, erklärte er nur kurz und knapp, dass er da überhaupt gar keine Probleme sehe. Das war natürlich genau das, was meine Mutter und mein Großvater hören wollten. Schnell ließ ich dann das neue Zeugnis wieder in der Folie verschwinden. Meine innere Unruhe legte sich so langsam. Besser hätte es nicht Laufen können. Noch auf der Rückfahrt war die Entscheidung gefallen, mich in Fürstenwald anzumelden. Mein Vater tobte, als er davon hörte und machte meiner Mutter allerlei Vorwürfe. Wie man denn meine Faulheit noch unterstützen könnte, zumal Fürstenwald zu den teuersten Internaten in diesem Land gehört. Man werde schon sehen, was man davon hat“, erzählte Michael, der immer noch etwas aufgebracht war, wegen der unerfreulichen Szenen, die sich zu Hause zugetragen hatten.

„Na, wie gut, dass das nicht rausgekommen ist, eine unglaubliche Geschichte, nun lass uns erst einmal zum Abendessen gehen. Da kann ich dir deine neuen Gruppenmitglieder vorstellen und unseren Gruppenvater Herrn Förster. Er ist zugleich auch unser Religionslehrer. Ganz harmlos, fast schon liebenswert in seiner weltfremden Art“, sagte Justus, als er Michael anschaute und auf die Tür zuging.

„Hey, Justus vergiss deine Jacke nicht, es ist verdammt kalt draußen“, rief Michael ihm nach, als er sie ihm quer durchs Zimmer zuwarf.

Beide betraten den Essenssaal und die Mehrzahl der neugierigen Blicke ruhten unweigerlich auf dem Neuen.

Alle Augen waren erwartungsvoll auf ihn gerichtet. Sie beobachteten jeden seiner Schritte und Gesten genauestens, so wie ein neues Familienmitglied, dass jetzt durch Heirat zu ihnen stieß. Jeder stellte sich seine eigenen Fragen. Die meisten waren sicherlich: Was ist das denn für einer? In welche Gruppe geht der wohl? Wo kommt der her? Welche Klasse?

Michael stand lächelnd vor dem Tisch mit seinen neuen Gruppenmitgliedern, dabei hatte er eine Hand in seiner Hosentasche. Er trug einen hellblauen V-Pullover über seinem Jeanshemd. Herr Förster, sein neuer Gruppenvater, erhob sich von seinem Platz am Tischende und streckte ihm zur Begrüßung freundlich die Hand entgegen.

„Guten Abend, mein Name ist Förster, Sie müssen Michael sein. Justus hat schon viel von Ihnen erzählt. Seien Sie herzlich willkommen in unserer Gruppe.“ Dabei schob er seine Brille, die ihm verrutscht war, mit seiner linken Hand wieder nach oben.

Er wirkte dabei bieder, ein wenig weltfremd, aber herzlich. Seine kurzen dünnen Haare waren korrekt zu einem Scheitel frisiert. Er war mittelgroß und sein braun kariertes Hemd war bis zum obersten Knopf verschlossen, so wie es sonst nur Priester und Pfarrer tragen.

„Justus wird dich sicherlich den anderen später noch vorstellen. Nicht wahr, Justus?“

„Selbstverständlich, Herr Förster!“, antwortete Justus und schlug dabei seine Hacken zusammen, drückte die Brust heraus, als wollte er einen militärischen Gruß andeuten. Herr Förster zeigte auf einen freien Stuhl, der Michael bedeuten sollte, sich doch dort hinzusetzen.

Dieser Aufforderung kam er gerne nach, während die Blicke und Erwartungen seiner neuen Gruppenmitglieder weiterhin auf ihm lagen. Niemand traute sich das Gespräch zu eröffnen.

Es aß aber auch niemand weiter und so schaute man ihn an und jeder machte sich so seine Gedanken, bis Tim als erstes die kleine Mauer des Schweigens durchbrach.

„So, du bist also der beste Freund von Justus?“, stellte er fest.

„Ja, so kann man das sagen“, antwortete Michael knapp. „Bist du mal so nett, mir die Kartoffeln zu reichen?“

„Bitte!“

„Danke!“

„Wir haben gehört, dass ihr euch gemeinsam schon ein Zimmer im Internat in Weiher geteilt habt.“

„Ja aber, das ist eine längere Geschichte.“

„Aber hören wollen wir sie trotzdem“, mischte sich Sunny ein, eine hübsche Afroamerikanerin, mit großen dunklen Augen und einer Kurzhaarfrisur, die dabei in die Runde der anderen Gruppenmitglieder schaute.

„Finde ich auch!“, fügte Louise zwinkernd hinzu, als sie ihren Kopf zurücklegte und sich mit den Händen durch ihre langen gewellten blonden Haare fuhr, die von einer kleinen Spange zu einem Zopf zusammengehalten wurden.

Aus dem Augenwinkel bemerkte er immer wieder, wie er von den anderen gemustert wurde, wie die Blicke auf ihn gerichtet wurden, auch von den angrenzenden Tischen. Er ließ sich aber nichts anmerken und nach dem Abendessen verließen sie gemeinsam den Essenssaal, während Michael, Justus und Tim noch immer in einem Gespräch vertieft waren.

„Ich habe auch so einen alten Käfer“, stellte Tim fest. „Das ist doch deiner, der Grüne, der auf dem Schülerparkplatz steht, oder?“

„Ja, das ist richtig!“

„Ich hoffe, du hast deine Wagenpapiere und deine Schlüssel schon abgegeben?“

„Nein – wieso?“

„Wir dürfen unsere Fahrzeuge nur zweimal in der Woche benutzen“, erklärte Tim bereitwillig. „Bei Sonderfahrten, zum Arzt oder in die Werkstatt wird schon einmal eine Ausnahme gemacht.“

„Wo muss ich denn die Papiere abgeben?“, fragte Michael überrascht.

„Im Sekretariat. Oder wenn du aus dem Wochenende wieder zurückkommst, kannst du sie in den kleinen Holzkasten werfen, der neben dem Sekretariat steht.“

„Und was soll das Ganze? So was habe ich noch nie gehört.“

„Man erzählt sich, dass es früher Schüler gegeben hat, die von einem Klassenzimmer zum anderen mit dem Auto gefahren sind. Und vor ein paar Jahren sind einige Schüler nachts ausgestiegen und besoffen durch den Wald gefahren. Ein Baum hatte wohl etwas gegen die nächtliche Ruhestörung und stellte sich dem Wagen in den Weg“, sagte Tim und musste dabei lachen.

Zusammen mit anderen Schülerinnen und Schülern der Oberstufe, standen sie auf den obersten Stufen der Haupthaustreppe. Es hatte wieder angefangen zu schneien, ein rauer kalter Wind zog an der Häuserwand des Haupthauses entlang und wirbelte den feinen Schnee von den Fensterbänken auf. Louise und Sunny, die noch Tischdienst hatten, stellten sich in dicken Jacken verpackt zu ihnen und rauchten eine Zigarette. Justus hatte, von den anderen unbemerkt, eine Unterhaltung zwischen zwei Schülern mitbekommen und sprach Michael leise von hinten an. Während er sprach, verdeckte er seinen Mund mit der Hand: „Hey, ich habe gerade gehört, dass man dich noch heute Abend taufen will.“

Dieser drehte sich etwas ungläubig zu seinem Freund um.

„Was heißt denn das? Taufen?“, fragte Michael überrascht.

„Mensch, das habe ich dir doch erzählt. Getauft werden alle neuen Schüler und Schülerinnen, die hier aufs Internat nach Fürstenwald kommen. Eine alte Tradition. Wenn wir uns nicht ganz schnell verdrücken, dann liegst du in kürzester Zeit im See.“

„Aber der ist doch halb zugefroren“, bemerkte Michael, der wenig Verständnis dafür hatte und dies für einen schlechten Scherz hielt.

„Du glaubst doch nicht ernsthaft, dass das jemanden interessiert. Ich habe dich gewarnt", mahnte er ihn nachdrücklich und zog ihn an seiner Jacke zu sich heran.

„Dann man nichts wie weg", sagte Michael leise, damit niemand hören konnte, dass sie sich unbemerkt davonstehlen wollten.

„Wohin wollen wir denn?"

„Am besten zu meinem Auto", sagte Justus. „Das ist am sichersten."

Michael wendete sich Tim, Sunny und Louise wieder zu.

„Ich muss mich jetzt wohl verabschieden. Schönen Abend noch. Ich denke wir sehen uns morgen."

Die beiden gingen die Haupthaustreppe hinunter in Richtung der Parkplätze. Sie schauten sich dabei mehrmals um, ob ihnen eventuell jemand folgt. Aber niemand kam ihnen nach, bis auf einmal ein Schüler aus der Menge rief: „Achtung, Achtung! Neuschüler wird zur Taufe gebeten."

Diese Aufforderung, das war nicht zu überhören, galt ganz unzweifelhaft Michael. Beide sahen, wie plötzlich eine ganze Horde von Schülern in ihre Richtung rannte.

„Na siehste", rief Justus. „Habe ich doch recht gehabt. Nimm bloß deine Beine unter den Arm und renn was du kannst."

Michael rannte los und konnte es noch immer kaum glauben, dass man ihn bei diesem Wetter, bei dieser Kälte, in den halb zugefrorenen Internatssee werfen wollte. Aber ihm war jetzt natürlich klar, dass es nichts zu diskutieren gab.

„Du hast was gut bei mir. Ich hoffe nur, dass du den Autoschlüssel dabeihast."

Die beiden erreichten rechtzeitig Justus Mini Cooper. Sie sprangen hinein, um sogleich vom Parkplatz zu rasen. Im Rückspiegel sahen sie, wie die rennende Meute stehen blieb.

„So ein Mist", rief einer der Schüler, der ziemlich außer Atem war und sich nach vorne beugte. „Aber der soll nicht glauben, dass er damit der Taufe entgangen ist. Den kriegen wir schon noch."

Ein weiterer Schüler merkte trotzig an: „Für den denken wir uns noch was ganz Besonderes aus, darauf kann er sich verlassen."

Justus, der noch ziemlich schnell atmete, schaute, während er fuhr, seinen Freund von der Seite an.

„Wenn du willst, kann ich dir ja ein wenig die Gegend zeigen und wenn sich die wilde Horde wieder beruhigt hat, dann können wir ja später noch in die Scheune gehen."

„Was heißt das … in die Scheune gehen?", fragte Michael interessiert.

„Ach, die kennst du ja noch nicht. Die Scheune ist unsere Internatskneipe, dort trifft man sich zweimal die Woche, um Musik zu hören, was zu trinken oder einfach nur um abzuhängen."

„Ich glaube nicht, dass ich heute noch Lust auf die Scheune habe. Die Jungs von eben möchte ich heute nicht noch einmal sehen. Vielleicht kommen die dann noch einmal auf solche dummen Gedanken."

Es war nur eine Nachttischlampe an, als Michael und Justus in ihren Betten lagen, die so aufgestellt waren, dass das jeweilige Kopfende dem anderen zugewandt war. So, dass sie sich auch Abends noch gut unterhalten konnten.

Aber bevor sie sich hineinlegten, hatten sie mit einem Föhn die Bettdecken vorgewärmt, da die Heizung nur unzureichend ihren Dienst tat. Ihr Gangvater, Herr Kerber, hatte bereits seinen allabendlichen Kontrollgang gemacht, um zu sehen, ob alle Schüler an Bord sind. Zusätzlich wurden alle Haustüren um diese Zeit verschlossen.

Justus schaute über sein Kopfkissen hinweg Michael an: „Was wäre eigentlich gewesen, wenn man den ganzen Schwindel mit dem Zeugnis entdeckt hätte. Denn hättest du doch in unserem alten Internat bleiben müssen. Oder?"

„Daran habe ich natürlich auch gedacht. Das Eis, auf dem ich mich hier bewegt habe, war natürlich ziemlich dünn. Das war mir auch klar, deshalb musste ich auch dafür sorgen, dass man mich noch am letzten Tag aus dem Internat schmeißt. Und zwar so, dass es definitiv kein Zurück mehr gab."

„Nein, und wie hast du das wieder angestellt?", wollte Justus wissen.

„Das erzähl ich dir ein anderes Mal, mein Lieber."

„O.k., aber sag mal Michael", fragte Justus leise. „Du hast die ganze Zeit noch nicht einmal von deiner Freundin Ina gesprochen. Ist alles o.k.?"

„Leider nein."

„Wieso? Was ist denn passiert?"

„Du, es ist sehr schwierig im Moment, wenn man sich immer nur kurz am Wochenende sieht. Ich besuche dann noch meine Großeltern und mit Christoph spiele ich zusammen in einer Tennismannschaft, wie du weißt. Da geht schnell mal der ganze Sonntag drauf und dann haben wir uns nur ein paar Stunden gesehen."

„Ja, ich verstehe", antwortete Justus, dem nicht verborgen blieb, dass es Michael schwerfiel darüber zu sprechen.

„Aber, habe ich dir denn schon von meiner neuen Freundin erzählt?", versuchte er ihn abzulenken.

„Nein", sagte Michael überrascht. „Damit hast du bisher hinter dem Berg gehalten. Und wie heißt sie? Wie sieht sie aus? Kenne ich sie etwa?"

„Nein, du hast sie noch nicht gesehen, sie ist keine Interne, sondern eine Externe aus dem Nachbardorf. Eine Klasse unter uns. Du wirst sie ja morgen sehen."

„Und wie heißt sie?"

„Regina! Und alles Weitere morgen. Gute Nacht." Justus legte sich auf die andere Seite, um sein Gesicht tief in sein Kopfkissen zu vergraben.

„Gute Nacht Justus. Da bin ich ja mal gespannt auf Morgen."

„Gute Nacht."

Michael, der sich noch etwas verloren fühlte, stand in einer wartenden Schlange bei der Frühstücksausgabe im Haupthaus. Sunny hatte sich unbemerkt neben ihn gestellt: „Guten Morgen, der Neue noch Ungetaufte, gut geschlafen?", fragte sie fröhlich mit einem ansteckenden Lächeln auf den Lippen.

Michael drehte sich zu ihr um: „Ja, danke! Für die erste Nacht in einem neuen Bett in einem neuen Zimmer, ganz o.k. Nur etwas kalt war es. Die Heizung hat nicht richtig funktioniert."

„Hast du schon den neuen Stundenplan?"

„Nein!"

„Da, vorne ist noch ein Platz frei. Komm lass uns dort hinsetzen", forderte sie ihn auf. Sie zeigte dabei auf einen Tisch mit noch zwei freien Stühlen.

Sie setzten sich mit ihren Tabletts an den langen Tisch und Michael schenkte Sunny Kaffee ein.

„Achtung, nicht so voll… Wir haben heute in der ersten Stunde Mathe. Unser Herr Mendez wird dir gefallen, ein schrulliger alter Herr mit schwarzen Anzügen und einer dicken Hornbrille aus den sechziger Jahren."

„Na, da bin ich ja mal gespannt, Justus hat mir schon erzählt, dass ihr hier ein paar ganz besondere Lehrer habt", sagte Michael und bedachte sie mit einem langen Blick.

„Ja, Justus hat schon einiges erzählt von dir. Wo du herkommst, und dass ihr euch viele Jahre ein Zimmer geteilt habt. Ich komme aus München und bin noch nicht allzu lange hier, aber es gefällt mir sehr gut. Du musst wissen, ich bin eine von den Schülern, die vom Sozialamt hier sind. Du weißt schon, schwieriges soziales Umfeld und so", sagte Sunny und wirkte dabei ganz gelöst und fröhlich.

„Das wusste ich gar nicht, dass hier Schüler und Schülerinnen vom Sozialamt sind."

„Ich glaube jeder vierte Interne ist vom Amt."

Es war ein ständiges Kommen und Gehen an den Tischen um sie herum. Louise und Justus setzten sich mit ihren Frühstückstabletts neben die beiden, ohne ein Wort zu verlieren. Nach kurzer Zeit kam auch Tim dazu, der völlig verschlafen wirkte und stetig gähnen musste. Als die Schulklingel ertönte, verließen sie gemeinsam, aber nur ungern, mit schnellen Schritten den Essenssaal, um pünktlich zum Unterricht zu kommen.

„Nicht so schnell", rief Louise ihren Freunden nach, „ich muss noch meine Jacke holen."

„Ja, aber beeil dich bitte. Herr Mendez hasst es, wenn man unpünktlich ist", rief Sunny.

„Ja, ja", antwortete Louise, die es nicht ausstehen konnte, wenn man sie drängte.

Während Michael und Justus nebeneinander im Klassenzimmer Platz genommen hatten, fing es wieder heftiger an zu schneien als in den Tagen zuvor. Louise und Sunny saßen direkt hinter den beiden und schauten verträumt den Schneeflocken bei ihrem wilden Tanz zu.

Tim und sein Freund Ludwig, der sich zumeist dadurch auszeichnete, dass er die mit Abstand verrücktesten Klamotten trug, saßen zwei Reihen davor. Ludwig hatte sich heute für eine beige Uniform entschieden, die sonst nur Fallschirmspringer im Zweiten Weltkrieg trugen.

Aber, als wenn das noch nicht reichen würde, versuchte er sich wie ein Schauspieler, in seine jeweilige Rolle einzuarbeiten. Er nahm eine andere Stimmhöhe an und veränderte seine Mimik. Man konnte der Ansicht sein, dass er mehrere Stunden am Tag in seinem Zimmer vor seinem großen Spiegel übte, so lange bis die Rolle perfekt war. Und so überraschte er immer wieder seine Mitschüler mit neuen Kostümen, die er zumeist von Trödlermärkten aus Hamburg hatte.

Herr Mendez ging mit schnellen raumgreifenden Schritten ohne Umweg zu seinem Pult. Seinen schwarzen Mantel schüttelte er aus und hängte ihn dann sorgfältig neben der Tafel zum Trocknen auf. Er kramte in seiner Hosentasche und holte ein Taschentuch hervor, mit dem er seine beschlagene Brille säuberte.

Danach machte er sich einige Notizen im Klassenbuch, legte seinen Füller zur Seite und suchte nach dem Gesicht des neuen Schülers in der wartenden Menge.

„Dieses Halbjahr haben wir nur einen neuen Schüler in unserem Kurs – das ist nicht viel“, stellte er besorgt fest.

„Herr Petersen, wo sitzen Sie denn?“

Michael hob seinen Arm: „Hier!“

„Ah ja, ich hoffe, Sie leben sich schnell bei uns ein.

Das wichtigste Fach bis zum Abitur ist Mathematik. Da stimmen Sie mir doch sicherlich zu, oder?“

„Wenn Sie das sagen“, entgegnete Michael mit einem Lächeln.

„Sie wollen doch hier Abitur machen oder?“

„Das ist meine erklärte Absicht.“

Herr Mendez schaute durch seine schwarze Hornbrille auf die Uhr und dann durch die Reihen seiner Schüler.

„Sehen Sie meine lieben Damen und Herren, kaum sieben Minuten in meinem Unterricht und schon hat er verstanden, warum dieses Fach das wichtigste ist. Nehmen Sie sich ein Beispiel daran. Nun aber zu den Hausaufgaben der letzten Woche.“

Er nahm Michael noch einmal in den Blick, um sich dann den anderen Schülern zuzuwenden, die sich diesen Spruch natürlich bei jeder Vorstellung eines neuen Schülers anhören mussten.

Nach dem Unterricht standen Justus und Michael mit einigen ihrer Gruppenmitglieder in einer Ecke des Schulhofes um zu rauchen. Der Schnee hatte seine weiße Pracht gleichmäßig über das Internat verteilt.

Der kalte schneidende Wind pfiff durch ihre Kleidung, als Michael beobachtete, wie Herr Mendez über den Schulhof in Richtung des Haupthauses in einem eigenwilligen Zickzackkurs ging. Man konnte deutlich erkennen, dass er dabei laut seine Schritte zählte.

„Was macht denn Herr Mendez da?“, wollte er verwundert wissen.

„Der geht ins Lehrerzimmer“, antwortete Louise beiläufig und nahm einen tief Zug von ihrer Zigarette.

„Das sehe ich, aber wie er da hingeht, ist doch etwas merkwürdig.“

„Herr Mendez hat genau ausgerechnet, welches der kürzeste Weg ins Lehrerzimmer ist, von allen seinen Klassen, in denen er Unterricht gibt. Er hält es für ziemlich ökonomisch und intelligent, keine Zeit und keine unnützen Wege zu gehen“, erklärte Louise dieses verschrobene absonderliche Verhalten.

„Ja, unser Herr Mendez ist schon ein ganz besonderer Fall“, mischte sich Ludwig ein. „Aber freue dich schon mal gleich auf deinen neuen Lateinlehrer Cognac-Calle … Komm wir müssen los.“

„Wie heißt der? Cognac-Calle!“, fragte Michael, amüsiert über die Namensgebung.

„Nein, nicht wirklich. Sein Name ist Herr Callenberg. Aber alle nennen ihn nur Cognac-Calle. Du wirst schon sehen, warum“, lachte Ludwig dreckig.

Vor der Klasse warteten schon einige Schülerinnen und Schüler, als Ludwig, Michael und die anderen sich dazugesellten. Der Klassenraum war noch verschlossen.

„Mensch, wo bleibt der denn? Es ist verdammt kalt hier draußen“, beschwerte sich eine Schülerin lautstark, die nur mit einem dünnen Pullover und Jeans bekleidet war und ein paar Bücher unter dem Arm hielt.

„Der ist bestimmt wieder bei den Handwerkern in der Werkstatt, um sich von innen etwas aufzuwärmen“, bemerkte ein Schüler spöttisch. Woraufhin die anderen zu lachen anfingen.

Ein wenig später sah man einen schlecht gekleideten alten Mann mit einer leichten Gehbehinderung über den Schulhof gehen. Sein unrasiertes rötliches Gesicht war gezeichnet vom Alkohol. Seine Haare standen in alle Himmelsrichtungen und seine unaufgeräumte Kleidung ließ nicht den Eindruck aufkommen, dass es sich hier um einen Lateinlehrer handeln könnte. Er erinnerte eher an einen Landstreicher.

Herr Callenberg bahnte sich den Weg durch die wartende Schülerschaft, umhüllt von einem beißenden Geruch von Alkohol und kaltem Schweiß, um den Klassenraum aufzuschließen.

„Dann mal rein in die warme Stube," stammelte er undeutlich. „Ihr seid doch sicherlich nur gekommen, um euch ein bisschen aufzuwärmen?"

Nach dem Abendessen lag Michael mit ausgestreckten Beinen auf seinem Bett. Erschlagen vom ersten Tag, mit seinen vielen neuen Eindrücken. Einem Mathelehrer, der Zickzack lief, und einem Lateinlehrer, den er so auch noch nicht gesehen hatte. Die anderen Lehrer stufte er eher als normal ein. Aber so mancher von ihnen wäre wohl kaum an eine Staatsschule vermittelbar gewesen.

Um sich ein wenig abzulenken, blätterte er desinteressiert in einer alten vergriffenen Autozeitschrift. Das Zimmer war immer noch recht kalt. Justus hatte sich zwei Pullover übereinander angezogen und arbeitete am Schreibtisch, als es an der Tür klopfte.

Tim, Sunny, Louise und Ludwig betraten das Zimmer in dicken Winterjacken. Louise hatte einen übergroßen roten Schal und Handschuhe an. Ihr langes gewelltes Haar hatte sie zu einem Zopf gebunden, der jetzt unter ihrer Mütze hervorschaute. Sunny hatte nur ihren Kragen hochgeschlagen und Ludwig, in seinem Fliegeranzug und seinen Militärstiefeln, verzichtete ganz auf eine Jacke.

„Was ist mit euch los, keine Lust auf die Scheune? Michael, du musst noch deinen Einstand geben. Da sind schon ein paar Bierchen fällig", sagte Ludwig mit einem militärischen Stimmfall, als hätte er das Internatszimmer mit einer Kasernenstube verwechselt.

„Los, kommt Jungs, anziehen … los geht's", forderte Louise die beiden auf und zog die Tagesdecke, die sich Michael übergelegt hatte, zur Seite.

„Ok, ich bin dabei. Wie sieht es mit dir aus Michael?“, fragte Justus, der sich über eine kleine Ablenkung freute. Auch Michael musste nicht lange überlegen und sprang aus seinem Bett.

„Alles klar… lass uns los. Ein bisschen Party machen.“

Die Scheune war nur ein paar Gehminuten von ihrem Gang entfernt, über den Sportplatz zu erreichen, der ziemlich vereist war. Und so standen sie nun am Tresen, um sich etwas zu trinken zu bestellen. Die Internatskneipe war mit Schülern und Schülerinnen aller Klassenstufen gut gefüllt, die sich entweder unterhielten oder auf der Tanzfläche zur Musik der achtziger Jahre ausgelassen tanzten.

„So, habt ihr alle was zu trinken“, fragte Louise und schaute in die Runde, die ihr zunickte.

„O.k. Michael, dann herzlich willkommen in Fürstenwald.“

Sie bildeten dabei einen Kreis und erhoben ihre Bierflaschen, um gemeinsam anzustoßen und riefen zusammen: „Von der Mitte zur Titte zum Sack, zack, zack!“

Michael lehnte sich am Tresen an und schaute sich seine neuen Mitschüler an, bis sich ein breitschultriger, leicht gebräunter Schüler neben ihn stellte.

„Hallo Michael“, mein Name ist Eric, stellte er sich mit einem lässigen Gehabe vor. „Ich habe gehört, du sollst ein ganz passabler Fußballer sein.“

Michael nickte zustimmend.

„Hättest du vielleicht Lust bei uns morgen mitzutrainieren? Wir treffen uns um drei Uhr auf dem Fußballplatz. Unser Sportlehrer Herr Theodorakes ist auch dabei – sozusagen unser Trainer“, erklärte Eric gestenreich.

„Sehr gerne, wie viel seid ihr denn?“, fragte Michael interessiert, der für sein Leben gerne Fußball spielte und dies auch schon seit seiner frühesten Kindheit mit großer Begeisterung tat.

„Wir kriegen so ungefähr zwanzig Leute zusammen.

Unsere Mannschaft hat letztes Jahr bei den Schulmeisterschaften den vierten Platz belegt. Vielleicht kommen wir ja diesen Sommer etwas weiter.“

„Ich bin sehr gerne dabei, wenn ihr noch einen guten Mann im offensiven Mittelfeld gebrauchen könnt."

„Ok, wir sehen uns", verabschiedete sich Eric und klopfte ihm dabei freundschaftlich auf die Schulter.

Michael wendete sich Louise zu, die sich neben ihn gestellt hatte, um sich noch ein Getränk zu bestellen.

„Na, was wollte denn der schöne Eric von dir?", fragte sie abfällig.

„Er hat mich gefragt, ob ich Lust habe, morgen mit Fußball zu spielen", antwortete Michael.

„Und hast du?"

„Auf jeden Fall und wie sieht es mit dir aus?", wollte Michael wissen.

„Fußball?", fragte Louise überrascht.

„Nein, lieber noch ein Bier. Es ist doch mein Einstand."

„Na klar, eins geht noch", lachte Louise.

Dr. Dr. Kerber kam Michael, Justus und Ludwig, als sie aus der Scheune zurückkamen, schwankend auf dem Gang entgegen. Der Lehrer hatte alle Mühe, sich auf den Beinen zu halten. Er stützte sich immer wieder mit seinem Arm an der Wand ab, um nicht zu Boden zu gehen.

„Ach du Scheiße unser Herr Dr. Dr. ist schon wieder voll. Zu tief ins Glas geschaut", amüsierte sich Ludwig. Er sprach aber so leise, dass der ihn nicht verstehen konnte.

„Guten Abend, Kapitän Kerbi, mein Gott ist das heute Abend wieder ein Seegang, man kann sich ja kaum auf den Beinen halten", während Ludwig dies so laut sagte, dass es auch wirklich alle verstehen konnten, bewegte er sich genauso torkelnd wie sein Gangvater und ließ sich immer wieder mit dem Rücken gegen die Wand fallen.

Die beiden Jungs standen staunend daneben, bei diesem kleinen Schauspiel und wunderten sich, dass er ohne ein Wort zu verlieren, an ihnen vorbeiging und sie gar nicht wahrnahm.

„Mein Gott hat der wieder einen getankt", stellte Justus fest.

„Kommt das öfters vor?", fragte Michael.

„Jeden zweiten Abend", sagte Justus.

„Mindestens", ergänzte Ludwig und lachte dabei durchtrieben. „Aber nicht immer gibt er eine solche Vorführung."

„Gute Nacht Ludwig“, sagte Justus. „Wir sehen uns morgen früh zur ersten Stunde. Wir haben Politik.

Nicht verschlafen.“

„Nein, natürlich nicht!“, antwortete Ludwig lallend und ließ sich zum Spaß noch einmal gegen die Wand fallen.

Der Politikunterricht langweilte die meisten Schüler an diesem verschneiten Morgen. Noch immer hatte der Winter Fürstenwald und die anliegenden Ländereien fest in seinem Griff.

Die Stunde zog sich hin, wie ein altes Kaugummi, das ein Schüler unter die Tischplatte geklebt hatte und das nun auf der Hose kleine Strähnchen zog, die man nur beschwerlich entfernen kann. Einige hatten Mühe, ihr Gähnen zu unterdrücken, andere wiederum malten in ihren Heften oder lasen Zeitschriften unter dem Tisch.

Louise schaute verträumt aus dem Fenster, an dem sich schon kleine Eisblumen gebildet hatten, hinunter auf den Haupthausplatz. Sie erfreute sich an dem Tanz der feinen Schneeflocken, die sich leise auf den Boden legten und durch einen gelegentlichen Windstoß wieder hochgewirbelt wurden.

Bis zu dem Moment, als sie ein Elternpaar sah, das aus einer blauen Limousine, direkt vor dem Haupthaus, ausstieg. Auf der Rücksitzbank saß ein groß gewachsener junger Mann mit schwarzen Haaren, der seine Arme verschränkt hielt und starr nach vorne schaute. Durch seine Körperhaltung ließ er keinen Zweifel daran, dass er nur ungern aussteigen wollte. Sein Vater öffnete ihm demonstrativ die Fahrzeugtür und durch eine fordernde Handbewegung zeigte er ihm unmissverständlich an, dass er doch bitte aus dem Auto aussteigen solle.

Louise schubste Sunny mit dem Ellenbogen an, um sie darauf aufmerksam zu machen, das da draußen etwas passierte, was sie auch interessieren dürfte. Mit einer Kopfbewegung zeigte sie in Richtung Fenster und Haupthausplatz.

„Ich glaube wir bekommen Nachwuchs“, sagte Louise leise.

„Ist es denn schon so weit?“, amüsierte sich Sunny, die es absichtlich falsch verstehen wollte.

„Nicht so. Schau doch mal raus. Wir bekommen wohl einen neuen Mitschüler.“

„Auf die Entfernung sieht der ganz gut aus“, vermerkte Sunny und trommelte dabei mit ihren Fingernägeln auf die grüne Tischplatte.

„Meine Damen, in den hinteren Reihen, könnten Sie vielleicht die Freundlichkeit besitzen sich auf mich zu konzentrieren“, sagte Herr von Seesen, dem es nicht entgangen war, dass die beiden seinem Unterricht nicht die Aufmerksamkeit schenkten, die seiner Meinung nach nötig war.

Louise richtete sich erschrocken auf: „Sehr wohl, Herr von Seesen.“

Mit seinem dunklen gewellten wild nach hinten gekämmten Haar und seinem langen Vollbart sowie einer korpulenten barocken Figur, erinnerte er in seinem äußeren Erscheinungsbild sehr stark an Karl Marx. Aus diesem Grunde, nannten ihn die Schüler auch gerne „von Marx“.

Dieser blätterte nun genüsslich in seinem kleinen roten Notizbuch, Seite für Seite schlug er um und zelebrierte seinen Auftritt, den er normalerweise am Anfang einer jeden Stunde hatte. Er fing langsam an, Schülernamen mit einem schrecklichen Sarkasmus in der Stimme aufzurufen. Dies verunsicherte die meisten Schüler, sie wussten nicht, ob er es ernst meinte oder ob er einfach nur eine kleine humorvolle Aufführung zum Besten gab.

So wie vor ein paar Wochen, als es ein Schüler gewagt hatte, in seinem Unterricht einzuschlafen. Dieser lag seelenruhig nach vorne gelehnt auf seinem Schreibtisch zwischen zwei Büchern und schlief.

Nachdem Herr von Seesen dies bemerkt hatte, war seine Reaktion, für alle die dabei waren, äußerst überraschend. Er weckte ihn nicht auf, so wie es wahrscheinlich fast alle Lehrer in dieser Situation getan hätten, sondern forderte alle Schüler auf, leise den Klassenraum zu verlassen, damit der Schlafende nicht noch geweckt wird. Die Klassentür schloss er leise hinter sich ab und schickte die staunenden Schüler in die Pause.

Man kann sich unschwer vorstellen, dass dieses Ereignis Tagesgespräch im Internat war und dass der „eingeschlafende Schüler“ ab diesem Tag, bei jeder sich bietenden Gelegenheit, von seinen Mitschülern damit gehänselt wurde.

„Na, wen wollen wir den heute grillen. Gut vorbereitet sind Sie ja sicherlich alle. Tobi, Claudia, Michelle …“ Er schaute kurz hoch.

„Oh, ich vergaß … möchte sich vielleicht jemand freiwillig melden?“

Herr von Seesen schaute dabei, ohne sein Gesicht zu verziehen, durch die Reihen verunsicherter Schüler.

Das war genau der Moment, wo sich alle ganz klein machten hinter ihren Schulbänken und auf ihren Stühlen nach unten rutschten. Sie versuchten seinen Blicken möglichst aus dem Weg zu gehen, um nicht aufgerufen zu werden. Niemand wurde gern gegrillt, dem das bedeutete für fast jeden der Anwesenden, sich zu blamieren. Herr von Seesen stellte die erste Frage immer so, dass er genau wusste, dass sowieso kein Schüler in der Lage war, sie richtig zu beantworten. Zumindest konnte sich niemand erinnern, der jemals an seinem Unterricht teilgenommen hatte, dass dies auch nur ein einziges Mal der Fall gewesen wäre.

Warum er das machte? Ganz einfach, so wusste er, dass keiner seiner Schüler jemals den Anspruch erheben könnte, eine Zensur zu bekommen, die besser als zwei war. Denn das würde für ihn bedeuten, dass einer seiner Schüler mit ihm auf einer Intelligenzstufe stehen würde. Ein für ihn unvorstellbarer, geradezu abwegiger Gedanke.

Auf seinem Pult stand dann immer seine schwarze Aktentasche, auf der ein Aufkleber prangte, der für alle deutlich sichtbar und unmissverständlich war.

„Die Eins ist für mich.“

„Die Zwei ist für den lieben Gott.“

„Und die Drei, die ist vielleicht für dich.“

„Tim … du bist heute dran.“

Tim schaute sich ungläubig um und zeigte dann mit dem Zeigefinger auf sich.

„Ich? Ich war doch erst letzte Woche dran, Leuthold?“, beklagte er sich mit mitleidiger Stimme.

„Mein lieber Herr Tim“, sagte Herr von Seesen mit lauter verärgerter Stimme. „Ich kann mich nicht erinnern, dass wir schon einmal gemeinsam über einen Gartenzaun gepinkelt haben. Nämlich erst dann und wirklich erst dann, gibt es einen Grund, warum wir uns duzen sollten. Also, für Sie bin ich noch immer Herr von Seesen. Sie können sich setzen …Das war eine Sechs.“

Tim bekam keinen Laut mehr heraus und setzte sich irritiert mit ansteckender Verzweiflung wieder hin.

Laura, eine eher stille zurückhaltende Schülerin, meldete sich zaghaft. Ihr viel zu langer Pony nahm ihr ein wenig die Sicht und so pustete sie ihn alle paar Minuten aus dem Gesicht.

„Herr von Seesen, ich müsste mal dringend auf die Toilette", sagte sie mit einer fordernden Ungeduld, die ihr sonst nicht zu eigen war.

„Können Sie sich vorstellen, dass Sie nicht mehr in der Vorschule sind?", fragte Herr von Seesen genervt, als er sich zu ihr umdrehte.

„Hat jemand einen Korken da?"

Er schaute dabei in fragende Gesichter, um sich dann wieder Laura zuzuwenden.

„Nein? Dann beherrschen Sie sicher die Kunst des Hochziehens und Ausspuckens. Meinetwegen können Sie den Mülleimer dafür nehmen, der dort in der Ecke steht. Wenn auch das versagt, so müssen Sie sich leider noch eine halbe Stunde gedulden".

Ein hämisches Grinsen zog über sein bärtiges Gesicht und seine Augen blitzten hinter seinen Brillengläsern hervor.

„Dieses dumme Arschloch", sagte Laura leise zu sich und gerade so laut, dass es ihre Nachbarin noch verstehen konnte.

Als die Schulglocke zur Pause läutete, rannte sie als Erste an allen vorbei, aus dem Klassenzimmer.

Michael und Justus schlenderten gemeinsam nach der letzten Stunde über den Gang zu ihrem Zimmer.

„Was machst du an diesem Wochenende?"

„Ich fahr nach Hause", antwortete Michael.

Mit einem triumphierenden Gesichtsausdruck kam Sunny den beiden entgegen.

„Louise hat recht gehabt, wir bekommen einen neuen Mitschüler. Er ist heute Morgen angemeldet worden.

Er heißt Linus und wird bereits nächste Woche erwartet. Und wenn es euch interessiert – er ist unser Jahrgang."

„Woher weißt du denn das schon wieder?", fragte Justus, amüsiert über die grenzenlose Neugierde seiner Mitschülerin.

„Aus dem Sekretariat. Ich habe gerade mein Taschengeld abgeholt.

Und da habe ich das ganz zufällig mitbekommen… Also Jungs, wenn wir uns nicht mehr sehen – schönes Wochenende."

„Schönes Wochenende", rief Michael ihr hinterher.

„Mach's gut Sunny, bis Sonntagabend", sagte Justus und drückte die Türklinke seines Zimmers herunter.

Der Winter hatte seine Umklammerung immer noch nicht gelöst, aber die Sonne schien für diesen Februartag schon recht kräftig, um einen kleinen Ausblick auf den Frühling zu geben, als Michael mit seinem grünen Käfer die Auffahrt seines Elternhauses hinauffuhr.

Er parkte seinen Wagen direkt vor der Garage und ging durch die Eingangstür, um sogleich seine Tasche, die er über der Schulter trug, in die Ecke des Eingangsbereiches zu schleudern, um später im Keller seine Wäsche in die Waschmaschine zu werfen.

„Hallo ist jemand zu Hause?", rief er mit lauter Stimme. Es meldete sich aber niemand und so lief er die Treppe hinauf, über den Flur in sein Zimmer. Mit einem Sprung warf er sich auf sein Bett und griff zu dem Telefon, das auf einem kleinen Beistelltisch stand. Er wählte die Telefonnummer seines ältesten Freundes Christoph, den er nun schon seit ein paar Wochen nicht mehr gesehen hatte. Gemeinsam spielten sie schon seit vielen Jahren in einer Tennismannschaft. Allerdings mit wechselndem Erfolg. Aber das war den beiden egal, Hauptsache sie hatten Spaß und gewannen gelegentlich einmal ein Match.

„Ja, guten Tag, Michael am Apparat, ich hätte gerne den Christoph gesprochen?"

Während er wartete, wanderte sein Blick durch sein aufgeräumtes Zimmer, das er nur an den Wochenenden und in den Ferien bewohnte. Je länger er aufs Internat ging, desto fremder wurde ihm dieser Raum und immer mehr fühlte er sich nur als Gast.

In den Schränken standen noch Spielzeug, alte Modellautos, Malbücher und eine abgebaute Carrerabahn. Es erinnerte alles eher an ein Kinderzimmer, als an das Zimmer eines Neunzehnjährigen.

„Hey Christoph, ich wollte mich kurz melden. Denkst du daran, dass wir morgen mit unserer Tennismannschaft ein Spiel haben."

„Ja, dass habe ich nicht vergessen."

„Wie sieht es heute Abend aus. Wollen wir was unternehmen?"

Er überlegte ein paar Sekunden.

„In Ordnung. Was meinst du wie spät?"

„So gegen acht Uhr", antwortete Michael, „ich will vorher noch bei meinen Großeltern vorbei und hole dann auch noch Ina ab."

„Gut, dann gegen acht Uhr", erwiderte Christoph, der sich darüber freute, mal wieder mit Michael und Ina, meist bis in die frühen Morgenstunden, durch die Kneipen und Diskotheken der Stadt zu ziehen.

Und so manches Mal, wenn es später wurde, hatte er seinen Eltern einfach gesagt, dass er bei Michael zu Hause übernachtet. Der Vorteil lag darin, dass er nicht schon vor zwölf zu Hause sein musste.

Christophs Mutter war dann beruhigt, weil sie Michaels Eltern aus dem Tennisverein kannte und ihnen ganz offensichtlich vertraute. Als Bürgermeisterin der Stadt war sie stets darauf bedacht, dass ihr Sohn sich in der Öffentlichkeit vorbildlich verhielt, so wie natürlich auch seine beiden Geschwister, die ein paar Jahre älter waren als er. Ein Skandal oder ein Fehlverhalten könnte ja am nächsten Tag in der Zeitung stehen und die politische Karriere empfindlich stören.

Am liebsten, so war es Michaels Eindruck, wäre Christoph auch Internatsschüler geworden, um nicht immer den hohen Erwartungen seiner Eltern entsprechen zu müssen.

Besonders aber im Tennisverein, diesem kleinen Kosmos von Spießern und kleinen Angestellten, die sich stets für etwas besseres hielten und ihre Söhne und Töchter am liebsten wie kleine Äffchen im Zirkus dressiert hätten.

Dort gab es diesen unausgesprochenen Wettbewerb, wer immer noch etwas mehr als der andere hatte. Das größte Haus, das schickste, auf jeden Fall das teuerste Auto und natürlich die intelligentesten Kinder, mit den besten Noten. Von denen man gerne im Clubhaus erzählte, in möglichst großer Runde, unter den neidvollen Blicken der geschätzten einfältigen Erwachsenen.

Dieses Konkurrenzverhalten nahm so groteske Züge an, dass ein Zahnarzt und zweiter Vorsitzender des Vereins während eines Turniers mit seinem kleinen Motorflugzeug über die Tennisanlage flog und so lange seine Kreise am Himmel zog, bis er sich sicher sein konnte, dass ihn auch wirklich jeder gesehen hatte.

Michael legte den Hörer auf, kramte ein wenig in seiner Plattensammlung. Er suchte eine ganz bestimmte Platte, dessen Melodie ihm einfach nicht mehr aus dem Kopf ging. Kurze Zeit später fiel die Haustür unüberhörbar laut ins Schloss. Mit einem Satz sprang er aus seinem Bett und lief über den Flur hinunter in die Küche.

Seine Mutter war vom Einkaufen mit seiner Schwester zurückgekehrt und nun damit beschäftigt, die großen bunten Plastiktüten, die sie auf den Tisch gestellt hatten, zu entleeren.

„Hallo wie geht's?“, sagte Michael mit freudiger Stimme, als er die beiden sah.

„Na, Brüderchen schon zurück aus'm Knast?“, sagte seine knapp vier Jahre jüngere Schwester augenzwinkernd.

„Hallo Michael, wie waren denn die ersten Wochen?“, fragte seine Mutter, als sie sich zu ihm umdrehte.

„Ich mach uns gleich einen Kaffee und dann kannst du ja mal erzählen, von deiner neuen Schule. Sei aber so lieb und bring erst einmal den Müll hinaus.“

Er verließ mit einer prall gefüllten Mülltüte die Küche. Als er durch die Haustür, die Treppen hinunterging, kam ihm sein Vater entgegen, der ihn verärgert anschaute und sofort lospolterte.

„Ich habe dir doch schon tausendmal gesagt, du sollst den Wagen nicht vor die Garage stellen. Das kapierst du wohl nie mehr. Wie oft soll ich dir das denn noch sagen?“

Michael schaute ihn erschrocken an und reagierte trotzig, so wie es seine Art war, wenn er sich ungerecht behandelt fühlte und schlechtes Benehmen machte ihn darüber hinaus sowieso rasend: „Unter zivilisierten Menschen sagt man erst einmal guten Tag, wenn man sich eine längere Zeit nicht mehr gesehen hat. Aber, das ist dir wahrscheinlich gar nicht aufgefallen. So dachte ich mir, stell doch den Wagen vor die Garage. Dann bemerkt er dich wenigstens.“

„Aus dir wird nie etwas werden, wenn du nicht lernst dich anzupassen. Du wirst schon noch sehen was du davon hast“, wusste sein Vater ihn zu maßregeln.

Er schüttelte dabei den Kopf, so wie er es sich bei jeder sich bietenden Situation genüsslich tat.

„Immer die gleiche Platte“, antwortete Michael.

Er war es leid, solche verletzenden Bemerkungen zu ertragen. Durch seine Zeit im Internat war der Abstand unweigerlich größer geworden. Die wenigen Stunden am Wochenende, die man gemeinsam miteinander verbrachte, waren nicht gewollt. Sie kamen zwangsläufig daher und das war so, solange Michael denken konnte. Es hatte ihm nichts ausgemacht, auf ein Internat zu gehen. Er war sogar froh darüber. Nie hatte er das Gefühl gehabt, in den langen Wochen, in denen er nicht zu Hause war, etwas zu vermissen.

Schlecht gelaunt, warf er die Tüte in den Mülleimer und ging langsam zurück ins Haus, ohne dabei seinen Wagen zurückzufahren. Jetzt erst recht nicht, dachte er bei sich. Als er in die Küche zurückkam, konnte er noch die letzten Sätze seines Vaters vernehmen, die er über ihn sagte. Und dem es auch völlig gleichgültig war, ob er es mitbekam.

„Dein Sohn, der ist immer nur verwöhnt worden, von dir und deinen Eltern. Mit seinem Käfer muss er sich nun auch noch demonstrativ vor die Garage stellen. Ich war ja gleich dagegen, dass er den Wagen bekommt."

„Kannst du denn nicht wenigstens heute Ruhe geben? Der Junge ist doch gerade erst nach Hause gekommen", bat ihn seine Mutter eindringlich.

„Ihr werdet noch alle sehen was ihr davon habt", sagte er herablassend und ging aus der Küche, ohne Michael eines Blickes zu würdigen.

„Wie war denn die ersten Wochen? Erzähl mal", fragte Sandra, als sie sich mit der Hand durch ihre langen blonden Haare fuhr. Michael setzte sich zu ihr an den Tisch, um ihr ein wenig Gesellschaft zu leisten.

„So weit alles in Ordnung. Die Lehrer sind etwas gewöhnungsbedürftig. Unser Gangvater ist fast jeden zweiten Abend besoffen, aber die Mitschüler sind ganz o.k."

„Und wie ist das Essen?", wollte seine Mutter wissen, die vor dem Kühlschrank stand und noch einige Lebensmittel hineinstellte.

„Nicht so gut wie vorher. Aber zum Glück haben wir eine kleine Küche auf dem Gang. Auch wenn wir meistens Spaghetti machen, immer noch besser, als das, was wir so jeden Tag vorgesetzt bekommen", antwortete Michael, der dabei flüchtig auf seine Uhr schaute.

„Ich fahr jetzt zu den Großeltern. Wenn Ina anruft sag ihr doch bitte, dass ich sie heute Abend abhole. Wenn sie will, kann sie mich ja auch bei Oma und Opa anrufen."

„Willst du jetzt schon wieder los, du bist doch gerade erst angekommen. Ich dachte wir trinken noch eine Tasse Kaffee zusammen“, sagte seine Mutter enttäuscht darüber, dass er schon so schnell wieder weg wollte.

„Bis morgen früh, ich denke es wird heute Abend etwas später. Es kann auch sein, dass ich bei Ina übernachte. Was ist mit dir, Sandra, willst du heute Abend auch noch los?“, fragte Michael.

„Nein, ich glaube nicht. Ich habe morgen ein Turnier und das wird bestimmt ziemlich anstrengend.“

„Ich auch, … na und?“

„Feier du man schön und ich gewinne morgen das Turnier“, antwortete sie selbstbewusst. Tennis war ihre große Leidenschaft. Fast jeden Tag nach der Schule fuhr sie zum Training. Die Glasvitrine in ihrem Zimmer stand voller Pokale und so eilte sie von einem Turniersieg zum nächsten.

In seinem grünen Käfer, ein Geschenk seiner Großeltern, den er erst seit ein paar Monaten hatte, fuhr er die Auffahrt hinunter, in die sich senkende Dämmerung, um sie zu besuchen.

Zum Glück waren sie, nachdem sein Großvater in Rente gegangen war, wieder in ihr altes Haus in eine der besseren Wohngegenden der Stadt gezogen. Nur ein paar Autominuten von seinem Elternhaus entfernt. Wann immer es ihm möglich war, besuchte er sie dort am Wochenende.

Viele Jahre hatte sein Großvater, der als Direktor einer großen Wohnungsgesellschaft tätig war, in einer mittelgroßen Stadt an der Nordsee gearbeitet.

Schon als kleiner Junge, hatte er so viele Ferientage wie möglich bei den Großeltern verbracht. Im Alter von gerade einmal acht Jahren – er hatte sich mal wieder mit seinem Vater nicht verstanden, war er abgehauen. Mit einem Linienbus zum Bahnhof, um sich dort von seinem Taschengeld eine Bahnfahrkarte zu kaufen.

Und so setzte er sich in den richtigen Zug, um seine Großeltern in der sechzig Kilometer entfernten Küstenstadt zu besuchen.

Niemandem war zu Hause etwas aufgefallen. Niemand hatte ihn vermisst, bis er plötzlich in dem Büro seines Großvaters stand. Ein Abenteuer, von dem seine Großmutter so manches Mal mit ein wenig Stolz erzählte.

So saß er auch heute wieder beim Abendessen mit ihnen und erzählte ausführlich, was sich in den ersten Wochen in seinem neuen Internat alles zugetragen hatte. Am frühen Abend verabschiedete er sich von ihnen, um pünktlich wie vereinbart, seinen Freund Christoph abzuholen, der nur drei Straßen weiter wohnte.

Er hielt mit seinem Auto vor dem Haus, hupte dreimal laut in kurzen Abständen, ein zwischen ihnen abgesprochenes Zeichen. Nach ein paar Sekunden erschien Christoph, der immer etwas schlaksig durch seine Größe und dadurch, dass er sehr schlank war, wirkte. Er trug Jeans, ein weißes Polohemd und Tennisschuhe und darüber einen viel zu großen Wintermantel. Seine dunklen Haare waren zu einem Seitenscheitel gekämmt.

Kurz vor dem Auto rutschte er leicht aus, konnte sich aber noch fangen, um mit einem Sprung auf dem Beifahrersitz zu landen.

„Nichts wie weg, ich muss schon um kurz vor zwölf wieder zu Hause sein“, sagte Christoph etwas außer Atem.

„Wenn sonst nichts ist? Du musst morgen früh ja auch ausgeschlafen sein. Die Jungs vom TSG sind nicht schlecht. Im Doppel, denke ich, haben wir sicher eine Chance, im Einzel bin ich mir nicht so sicher“, sagte Michael.

„Ich hatte fast vergessen meinen Tennisschläger neu besaiten zu lassen“, bemerkte Christoph.

„Was hältst du davon, wenn wir erst Ina abholen und dann ins Bistro in die Innenstadt fahren?“

„Ja, o.k. Das ist mir recht“, nickte Christoph zustimmend.

„Ich werde heute Nacht sicher bei Ina übernachten, sei doch so lieb und nimm dann den Wagen mit und hol mich morgen früh wieder bei ihr ab. Meine Tennissachen habe ich vorne im Kofferraum verstaut“, sagte Michael.

„In Ordnung. Ich hupe dreimal.“ Vor dem Elternhaus von Ina angekommen, drehte er sich zu Christoph: „Ich geh schnell rein. Dauert nicht lange.“

Michael sprang über den Gartenzaun auf den penibel gepflegten Rasen und drückte auf den Klingelknopf neben der Eingangstür. Ina, seine

Freundin, öffnete ihm die Tür und lachte ihn mit ihren strahlenden meerblauen Augen an. Sie trug eine weiße Hose und eine blaue Bluse unter ihrer Daunenjacke. Sie sah wie immer bezaubernd aus mit ihren seidigen langen blonden Haaren.

Michael hatte noch immer dasselbe Herzklopfen, wenn er sie sah und sie in die Arme nehmen konnte. Christoph hatte es sich in der Zwischenzeit auf der Rücksitzbank bequem gemacht und sah, wie die beiden Arm in Arm auf den Wagen zukamen.

„Hallo Christoph, wie haben uns ja schon eine ganze Weile nicht mehr gesehen“, begrüßte ihn Ina, als sie auf dem Beifahrersitz Platz nahm und zu ihm nach hinten schaute. Michael startete den Motor und fuhr ein paar kleine Gassen entlang, in denen noch Schnee lag und die nicht geräumt wurden, den direkten Weg in die Innenstadt.

„Ja, das stimmt“, antwortete Christoph. „Meine nicht so guten Zensuren haben dazu geführt, dass ich in der letzten Zeit viel lernen musste. Meine Eltern haben total genervt.“

„Sei vorsichtig, sonst landest du auch noch auf einem Internat“, witzelte Ina.

„Das machen meine Eltern auf gar keinen Fall“, zeigte er sich überzeugt.

„Lustig wäre es aber schon“, meinte Michael.

„Schau mal dort vorne. Dort ist ein Parkplatz frei“, sagte Ina und zeigte mit dem Finger auf eine Parklücke.

„Ja, seh ich.“

Zu dritt betraten sie das überwiegend mit jungen Leuten gefüllte Cafe, das in einem französischen Stil eingerichtet war. Mit Bistrotischen und Thonetstühlen auf zwei Etagen. Ein neuer Treffpunkt in der Fußgängerzone. Auf der Suche nach einem Sitzplatz in der Nähe des Tresens, blieb Christoph kurz bei einem Mädchen stehen, das er ganz offensichtlich gut kannte. Sie wechselten ein paar freundliche Worte, während Michael Ina von hinten in den Arm nahm und sie fest an sich drückte. Sie schauten Christoph wartend zu, sprachen dabei aber kein Wort. Es war an einem solchen Abend wie diesem, als er vor über zweieinhalb Jahren Ina auf dem Stadtfest kennengelernt hatte.

Die gleiche Tour, erst ins Cafe, dann ein Bummel durch die Stadt mit all ihren Buden und viel Musik und danach in eine Disco unweit der Innenstadt, nur ein paar Minuten zu Fuß. Er musste gerade jetzt wieder daran denken, da es mit ihr in den letzten Wochen nicht mehr ganz so gut geklappt hat. Die wenige Zeit, die sie miteinander verbracht hatten, und das eine oder andere Streitgespräch belasteten die Beziehung.

Aber an einem solchen Abend wie diesem, versuchte er ganz schnell auf andere Gedanken zu kommen, sich abzulenken und darauf zu hoffen, dass schon alles wieder in Ordnung kommt.

Am nächsten Morgen hupte Christoph schon in aller Frühe dreimal vor Ina's Haus, er ließ den Wagen laufen, damit die Heizung weiter ihren Dienst verrichtete, denn es war sehr kalt und die Frontscheibe fing immer wieder an zu beschlagen, wenn man sie nur anhauchte. Nach kurzer Zeit kam Michael heraus und stieg zu ihm ins Auto.

„Na, schon wach. War wohl ziemlich spät heute Nacht?", zog Christoph seinen Freund auf, der sichtlich übermüdet war.

Mit schwacher Gegenwehr konterte Michael: „Wenn du meinst, ich kann heute nicht spielen, dann irrst du dich aber."

„Wir müssen um zehn Uhr da sein", stellte Christoph fest.

„Dann gib mal Gas", forderte Michael seinen Freund auf, der mit aufheulendem Motor anfuhr und fast den Wagen zum Absaufen gebracht hätte.

Michael hatte seine Reisetasche in der Hand, als er in die Küche kam. Seine Mutter schälte Kartoffeln und hörte dabei Musik aus dem Radio. Sie drehte sich zu ihm um und ihre Enttäuschung, dass ihr Sohn schon wieder ins Internat zurückmusste, war ihr ins Gesicht geschrieben.

Aber sie versuchte, dieses Gefühl vor ihm zu verbergen, sich nichts anmerken zu lassen, auch wenn es ihr so manches Mal schwerfiel.

„Musst du schon los?", fragte sie enttäuscht.

„Ja, spätestens um zehn Uhr sollen wir im Internat sein. Ich fahr gut zwei Stunden", antwortete Michael, der ein paar Schritte hinter ihr stand.

„Ist in Ordnung. Papa und Sandra sind noch in der Tennishalle."

„O.k., ich fahr dann jetzt los."

„Ja, aber fahr vorsichtig und melde dich mal im Laufe der Woche."

„Ja, ist in Ordnung."

Michael und Justus scherzten noch gut gelaunt, über das, was sie am Wochenende erlebt hatten, als sie ins Klassenzimmer kamen.

Der Rest der Schülerschaft saß bereits auf ihren Plätzen und kramte ihre Bücher aus den Taschen. Auch Linus, der Neue, hatte es sich in der hinteren Reihe, an einem der leeren Tische bequem gemacht. Leider auf Michaels Stuhl, dem dies überhaupt nicht gefiel.

„Entschuldige mal bitte, aber das ist mein Platz", sagte er mit einem genervten Unterton, als er neben ihm stand und auf Linus herunter schaute. Dieser beachtete ihn zunächst gar nicht und drehte sich erst langsam mit einem provozierenden Gesichtsausdruck zu ihm um.

„Ja, und?", warf Linus abfällig zurück.

„Nichts ja und! Such dir einen anderen Stuhl. Aber schnell", sagte Michael gereizt und warf seine Bücher vor ihm auf den Tisch.

Einige Schüler, die dies gehört hatten, schauten sich gebannt um. Kaum jemand hatte bemerkt, dass mittlerweile ihr Englischlehrer eingetroffen war, der einige Bücher und lose Blätter aus seiner Tasche holte und diese akribisch auf sein Pult legte.

„Du kannst mich mal!", brüllte Linus los.

„Tatsächlich!", hielt Michael mit lauter Stimme dagegen, die kein Zweifel daran ließ, dass er sich nicht einfach so wieder zurückziehen wollte. Linus erhob sich ruckartig von seinem Stuhl, der dabei zur Seite umkippte. Er war um einiges größer als Michael, der auch nicht gerade klein war. Mit beiden Armen schubste Linus Michael von sich, der sein Gleichgewicht verlor und leicht gegen einen Tisch fiel.

Er hielt kurz inne, schaute seinem Kontrahenten prüfend ins Gesicht, aber die Verärgerung darüber war so groß, dass er sich mit Anlauf auf ihn stürzte. Gemeinsam flogen sie über mehre Tische und Stühle, um dann unsanft auf dem grauen Linoleumboden aufzuschlagen.

Der Englischlehrer, der bis dahin auch nur Zuschauer dieses Streits war, rannte mit wenigen Schritten zu den beiden Streithähnen, packte sie an den Kragen und zog sie voneinander weg.

„Auseinander", brüllte er verärgert. „Das ist doch keine Stierkampfarena hier. Auseinander!"

Michael erhob sich als Erstes, um den unter sich Liegenden mit einem Siegerlächeln die Hand zu reichen.

„Komm, ich glaube das geht unentschieden aus", sagte er überzeugt.

Linus lächelte vielsagend zurück, konnte sich aber einen kleinen Seitenhieb nicht verkneifen.

„Da, bin ich mir nicht ganz sicher. Es käme auf einen zweiten Versuch an."

„Kannst du haben, wann und wo immer du willst, das ist mir egal!", entgegnete Michael selbstbewusst.

„Dürfte ich jetzt vielleicht mit dem Unterricht beginnen?", ermahnte der Lehrer die beiden erneut. Michael zeigte auf den Stuhl und bedeutete Linus damit, er möchte sich doch bitte dort wieder hinsetzen, wo er kurz zuvor schon gesessen hatte.

In dem Moment, wo er sich setzen wollte, zog Michael den Stuhl wieder zurück, und nur mit viel Geschick konnte Linus ein Hinfallen verhindern. Beide schauten sich ernst an, um dann doch über den ganzen Vorfall herzlich zu lachen.

Nach dem Unterricht gingen sie gemeinsam, einträchtig nebeneinander über das Internatsgelände, so als hätte es die kleine Prügelei vor ein paar Minuten überhaupt nicht gegeben. Justus, Louise, Tim und Sunny blieben in Sichtweite, sie hatten die Befürchtung, dass es noch einmal zu einer Auseinandersetzung kommen könnte. Aber zu ihrer Verwunderung war genau das Gegenteil der Fall.

„Sag mal Linus", wollte Michael wissen. „Du warst vorher auch schon auf einem Internat?"

„Ja. Zwei Jahre, unser Internat ist komplett bis auf die Grundmauern abgebrannt. Ein Wiederaufbau hätte ca. eineinhalb Jahre dauern sollen."

„Was machen denn die Lehrer und Schüler dann? Doch wohl keine eineinhalb Jahre Ferien, oder?", scherzte Michael.

„Wohl kaum. Die Schüler wurden bei Familien untergebracht und für den Unterricht wurden einige Räume im Rathaus zur Verfügung gestellt", antwortete Linus.

„Warum bist du nicht da geblieben?", fragte Michael, dem Linus immer sympathischer wurde.

„Meine Gastfamilie war total ätzend. Das ging gar nicht."

„Du kommst aus Hamburg?"

„Ja, aber eigentlich aus Rom."

„Aus Rom. Du bist Italiener?", fragte Michael verblüfft und musterte ihn jetzt noch genauer. Aber eigentlich war es auch auf dem ersten

Blick zu erkennen, die schwarzen Haare, die dunklen Augenbrauen, seine etwas zu große hakige Nase. Nur für einen Italiener war er doch sehr groß. Aber sehr sympathisch, dachte Michael bei sich, mal abgesehen von der kleinen Rauferei.

„Meine Eltern haben mich im Säuglingsalter aus einem römischen Waisenhaus adoptiert und die ersten Jahre haben wir auch in Italien gelebt.“

„Aha, daher kommt dieses italienische Temperament. Na, dann herzlich willkommen. Wenn du willst, kannst du ja mit in unsere Gruppe kommen?“, fragte Michael, der sich aber nur eine Antwort vorstellen konnte. Er drehte sich zu seinen Freunden um, die jedes Wort aufmerksam mit angehört hatten.

„Was haltet ihr davon, wenn Linus mit in unsere Gruppe kommt?“

Sie schauten sich verwundert an und nickten dann aber zustimmend.

„Ja, warum nicht“, sagte Justus als Erstes.

„Ich finde das eine gute Idee“, gab auch Sunny nickend ihre Zustimmung.

„Ich auch“, sagte Louise.

Linus ging etwas verloren durch den Essenssaal auf der Suche nach dem Tisch seiner neuen Gruppenmitglieder.

„Hey, Linus wir sitzen hier hinten“, rief Louise in seine Richtung. Er drehte sich um und schaute sie freundlich an.

„Herr Förster, Sie haben doch sicherlich nichts dagegen, dass Linus in unsere Gruppe kommt?“, fragte Tim höflich und lächelte ihn charmant an.

„Nein, ganz und gar nicht“, sagte Herr Förster, der sich von seinem Platz erhob, um dem Neuen ein paar Schritte entgegenzugehen.

Sie gaben sich freundschaftlich die Hand.

„Herzlich willkommen in unserer Gruppe. Wenn du möchtest, nimm doch neben Sunny Platz“, sagte Herr Förster, begleitet von einer Handbewegung, die Linus den Stuhl neben ihr zeigte.

„Vielen Dank“, sagte Linus

Er hatte kaum Platz genommen, da baute sich auch schon der Direktor am Tisch auf. Er schaute Linus und die anderen Gruppenmitglieder argwöhnisch an und wendete sich aber zunächst Herrn Förster zu, der bereits begonnen hatte, sich etwas zu essen auf seinen Teller zu legen.

„Ich sehe, unser Neuzugang hat sich seine Gruppe schon selbst ausgesucht. Sollten Sie Probleme bekommen, Herr Förster mit diesen Herrschaften, sagen Sie mir einfach Bescheid“, sagte er mit einem Ausdruck in der Stimme, den man nur unschwer als Beleidigung für die Anwesenden am Tisch verstehen konnte.

Seine immer wiederkehrenden Provokationen und sein herablassendes Verhalten gegenüber seinen Lehrerkollegen und gegenüber der Schülerschaft, das war die Mischung, in der Herr Dr. Fritsch aufging, da lebte er auf. Da konnte er in all seiner Machtfülle baden und niemand durfte seine abscheuliche Eitelkeit und Rücksichtslosigkeit ungestraft infrage stellen. Er liebte diese Auftritte.

„Mir machen diese Herrschaften keine Probleme“, antwortete Herr Förster in kurzen Worten, in der Hoffnung, dass damit das Gespräch auch schon beendet sei. Der Direktor wendete sich mit einem herablassenden Blick von der Gruppe ab und ging zu seinem Tisch.

„Mein Gott, hat der heute wieder eine Laune“, musste Louise unbedingt loswerden, da es ihr schwerfiel, dieses arrogante Benehmen zu ertragen. Sie konnte es dann meistens nicht für sich behalten, was sie dachte und es war ihr dann auch völlig egal, wenn sich für sie daraus irgendwelche Nachteile ergaben.

„Das ist einfach ein Arsch. Ihr hättet mal gestern sehen sollen, wie er seine Sekretärin zusammengebrüllt hat. Wegen einer Nichtigkeit. Ich war durch Zufall gerade im Sekretariat“, platzte es aus Ludwig heraus.

Die meisten am Tisch nickten ihm beipflichtend zu.

„Ludwig, ich möchte nicht, dass Sie in meiner Gegenwart so über unseren Direktor sprechen“, beschwerte sich Herr Förster, der seine Gabel und sein Messer zur Seite legte und dem diese Situation sichtlich unangenehm war.

„Ihrem Direktor, meiner ist er nicht. Letzte Woche hat er im Haupthaus wieder den Mädchen beim Duschen aufgelauert. Ganz zufällig stand er im Badezimmer. Das ist ein alter perverser Spanner“, konnte auch Sunny, die es überhaupt nicht mochte, wenn Herr Förster mal wieder diese devote Haltung gegenüber dem Direktor einnahm, nicht mit dieser Information hinter dem Berg halten.

„Warum schließen die Mädels denn nicht ab“, wollte Michael, der sichtlich überrascht war, wissen.

„Weil der Schlüssel immer wieder verschwindet. Jetzt kannst du dreimal raten, wer dafür wohl verantwortlich ist?“

„Jetzt reicht es aber, Sunny!“, sagte Herr Förster verärgert und schlug dabei mit seiner rechten Faust auf den Tisch.

„Ach, Forsti jetzt komm aber mal runter, das weiß doch jeder. Aber niemand traut sich das auszusprechen. Alle schauen einfach weg. Ich finde das zum Kotzen. Richtig zum Kotzen. Sie sind doch auch nicht besser, wenn Sie nichts machen“, entgegnete sie erbost.

„Jetzt reicht es aber!“

„Ich glaube unser Forsti braucht etwas Entspannung“, sagte Louise zu ihren Gruppenmitgliedern, die auch sofort verstanden. Wie auf Kommando hoben alle Schüler mit ihren Knien den langen Esstisch ein wenig hoch und bewegten ihn von Herrn Förster, der am Tischende saß, vor und zurück. Louise fing dabei leise an zu stöhnen. Es entstand eine eindeutig zweideutige Situation.

„Ohh, ahhh, komm ein bisschen fester“, stöhnte sie immer lauter, dass auch die Schüler an den Nachbartischen es mitbekamen und sich zu ihnen umdrehten. Herr Förster stand unter Protest auf und verließ den Essenssaal. Die zurückgebliebenen Schüler konnten ihr Lachen kaum unterdrücken.

„Oh, jetzt ist unser Forsti aber beleidigt. Das wird sicher heute ein schöner Gruppenabend“, stellte Sunny fest, der vor Lachen ein paar kleine Tränen kamen, die sie mit der Hand wegwischte.

„Was haben wir den überhaupt geplant. Ich habe keine Ahnung“, sagte Justus.

„Noch gar nichts. Ich finde, wir sollten heute Abend Spaghetti machen. Ich habe von diesem Zeug heute fast nichts herunterbekommen. Von diesem Inselfleisch und der gestreckten Milch“, beschwerte sich Tim und schob seinen Teller demonstrativ von sich.

„Ja, das Essen ist wirklich nicht besonders gut, meine Kartoffeln riechen nach modrigem alten feuchten Keller“, fügte Linus hinzu. „Und das Fleisch ist unerträglich, Inselfleisch ist genau die richtige Bezeichnung. Ein Stück Fett mit kleinen Fleischinselchen drin.“

„Spaghetti?“, fragte Ludwig, der bis dahin noch gar nichts angerührt hatte und somit von allen den meisten Hunger hatte. „Mit welcher Sauce?“

„Wir zaubern was. Ich habe noch ein paar Tomaten in unser Küche gesehen. Die können wir nehmen“, sagte Louise, die von allen, bei der kargen Auswahl, die phantasievollste Köchin war.

Ludwig und Sunny standen in der kleinen Küche auf ihrem Gang. Sie bereiteten Spaghetti mit einer selbst gemachten Tomatensauce zu.

„Was denkst du – sind die Spaghetti schon fertig?“, fragte Ludwig ungeduldig.

„Du kannst es ja mal ausprobieren. Weißt du, wie es geht?“, wollte Sunny wissen.

„Was meinst du?“

„Pass auf, ich zeige es dir. Du nimmst ganz vorsichtig ein, zwei Spaghetti aus dem Wasser und wirfst sie hoch an die Decke. Wenn sie dort kleben bleiben, dann sind sie fertig“, erklärte Sunny mit einem diebischen Spaß, während sie einige Spaghettis an die Decke warf. Beide schauten hoch, um zu beobachten, ob sie tatsächlich kleben blieben.

„Na, sie bleiben kleben“, sagte Sunny grinsend, „wenn nicht, dann lässt du sie einfach noch ein paar Minuten im kochenden Wasser.”

„Ganz toll und mit der Spaghettisauce machst du das auch so?“, fragte Ludwig nicht ernst gemeint.

„Natürlich nicht, du Blödmann. Hol schon mal die Teller aus dem Schrank. Ich nehme gleich Löffel und Gabel mit. Das Bier hat Louise schon mit auf ihr Zimmer genommen“, sagte Sunny und stieß ihn freundschaftlich mit dem Ellenbogen an.

„Was ist eigentlich mit Herrn Förster, denkst du, der kommt noch?“, fragte Ludwig.

„Ich glaube nicht“, sagte Sunny überzeugt. „Nach der Aufführung beim Essen, denke ich, wird er sich erst einmal wieder vergraben. Aber morgen ist dann sicher wieder alles in Ordnung. Unser Forsti ist ja nicht nachtragend.“

Die Tür der Küche ging auf und Tim kam hereingestolpert.

„Soll ich noch was helfen?“

„Du kannst die Spaghetti gleich mitnehmen, ich muss nur schnell das Wasser ablaufen lassen“, sagte Sunny.

„Ich habe aber jetzt richtig Hunger. Ich renn schon mal los“, sagte

Ludwig und verließ die Küche mit einem Stapel weißer Teller in Richtung Louises Zimmer.

Es wurde einer dieser typischen Abende in Fürstenwald, mit Spaghetti, Bier, viel Musik und stundenlangen pseudophilosophischen Gesprächen. Die nächsten drei Monate verliefen wie die ersten Wochen.

Michael und Justus verstanden sich prächtig, sie hatten wieder ein gemeinsames Zimmer, waren in einer Gruppe und saßen in derselben Klasse. Mit einigen seiner neuen Gruppenmitglieder entwickelten sich schnell neue, sehr enge Freundschaften. Man verbrachte die Tage und so manche Nacht miteinander, in der man ausstieg, sich unterhielt oder in der Scheune ausgelassen feierte. An den Wochenenden besuchte man sich gegenseitig.

Häufig besuchte man denjenigen, wo man wusste, dass die Eltern nicht zu Hause sind, aber ein voller Kühlschrank und eine gut geordnete Hausbar auf sie wartete. So konnte sie sich völlig ungezwungen geben, eine neue Stadt kennenlernen und in das dortige Nachtleben eintauchen.

Die meisten von Michaels neuen Freunde kamen aus Hamburg oder aus Berlin oder maximal zweihundert Kilometer von Fürstenwald entfernt.

Aber auch in den Ferien versuchte man sich, so oft es möglich war, zu sehen und so freute man sich schon während dieser Zeit wieder auf die Schule. Natürlich nicht auf die Lehrer, das schlechte Essen und auf den Unterricht, sondern darauf, möglichst viel Zeit miteinander zu verbringen, in dieser freundschaftlichen schon fast familiären Vertrautheit.

Tim und Louise standen auf dem Internatsparkplatz, als es fürchterlich zu regnen begann. Schnell holten sie ihre Taschen aus dem weißen Käfer, an dem der Zahn der Zeit schon mächtig nagte. Linus stand wartend hinter ihnen und zog den Kragen seiner Jacke so weit hoch, dass er sich wenigstens ein bisschen gegen den Regen schützen konnte.

Sunny kam um die Ecke gelaufen mit einem altersschwachen Regenschirm, dessen Drahtgestell an einer Seite herunterhing.

„Hey… da seid ihr ja“, rief sie unüberhörbar.

„Hallo Sunny.“ lachte Louise, die sich wie die beiden anderen zu ihr umdrehte. Sie nahmen sich alle nach und nach zur Begrüßung in den Arm.

„Die Ferien waren viel zu lange“, sagte Sunny freudig. „Schön, dass wir endlich alle wieder hier sind.“

„Sind die anderen denn auch schon da?“, wollte Louise wissen, der einige kleine Regentropfen über die Wange liefen.

„Ich habe bisher nur Ludwig und einen Neuen auf dem Gang gesehen“, sagte Sunny.

Linus schaute Sunny überrascht an: „Bei uns auf dem Gang? Wie heißt er denn?“

„Andre, mit so einem französischen Nachnamen. Aber das ist noch nicht alles.“ Sie schaute sich zu Louise um. „Und du hast eine Neue auf deinem Zimmer.“

„Oh, Louise hatte sich schon gefreut, dass sie jetzt ein Einzelzimmer hat, so ganz für sich alleine“, lachte Tim und die Schadenfreude darüber war ihm ins Gesicht geschrieben.

„Das glaub ich jetzt aber nicht“, reagierte Louise verärgert, „die können mir doch nicht einfach jemanden aufs Zimmer setzen.“

Linus konnte sein Grinsen nicht verbergen und so schaute er lieber zu Sunny, um keinen Ärger zu bekommen.

Louise konnte ziemlich unangenehm werden, wenn sie so richtig sauer war. Die Enttäuschung, sich nun mit einer anderen das Zimmer teilen zu müssen, die sie gar nicht kannte, brachte sie richtig in Fahrt.

„Hast du sie schon gesehen?“, wollte Linus von Sunny wissen. Sie schüttelte den Kopf und konnte sich auch nur schwer ein Grinsen verkneifen.

„Komm, wir räumen jetzt erst einmal unsere Zimmer ein und treffen uns nachher bei Louise und ihrer neuen Freundin“, schlug Tim vor, der es einfach nicht lassen konnte, seine Schwester zu ärgern mit diesem kleinen Seitenhieb.

„O.k., ich bring was zum Rauchen mit. Was zu essen müssen wir auch noch machen. Ich habe zumindest Hunger“, sagte Linus.

Louise wollte mit dem Schlüssel in der Hand ihr Zimmer aufschließen, stellte aber dabei fest, dass es bereits offen war. Sie trat ein und schaute sich um, während sie ihre große Reisetasche mit Schwung auf ihr Bett warf.

Das zweite Bett war frisch bezogen, der Kleiderschrank stand offen und eine geöffnete Tasche mit Plastiktüten lag verstreut davor auf dem Boden.

Es stimmte also, dachte Louise bei sich, als plötzlich die Tür aufging und ein groß gewachsenes blondes Mädchen mit weichen freundlichen Gesichtszügen und melancholischen Augen das Zimmer betrat. Sie trug eine blaue Jeans mit einem roten V-Pullover und einem Jeanshemd darunter, der am hochgeklappten Kragen in den verschiedensten Farben mit Pailletten bestickt war.

„Hallo, ich bin Diana", begrüßte sie Louise mit freundlicher einnehmender Stimme. „Du bist bestimmt Louise."

„Ja", sagte Louise nur kurz. Immer noch enttäuscht darüber, dass sie sich jetzt ihr Zimmer mit einer Fremden teilen musste.

„Ich habe etwas Wasser für die Pflanzen geholt", sagte Diana, die noch gar nicht bemerkte hatte, dass ihre neue Mitbewohnerin wenig erfreut darüber war, sie zu sehen. Sie schüttete das Wasser aus dem Glas in die Pflanzentöpfe, die am Fenster standen, und fühlte mit dem Daumen, ob sie auch feucht genug waren.

„Ich habe gar nichts davon gehört, dass ich eine neue Mitbewohnerin bekomme", stellte Louise fest, deren Ton sich aber wieder etwas freundlicher einfärbte.

„Meine Eltern haben das auch sehr kurzfristig entschieden. Ich musste jeden Morgen mit dem Bus eine dreiviertel Stunde zur Schule fahren. Das war total ätzend.

Ein naher Verwandter hat meinen Eltern von Fürstenwald erzählt. Ab da ging alles sehr schnell mit der Anmeldung. Ja, und nun bin ich hier", erzählte Diana, die sich sichtlich über das große Abenteuer, nun Internatsschülerin zu sein, freute. Ihre fröhliche Art war ansteckend, aber Louise wollte sich nicht so schnell anstecken lassen.

„Ja, sehe ich", war alles, was sie murrend antwortete.

„Schlimm?", reagierte Diana, die nun auch bemerkt hatte, dass ihre neue Mitbewohnerin ihre Freude nicht so richtig mit ihr teilen wollte. Aber Louise wäre nicht Louise, wenn sich ihre schlechte Laune nicht auch ganz schnell wieder legen würde.

„Nein, ich dachte nur, ich habe jetzt ein Einzelzimmer, aber vielleicht wird es ja ganz witzig", lenkte sie ein und gab ihren Widerstand auf.

„Bestimmt“, warf Diana ein.

„Ich denke in einer halben Stunde sind die Jungs da.

Wir wollen gemeinsam was zu essen machen“, sagte Louise, die anfing ihre Kleidung in den Schrank zu hängen.

Linus, Sunny und Tim betraten hungrig, aber gut gelaunt das Zimmer. Sie hatten Bier und eine Tüte mit verschiedenen Lebensmitteln dabei, als sie Diana sahen, wie sie gerade einige Teller auf einen Beistelltisch stapelte.

„Hallo, du bist also die neue Mitbewohnerin von Louise. Ich heiße Linus. Das sind Sunny und Louises Bruder Tim“, stellte er die beiden anderen vor.

„Hallo Diana“, grüßte Sunny mit einer lässigen Armbewegung.

„Hey. Ich bin Tim, der Bruder von Louise.“

„Unseren neuen Gangmitbewohner habe ich auch kurz gesehen“, bemerkte Linus.

„Und wie ist er?“, wollte Louise wissen, die sich dabei prüfend die mitgebrachten Lebensmittel anschaute.

„Das weiß ich doch nicht!“, antwortete Linus überrascht.

„Sieht er gut aus?“, fragte Louise nach.

„Oh, meine Schwester, die kann immer Fragen stellen“, sagte Tim entschuldigend.

„Na, Linus wie sah er aus?“, wollte nun auch Sunny wissen.

„Wie der uneheliche Sohn von Robert Redford“, sagte Linus schmunzelnd und schaute dabei Tim an.

„Echt?“, sagte Sunny.

Tim und Linus fingen laut an zu lachen und prosteten sich mit den Bierflaschen zu, die sie gerade geöffnet hatten.

„Ihr sollt uns nicht immer verarschen“, beschwerte sich Louise lautstark, sie hielt dabei ein Glas mit Tomatensauce in der Hand und deutete zum Spaß eine Wurfbewegung in Richtung ihres Bruders an, der reflexartig seine Kopf duckte und seinen Arm vors Gesicht hielt.

„So, wer hilft mir jetzt in der Küche“, wollte sie wissen und schaute dabei einmal in die Runde.

„Warte ich komm mit“, sagte Diana.

„Wann kommt eigentlich Michael. Hat ihn schon jemand gesehen?“, fragte Sunny.

„Nein, aber ich habe ihm einen Zettel an seine Tür geheftet, damit er weiß, dass wir hier sind. Vielleicht kommt er ja noch", sagte Linus und zündete sich einen Joint an.

Sie aßen Spaghetti und tranken Bier, wie an vielen anderen Abenden auch und erzählten sich in allen Einzelheiten, wo sie die Ferien verbracht hatten.

Michael ging ungefähr zur gleichen Zeit mit seiner Tasche die Treppe hoch, als ein Mitschüler ihm entgegenkam und ihn schroff anrempelte, so dass er für einen Moment das Gleichgewicht verlor und sich an der Wand abstoßen musste.

„Hey … du Idiot, kannst du dich nicht entschuldigen", rief er ihm erbost hinterher. Der Schüler aber zeigte keinerlei Reaktion und sprang die letzten Stufen hinunter, um dann mit einem Tritt die gläserne Haustür am Rahmen aufzustoßen. Während Michael seine Zimmertür öffnete, riss er den gelben Zettel mit der Notiz ab. Mit Interesse las er, was darauf stand und als er wieder hoch schaute, sah er ein neues, ihm unbekanntes Gesicht, das gerade auf dem Weg zur Toilette war. Ihre Blicke trafen sich nur kurz, ohne dass einer von beiden den anderen grüßte.

Ein wenig später traf auch ein völlig genervter Justus ein, der nicht an sich halten konnte und sofort seinen ganzen Frust am liebsten rausgeschrien hätte.

„Ferien sind zu Ende. Fast drei Wochen zu Hause. Ein Horror. Mein Vater. Immer die gleiche Leier. Justus, was willst du denn später mal machen? Du musst deine Noten verbessern. So geht das nicht weiter", sagte er und war erleichtert, dass er endlich wieder im Internat, bei Michael und seinen Freunden sein konnte.

„Warum soll es dir besser ergehen als mir?", konterte Michael vielsagend.

„Schon mitbekommen, wir haben einen Neuen auf dem Gang?", fragte Justus, der gerade dabei war, ein frisches Laken aus seiner Tasche zu ziehen, um sein Bett neu zu beziehen.

„Echt?"

„Er heißt Andre und kommt aus Bremen. Unsere Klassenstufe. Mehr weiß ich aber auch noch nicht."

„Ich glaube, ich habe den vorhin schon gesehen, als ich angekommen bin", stellte Michael fest.

„Wenn ich hiermit fertig bin, da können wir ihn uns ja mal näher ansehen, was das für ein Typ ist."

Kaum waren sie aus der Tür, kamen ihnen auch schon Tim, Linus und Ludwig entgegen. Sie begrüßten sich mit einem riesigen Hallo.

„Wir haben einen Neuen. Habt ihr das schon mitgekriegt? Wir wollen ihm gerade einen Besuch abstatten. Kommt ihr mit?", fragte Tim.

„Na … los", forderte Linus die anderen auf.

„Ja, das passt doch gut, wir wollten ihn uns auch gerade ansehen", bemerkte Justus.

Ludwig blieb stehen: „Hey wartet, was haltet ihr davon, wenn wir unsere ganz spezielle Begrüßung machen. Ihr wisst schon, welche ich meine? Das haben wir schon lange nicht mehr gemacht. Wer doch ganz witzig, oder?"

„Wer ist denn dran?", wollte Michael wissen.

„Immer der, der fragt… Tim und du", wusste Linus.

„Na gut, bis gleich, wir ziehen uns schnell was anderes an", stimmte Tim zu.

Kurze Zeit später standen sie vor dem Bett ihres neuen Mitschülers, in dem großen Zimmer, das ganz am Ende des Ganges lag. Er lag ausgestreckt auf seinem Bett, blätterte gelangweilt in einem alten Buch, ganz in Gedanken, und tat so, als hätte er sie nicht kommen hören.

Ludwig musterte ihn genau: „Hallo, du bist der Neue?"

„Hallo!", grüßte Andre mit einem breiten Grinsen, über den Rand des Buches hinweg, das er dabei langsam auf seinen Bauch gleiten ließ. Er war sehr schlank und trug einen gestreiften Pullover und Jeans. Nur langsam erhob er sich, um senkrecht im Bett zu sitzen. Mit seinen wachen Augen betrachtete er jeden seiner neuen Mitbewohner. Sein festes dunkelblondes Haar war zu einem Seitenscheitel gekämmt. Das schmale freundliche Gesicht hatte etwas Jungenhaftes Spitzbübisches und wenn er wie jetzt lächelte, hatte er zwei Lachgrübchen auf seinen Wangen.

„Ich heiße Andre. Zwölfte Klasse…und ihr?"

„Hey, das passt ja gut. Wir auch. Ich heiße Linus, das sind Ludwig und Justus. Da sind wir alle in einer Klassenstufe. Welche Leistungsfächer hast du?"

„Englisch und Gemeinschaftskunde." antwortete Andre bereitwillig.

„Was ist der Grund, dass du hier nach Fürstenwald gekommen bist?", wollte Justus wissen.

„Meine schulischen Leistungen. Mit den Lehrern habe ich ziemlich über Kreuz gelegen und zu Hause gab es deshalb ständig Stress mit meinen Eltern", erzählte Andre wahrheitsgemäß.

Er war eh davon überzeugt, dass die meisten, die hier waren, aus genau demselben Grund dieses Internat besuchten. Nun war es leider auch auf ihn gefallen. Sein Vater, ein sehr bekannter und viel beschäftigter Arzt, hatte genau wie seine Mutter, die in der Praxis mitarbeitete wenig Zeit für ihn gehabt. Und so verbrachte er die Stunden nach der Schule meist bei Freunden oder in der Innenstadt. Genügend willkommene Ablenkung, um sich nicht mit Hausaufgaben beschäftigen zu müssen.

Michael und Tim standen in aufreizender Pose in ihren weißen Bademänteln, Kulturbeutel und einem Handtuch um den Hals gewickelt im Türrahmen.

Tim schob sich etwas hervor und sagte mit schwul näselnder Stimme: „Hällöööchen, wir haben einen Neuen. Einen Franzosen. Erzählt man sich."

„Oh,... und was für ein Hübscher", sagte Michael mit einer winkenden weibischen Handbewegung.

Andre schaute irritiert verwundert in ihre Richtung.

„Wir sollten ihn gleich mitnehmen zum Duschen, dann können wir ihn gleich einmal richtig einshamponieren."

„Das ist eine tolle Idee. Das ist dann auch nicht so brutal wie unsere Internatstaufe."

Linus nahm ein Kopfkissen, das neben ihm auf dem Stuhl lag, in die Hand. Fixierte die beiden, um dann mit voller Kraft damit auf sie zu werfen.

„Jungs haut ab. Das ist nicht euer Revier hier", Linus schaute dabei Andre fragend an.

„Oder?"

„Ganz sicher nicht", lächelte Andre, den die kleine Aufführung erheiterte.

„Was seid ihr immer so brutal. Wir haben eben nicht genug Duschen morgens, also muss man halt zusammen sich eine teilen … Ich finde, das müsst ihr unserem neuen Freund schon sagen“, meinte Tim, der seine Hände in die Hüften stemmte und mit seinem Becken hin und her wippte. Michael zog mit einem aufreizenden Blick an Tims Bademantel: „Komm, wir gehen lieber. Save water! Shower with a friend.“

Beide verließen die Szenerie Arm in Arm in Richtung Badezimmer. Ludwig, Justus und Linus lachten über die gekonnte Vorführung.

„Was waren denn das für schräge Vögel?“, musste Andre amüsiert feststellen.

„Das waren Michael und Tim. Die sind sonst ganz harmlos“, bemühte sich Justus noch schnell zu sagen, als auch schon ihr Gangvater das Zimmer betrat.

„In einer halben Stunde seid ihr alle auf euren Zimmern“, sagte er geschäftsmäßig und verließ auch sofort das Zimmer wieder, ohne ein paar Worte an den Neuen zu richten.

„Jawohl Herr … Dr. Dr.“, rief Linus ihm noch nach, aber er hatte ihn wohl nicht mehr gehört.

Justus stand auf: „Alles klar Andre, dann man herzlich willkommen in Fürstenwald.“

Am nächsten Morgen, es war schon etwas spät, rannten Justus, Linus und Andre über den Haupthausplatz, um noch rechtzeitig zum Frühstück zu kommen.

Aus einiger Entfernung konnten sie sehen, wie Louise und Diana zum Haupthaus eilten.

„Wer ist denn die große Blonde neben Louise?“, fragte Justus als erstes.

„Das ist Diana van der Waerden“, antwortete Linus.

„Van der Waerden. Die van der Waerden“, fragte Andre überrascht.

„Genau!“

„In der Forbes Rangliste gehören sie zu den zehn reichsten Familien der Welt. Das berühmte Modehaus mit den zwei Buchstaben und das alles nur mit Klamotten.

Die Familie kommt, so viel ich weiß, aus Holland. Aber einige Familienmitglieder leben hier in Deutschland. Statistisch hat glaube ich jeder Deutsche ein Kleidungsstück von den van der Waerden in seinem Schrank", erklärte Andre vielsagend.

„Lieber die Kleidungsstücke, als einen van der Waerden persönlich im Schrank sitzen zu haben", warf Justus als gewollten Scherz ein, als sie auf der Haupthaustreppe auf die beiden warteten.

„Mensch, war der schlecht, Hauptsache du hast heute morgen nicht schon einen sitzen", lachte Linus Justus an und haute ihm dabei freundschaftlich auf die Schulter.

„Guten Morgen Jungs. Du musst Andre sein", sagte Louise und gab ihm die Hand zur Begrüßung.

„Ja, hallo."

„Und das ist Diana, meine neue Mitbewohnerin."

Sie fühlte sich auf einmal sichtlich unwohl und schaute verlegen auf den Boden. Der erste Schultag im Internat. So viele unbekannte Menschen. Eine ihr noch völlig fremde Umgebung. Sie reagierte etwas schüchtern mit einem leisen: „Hallo."

Gemeinsam drängelten sie sich mit vielen anderen Schülern und Lehrern durch das Foyer, um zu den Essenssälen zu kommen. Ihr Gruppenvater, Herr Förster, saß bereits beim Frühstücken und hörte interessiert einem Gespräch zwischen Sunny und Ludwig zu, während er beiläufig immer wieder in seiner Tageszeitung blätterte.

„Guten Morgen Herr Förster. Hallo Sunny. Hallo Ludwig", sagte Linus froh gelaunt.

„Hey, alles klar", grüßte Sunny zurück. Als Linus sich setzen wollte, rief Ludwig ihm zu: „Du, kannst gleich mal ein paar Brötchen mehr organisieren. Unsere Gruppe ist ab heute wieder etwas größer."

Diana und Andre gingen auf Herrn Förster zu, stellten sich freundlich vor, um sich sogleich einen Platz an ihrem neuen Gruppentisch zu suchen.

Louise schaute sich suchend um: „Wo sind eigentlich mein Bruder und Michael?"

„Die beiden Schwulis?", fragte Andre etwas abwertend.

„Wie bitte?", konterte Louise etwas ruppig und schaute ihn verstohlen an. „Kaum hier und schon solche Sprüche."

Linus, der noch schnell einen kleinen Korb mit Brötchen organisiert hatte, fing an zu lachen. Auch Justus und Ludwig konnten sich nicht zurückhalten.

„Was ist daran denn so witzig. Ihr seid so richtige…“, beschwerte sich Louise lautstark.

„Ich glaube, wir müssen da mal eben etwas klarstellen Louise“, sagte Linus beschwichtigend.

Sie schaute ihr Gegenüber verärgert an. Kleine Giftpfeile schossen aus ihren zu Schießscharten zusammengekniffenen Augen.

„Beruhige dich, Michael und Tim haben gestern Abend mal wieder die Schwulenbegrüßungsnummer abgezogen. Nicht mehr und nicht weniger.“

„Wie sieht denn das aus?“, fragte Diana neugierig.

„Ach ne. Ganz toll. Da habt ihr euch mal wieder einen tollen Gag ausgedacht. Schade nur, dass der schon so alt ist“, sagte Louise abfällig und schenkte sich dabei eine Tasse Tee ein.

Andre hörte dem Gespräch aufmerksam zu und machte sich so seine Gedanken über seine neuen Gruppenmitglieder.

„Ach, die sind gar nicht …?“, fragte er grinsend.

„Nein sind sie nicht!“, sagte Louise genervt und ließ ihren Blick über den Tisch schweifen.

In diesem Moment setzten sich ein völlig verschlafender Michael und Tim zu den anderen.

„Los Micha, nicht weiterpennen“, forderte Linus ihn auf, der heftig an ihm rüttelte. „Wir schreiben gleich Englisch … da mußt du fit sein.“

Michael schaute ihn verschlafen an: „Habt ihr gestern noch alles abgesprochen wegen der Klausur. Ist unser Neuer … Andre, auch dabei?“

„Der ist auch dabei. Sein bestes Fach ist allerdings Französisch. Aber egal, er ist dabei“, sagte Linus und schaute zu Andre rüber, der zustimmend nickte.

„Wir müssen los, wir schreiben gleich in der ersten Stunde Englisch“, sagte Sunny.

Nach und nach verließen alle den Essenssaal. Bis auf Michael, der noch als Einziger am Tisch saß und in Gedanken versunken aus dem Fenster starrte.

Der Direktor sah ihn, bei seinem morgendlichen Rundgang und nahm ungefragt auf dem Stuhl neben ihm Platz. Mit provozierender sarkastischer Stimme und einem fauligen Mundgeruch, der nach toter Katze und Koffein stank, sagte er zu Michael: „Guten Morgen Herr Petersen. Sie haben doch nichts dagegen, dass ich Ihnen etwas Gesellschaft leiste.“

Michael schaute ihn irritiert von der Seite an: „Nein, aber ich schreibe gleich Englisch.“

„Das mit ihrem Freund tut mir leid. Justus Vater hat mich gestern Abend angerufen. Wenn das mit seinen schlechten Noten so weitergeht, dann muss er am Ende des Schuljahres das Internat verlassen. Aber das wissen Sie sicherlich schon längst?“

Michael schaute ihn verwundert an, verstand aber nicht, was er von ihm wollte, zumal Justus ihm nichts davon gesagt hatte.

„Sehen sie, das habe ich mir ja gleich gedacht, seitdem Sie zusammen auf einem Zimmer sind, haben sich Justus Noten verschlechtert. Die Beschwerden über sein Verhalten aus dem Kreis der Lehrerschaft sind auch unüberhörbar geworden. Aber das ist Ihnen bestimmt auch egal.“

„Natürlich ist mir das nicht egal“, entgegnete Michael entrüstet, der immer noch nicht verstand, was der Direktor eigentlich von ihm wollte.

Er rückte nun mit seinem Stuhl bedrohlich nah an ihn heran. Mit seinem fülligen Oberkörper lehnte er sich vor, um sich mit seiner rechten Hand, knapp an Michaels Gesicht vorbei, Luft zu zufächern. „Wie Sie heute wieder duften, schon geduscht heute morgen und frisch geföhnt?“, sagte er mit provokanter herausfordernder Stimme, dabei ging er ihm nun mit seiner speckigen rechten Hand gleich mehrmals durch seine blonden Haare.

Vor Schreck und angewidert zog Michael seinen Kopf weg und rückte mit dem Stuhl ruckartig nach hinten, um sich der gefährlich erdrückenden Nähe zu entziehen.

Seine Hände ballten sich zu Fäusten, in ihm tobte es. Seine Augen schauten den Direktor starr vor Entsetzen an.

Dieser genoss seine Provokation in vollen Zügen. Er stand mit einem breiten maskenhaften Grinsen auf und ließ Michael nicht aus den Augen, bis er von ihm abließ und sich umdrehte. Ohne ein weiteres Wort verließ er den Essenssaal.

Michael schaute entsetzt aus dem großen Fenster auf den kleinen See hinaus. Die morgendliche Sonne schien ihm dabei beruhigend ins Gesicht und er schloss kurz seine Augen. Seine Augenlider zitterten. Nur sehr, sehr langsam legte sich seine Wut und die innere Anspannung. Er atmete immer wieder tief durch. Konnte aber kaum einen klaren Gedanken fassen. Was hatte sich soeben abgespielt? Was sollte diese Provokation? Zum Glück dachte er bei sich, habe er nicht überreagiert. Zum Glück hatte er sich nicht gewehrt. Zum Glück! Wer weiß was sonst passiert wäre?

Justus schaute seinen Freund vorwurfsvoll an, der sich neben ihm setzte: „Mensch, wo warst du denn so lange?"

„Das erkläre ich dir später", antwortete Michael, während der Englischlehrer Herr Hallhuber die Arbeitszettel verteilte, gab er den Schülern den Hinweis:

„So ab jetzt habt ihr genau zweieinhalb Stunden Zeit für die Klausur. Sollte ich jemanden beim Abschreiben entdecken, muss er abgeben und bekommt null Punkte. Habt ihr das verstanden?"

Einige Schüler gaben ein gequältes missmutiges Ja von sich, andere schauten auf das Arbeitsblatt, dass jetzt vor ihnen lag.

Nach einiger Zeit schaute Sunny von ihrem Arbeitsbogen hoch und gab den anderen ein Zeichen, dass sie fertig sei. Tim und Andre nahmen ihre Arbeitszettel und legten sie unter dem Tisch zusammen, um sie an den Tisch von Michael und Justus weiterzureichen. Die wiederum legten auch ihre Zettel darauf, um sie Linus zu geben. Immer schön vorsichtig, so dass der Lehrer nichts davon bemerkte. Sunny nahm alle Arbeitszettel, um sie zusammen in ihre Tasche zu stecken, die sie sich umhängte. Sie stand auf und legte ihre Arbeit auf das Pult des Lehrers.

„Na, Sunny wieder mal als Erste fertig? Du hast noch über zwei Stunden Zeit", bemerkte der Englischlehrer.

„Ich weiß, aber was soll ich machen", entgegnete Sunny. „Die restliche Zeit hier herumsitzen und die anderen von der Arbeit abhalten?"

„Nein, ist schon gut. Englisch ist ja deine Muttersprache. Mal sehen ob du diesmal auch wieder die beste Arbeit geschrieben hast?"

Sunny drehte sich kurz noch einmal um, als sie den Klassenraum verließ und die Jungs spitzbübisch anlächelte. Die ihrerseits erwartungsvoll zurückgrienten.

Sunny saß nun allein auf der Herrentoilette mit ihrer Tasche auf den Beinen, um die Klassenarbeit ihrer Freunde zu schreiben. Nach ungefähr einer Stunde schaute Linus von seinem Tisch auf, um sich zu melden.

„Was gibt es Linus?“, fragte der Lehrer genervt.

„Ich muss mal dringend auf Toilette.“

„Ist in Ordnung, aber mach schnell.“

Linus sprang auf und verließ mit schnellen Schritten den Raum. Er lief den Flur hinunter, auf direktem Weg zu den Toiletten. Als er die Tür neben der von Sunny öffnen wollte, stellte er fest, dass sie verschlossen war.

Linus wartete ungeduldig vor der Tür. Nach einer kleinen Weile trat ein Schüler heraus.

„Na, das hat aber auch gedauert“, fuhr Linus ihn an.

„Was willst du denn, nimm doch eine andere Toilette, es sind doch genügend da“, entgegnete der Schüler mit einem Achselzucken brüskiert.

Linus schloss sich schnell auf dieser Toilette ein.

„Hey, Sunny alles klar? Bist du soweit fertig?“, flüsterte er.

„Ja, ich schieb sie dir gleich durch.“

„O.k.“

Linus faltete die Blätter, die Sunny unter den Rahmen durchgeschoben hatte, vorsichtig zusammen, so dass sie unter seinen Pullover passten und diesen nicht ausbeulten.

„So, ich hau jetzt ab. Wir sehen uns später.“

Linus nahm wieder im Klassenraum Platz, wo die anderen ihn schon sehnlichst erwarteten. Vorsichtig und unbemerkt von den Blicken des Lehrers, holte er die Blätter wieder hervor. Die einzelnen Arbeiten wurden unter den Tischen verteilt, so dass nun jeder seine Englischarbeit erfolgreich beenden konnte.

„Das hat ja prima funktioniert“, freute sich Andre überschwänglich, als sie über den Flur gingen.

„Darin haben wir ja auch Übung“, sagte Linus.

„Michael, bei der Matheklausur nächste Woche bist du aber dran“, bemerkte Sunny, die auf die anderen gewartet hatte.

„Ich weiß. Andre, was hast du am Wochenende vor?“, wollte Michael wissen.

„Ich wollte nach Hause fahren. Wenn du Lust hast, können wir ja am Samstagabend was unternehmen. Ich glaube meine Eltern sind dieses Wochenende nicht da. Sturmfreie Bude sozusagen“, lachte Andre und wendete sich Linus und Sunny zu. „Wie sieht es mit euch beiden aus? Habt ihr nicht auch Lust zu kommen?“

Linus schaute sie kurz fragend an: „Wir haben noch nichts vor, ich denke wir kommen auch.“

„O.k., dann fahren wir doch am besten am Samstag direkt nach der Schule zu uns.“

„Ich bin auf jeden Fall dabei, aber wir können ja Justus und Louise nachher noch fragen“, sagte Michael, der schon seit Tagen nichts mehr von Ina gehörte hatte und darüber sehr enttäuscht war. Aber das kam in der letzten Zeit wieder häufiger vor und somit wollte er diesen Samstagabend im Kreise seiner Freunde verbringen, um dann erst am Sonntag nach Hause zu fahren.

Michael und Andre gingen an diesem frühen Sonntagnachmittag vom Parkplatz aus über das Internatsgelände zu ihrem Gang. Es hatte heftig angefangen zu regnen, einige Blätter, die der Herbst vergessen hatte, klebten nun an ihren Schuhen, sie beeilten sich, um nicht völlig durchnässt zu werden.

„Ina hat mit mir Schluss gemacht“, brach es auf einmal aus Michael heraus. Er blieb einfach in einer Pfütze stehen, der Regen peitschte ihm dabei direkt ins Gesicht. Andre hatte gar nicht genau zugehört und drehte sich nun zu ihm um, als er begriff, was er gerade zu ihm gesagt hatte.

„Das tut mir leid“, sagte er überrascht und ging ein paar Schritte auf ihn zu. Er schaute ihn einfach nur an, der Wind hatte ihm einige Regentropfen ins Gesicht geblasen, die langsam an seinen Wangen herunterkullerten.

„Wie lange seid ihr zusammen gewesen?“

„Zweieinhalb Jahre.“

„Und warum, ist jetzt Schluss?“

„Sie hat einen anderen. Ich hätte besser am Samstag zu Hause sein sollen. Vielleicht wäre es dann nicht passiert.“

„Das glaube ich nicht“, versuchte Andre ihn zu trösten, als er seine linke Hand freundschaftlich auf seine Schulter legte.

„Justus hat mir am Wochenende erzählt, dass es schon seit Längerem immer wieder Stress gab.“

„Ja, aber das habe ich nicht so ernst genommen. So etwas konnte ich mir gar nicht vorstellen.“

„Du wolltest es dir nicht vorstellen.“

„Natürlich wollte ich es mir nicht vorstellen, aber dass es so enden musste.“

Nur langsam gingen sie weiter, bis sie vor der Tür des Gangvaters standen. Sie klingelten zweimal, weil sie zuvor bemerkt hatten, dass der Gang noch verschlossen war.

Herr Dr. Dr. Kerber öffnete seine Tür nur einen Spalt und schaute die beiden mit einem gläsernen matten Blick fragend an. Es war nicht schwer zu bemerken, dass ihr Gangvater mal wieder besoffen war.

Herr Kerber lallte: „Was wollt ihr denn schon so früh hier. Das Wochenende ist doch noch gar nicht zu Ende.“

„Können Sie uns bitte die Gangtür aufschließen?“, fragte Andre freundlich.

„Wieso?“

„Weil wir gerne auf unsere Zimmer wollen“, ergänzte Michael abwesend.

„Jetzt soll ich da ganz hin gehen?“, empörte er sich und zeigte auf die Gangtür, die nur wenige Schritte entfernt war.

„Und was macht ihr dafür?“, Andre schaute Herrn Kerber verwundert an. Er verstand die Frage nicht: „Was meinen Sie?“

„Jeweils zwanzig Liegestütze“, zischte er.

„Wie?“, fragte Michael.

„Na los.“

„Ich glaube, Sie haben sie nicht mehr alle“, beschwerte sich Andre lautstark und schaute Michael aus dem Augenwinkel an.

Beide schüttelten einmütig den Kopf und ließen wie auf Kommando ihre Taschen fallen, um die Treppe hinunter auf den Haupthausplatz zu rennen.

Dort sahen sie mit schnellen Schritten und einem Regenschirm bewaffnet die neue junge Lehrerin, die erst seit ein paar Wochen an der

Schule war. Sie kreuzten ihren Weg, um Sie anzusprechen: „Guten Tag Frau Reich, wären sie so nett uns unseren Gang aufzuschließen?"

Sie kramte in ihrer Tasche: „Kein Problem. Ihr habt Glück. Ich habe den Universalschlüssel dabei."

„Hey, wartet auf mich!", rief Linus über den ganzen Schulhof. Alle drei schauten sich nach ihm um und glaubten nicht, was sie da sahen.

„Mensch Linus, was hast du denn mit deinen Haaren gemacht?", wollte Andre wissen, als er mit seiner Hand über seinen Kopf streichelte.

„Ich habe so eine neue Haarschneidemaschine, mit der kann man so eine perfekte Kurzhaarfrisur schneiden."

„Kurzhaarfrisur ist gut, das ist ja fast eine Glatze."

„Ist aber praktisch."

Andre schaute Michael an: „Sieht eigentlich gar nicht so schlecht aus."

„Wenn ihr wollt, schneide ich euch auch die Haare", schlug Linus vor.

„Warum nicht, dann kann der Alte mir wenigstens nicht mehr durch die Haare fahren", bemerkte Michael und schaute dabei Frau Reich an, die ihm den Universalschlüssel in die Hand drückte und so tat, als hätte sie die Bemerkung soeben nicht gehört.

„Ihr könnt ihn mir beim Abendessen wiedergeben", sagte sie und ließ die drei alleine im Regen zurück.

„Also ab mit der Pracht!"

„Ja, finde ich auch. Weg damit!"

Sie verzogen sich in die Toilettenräume und nach einer halben Stunde konnten sie ihre Haare in der Toilette hinunterspülen. Ihre jugendlichen Gesichtszüge bekamen nun etwas männlich Entschlossenes. Immer wieder betrachteten sie sich von allen Seiten im Spiegel. Sie konnten es selbst kaum glauben, dass sie den Mut aufgebracht hatten, mit so kurzen Haaren, fast einer Glatze, herumzulaufen.

Wie würden ihre Freunde reagieren, wenn sie sie das erste Mal zu Gesicht bekommen werden. Welche Reaktionen wird dies bei den Lehrern und beim Direktor hervorrufen.

Sie spürten sehr genau, dass es Ausdruck eines Protestes war, den sie selber nicht genau beschreiben konnten. Was auch immer es sei, es demonstrierte ihre Zusammengehörigkeit, ihre Freundschaft.

So entsprachen sie in keinster Weise mehr dem Bild eines Internatsschülers aus gutem Hause, der höflich und angepasst ist, bis zur Selbstverleugnung.

Für Michael war es in diesem Moment eine willkommene Ablenkung, mit seinen Freunden etwas herumzublödeln, um nicht die ganze Zeit an Ina denken zu müssen.

Am frühen Abend drang laute Musik von George Michael aus Michaels Zimmer auf den Gang hinaus.

Einer seiner Lieblingssänger, mit dem Song „Careless Whisper“.

Genau die richtige Musik für den Seelenzustand, in dem er sich gerade befand, und so hörte er diesen Song immer und immer wieder. Jetzt, wo er alleine auf seinem Zimmer saß, wurde ihm noch einmal sein Verlust auf besonders schmerzliche Weise klar. Es war diese Schwerkraft in seinen Gedanken, die ihm die Luft zum Atmen nahm. Immer wieder musste er, mit einem Stich im Herzen, an Ina denken.

Sunny klopfte mehrmals genervt gegen die Wand, aber sie bekam keine Reaktion. Verärgert über die Lautstärke, ging sie aus ihrem Zimmer zu Michael hinüber.

„Hey, Michael kannst du die Musik vielleicht mal etwas leiser machen, ich muss für die Lateinklausur üben“, rief Sunny gegen die Musik an.

Michael schaute aus dem Fenster, und sah wie sich die Dämmerung über diesen trüben verregneten Tag legte. Völlig versunken in seinen Gedanken und in keinster Weise in der Lage, sich auf die Klausur vorzubereiten. Er nahm Sunny überhaupt nicht wahr.

„Michael, kannst du die Musik etwas leiser machen?“, rief sie gereizt.

Als sie wieder keine Reaktion bekam, ging sie an die Musikanlage und drehte den Regler runter.

„Was ist los mit dir?“, wollte sie wissen.

„Nichts“, sagte er mit leiser Stimme.

„Irgendwas stimmt doch nicht?“

Sein Rücken war ihr zugewandt und sie sah sein trauriges melancholisches Gesicht, das sich im Fenster spiegelte. Eine sonderbare Traurigkeit, die ihn umgab.

„Was ist los. … Komm erzähl es mir doch!"

Langsam drehte sich Michael zu ihr um.

„Was hast du denn mit deinen Haaren gemacht?", fragte sie ihn erschrocken. „Wonach sieht es denn aus? Andre und Linus haben den gleichen Haarschnitt."

„Ich glaube, ihr spinnt. Aber du hast doch noch etwas anderes, das spüre ich doch. Komm erzähl, was ist los?"

„Es ist Schluss."

„Was meinst du damit?"

„Mit Ina. Sie hat Schluss gemacht."

„Das tut mir leid. Aber warum?", fragte sie nach.

„Sie hat einen anderen."

„Das tut mir leid für dich."

„Ich kann das gar nicht verstehen. Sie bedeutete mir so viel."

Sunny ging noch einen Schritt näher an ihn heran und nahm seinen Kopf in den Arm und drückte ihn leicht an sich, um ihn ein wenig zu trösten.

„Komm, ich mach uns gleich einen Kaffee und dann können wir ja ein bisschen darüber reden."

„Das ist lieb von dir", antwortete Michael, der zu ihr raufschaute. „Aber ich möchte im Moment lieber alleine sein."

„In Ordnung, wenn du willst, brauchst du nur zu klopfen."

„Danke, das ist lieb von dir."

Sunny küsste ihn einmal kurz auf den Kopf und ließ ihn dann nur sehr ungern alleine zurück. Michael bekam an diesem Abend keinen Besuch mehr und so legte er sich schon früh hin, um wenigstens am nächsten Morgen ausgeruht zu sein, damit er die Lateinklasur so einigermaßen übersteht. Zum Lernen hatte er die ganze Zeit keine Ruhe gefunden. Lateinvokabeln waren sowieso für ihn schwer verdaubare Kost, die er sich nicht einprägen konnte.

Natürlich war es den anderen in den letzten Tagen nicht entgangen, das die Trennung von Ina für Michael schmerzlich war und ihn ungemein beschäftigte. Beim Essen sprach er kein Wort. Er zog sich immer mehr zurück und verbrachte die meiste Zeit auf dem Gang oder in seinem Zimmer. Mit dem festen Vorsatz, ihn aufzumuntern, kamen Ludwig und Andre in sein Zimmer gestürmt.

„Hey Alter, komm lass uns zum Fußball gehen, das wird dich ablenken“, sagte Andre.

„Spielt mal heute ohne mich, ich habe keine Lust“, antwortete Michael.

„Komm zieh deine Sachen an, dann geht es los“, forderte Andre seinen Freund auf, während Ludwig im Türrahmen mit seinen Fußballschuhen unter dem Arm stehen blieb.

„Komm lass ihn, wenn er keine Lust hat. Ich kann das verstehen, aber wo ist den Justus, vielleicht hat der ja Lust mitzukommen?“

„Der ist bei seiner Freundin Regina, ich denke, der kommt erst heute Abend zurück.“

„Na gut, dann vielleicht bis später. Heute Abend in der Scheune können wir ja ein paar Bierchen kippen. Dann bist du aber wieder dabei. Klar?“, sagte Andre, der ansonsten nicht so schnell aufgab.

„Ist klar. Nun haut ab“, entgegnete Michael mürrisch.

Von seinem Schreibtisch aus, konnte er Ludwig und Andre noch sehen, wie sie über den Fußballplatz zu den anderen Jungs gingen, die sich schon gut gelaunt die Bälle zuschossen. Normalerweise war er auch immer dabei, nur heute nicht, er war einfach nicht in der Stimmung.

Sunny saß auf einer der unbequemen Holzbänke in der Sporthalle und lehnte sich erschöpft vom Volleyballspiel gegen einen Umkleideschrank, während sich Mitschülerinnen umzogen und zum Duschen gingen.

Diana setzte sich mit ihrer gelben Jogginghose, einem Handtuch über den Schultern, mit dem sie sich ein paar Schweißtropfen von der Stirn wischte, neben ihre Freundin. „Puuuh … war das wieder anstrengend.“

„ Ja, sag mal, hast du etwas Shampoo für mich, ich habe meins auf dem Zimmer vergessen“, fragte Sunny.

„Warte ich sehe mal nach.“

Sie drehte sich zu ihrer Sporttasche um und suchte darin eine kleine blaue Shampooflasche.

„Ich hab sie. … Hier bitte.“

„Danke. Sag mal, ist dir in den letzten Tagen nicht etwas an Michael aufgefallen?“

„Was meinst du?“

„Seine Freundin hat mit ihm Schluss gemacht. Ich glaube, dass hat ihn ziemlich getroffen, auch wenn er darüber nicht reden mag“, gab Sunny zu bedenken.

„Ich kenn die gar nicht. War die schon mal hier?“

„Ja. … aber das ist lange her, sogar schon einmal für ein paar Tage, während des Altschülertreffens. Was gedenkst du jetzt zu tun?”

„Wieso fragst du?“

Sunny lächelte vielsagend. Ihr war es nicht entgangen, wie Diana Michael in der letzten Zeit angesehen hatte.

„Denkst du etwa?“

„Genau das denk ich! Es gibt wohl niemanden, dem das nicht aufgefallen ist, außer Michael vielleicht“, sagte Sunny und stand auf, um mit ihrem Handtuch und dem Shampoo in der Hand zum Duschen zu gehen. Diana fühlte sich ertappt. Sie schaute ihrer Freundin nach, ohne ein weiteres Wort zu verlieren.

Michael nutzte das schöne Wetter, um auf einem kleinen Waldweg in der Nähe des Internats spazieren zu gehen. Mit einem traurigen Gesicht ging er die Anhöhe hinauf, weiter zu einem Dorfkrug. Er wollte für sich sein, auch um auf andere Gedanken zu kommen, an diesem Valentinstag, der eine Aussicht auf den kommenden Frühling gab.

Etwas später saß er wieder an seinem Schreibtisch, seine ihm so verhassten Schulbücher um sich herumgestapelt, um seine Hausaufgaben zu erledigen, als die erdrückende Stille durch ein vorsichtiges Klopfen an der Tür unterbrochen wurde.

Er drehte sich um.

„Ja, herein!“, sagte er neugierig.

Die Tür öffnete sich langsam. Diana schaute zwischen Türrahmen und Tür nur zögerlich hindurch.

„Hallo ich bin’s“, sagte sie leise.

„Hey hallo, komm doch rein.“

Michael erhob sich von seinem Stuhl um Diana zu begrüßen.

„Nimm doch Platz!"

„Ich wollte gar nicht lange stören. Aber heute ist doch der 14. Februar, also Valentinstag. Ich habe das mit dir und deiner Freundin Ina gehört und da kam mir der Gedanke, dass ich dich vielleicht etwas aufmuntern könnte. Mir ist aufgefallen, dass du in der letzten Zeit etwas verschlossen warst. Nicht so wie in den Wochen davor."

Sie streckte Michael ein kleines Geschenk, dass sie hinter ihrem Rücken versteckt hatte, entgegen.

„Eine kleine Überraschung für dich", sagte sie und man spürte ihre Aufregung und die Überwindung, die es sie gekostet hatte, ihn zu besuchen. Bis zum Schluss war sie sich nicht sicher, ob das wirklich eine gute Idee ist. Erst als Sunny ihr gut zugeredet hatte, mit all ihrer Überzeugungskraft, fasste sie sich ein Herz und ging ins Dorf, um noch eine kleine Karte zu ihrem Geschenk zu kaufen. Sie befand sich in einem Stimmungslabyrinth, aus dem es nun kein Entrinnen mehr gab.

„Das ist aber lieb von dir", sagte Michael verlegen.

„Ich habe aber leider nichts für dich. Was mir jetzt ehrlich gesagt ein bisschen unangenehm ist."

„Muss es nicht", antwortete Diana, die Michael nicht aus den Augen ließ und jede seiner Gesten genau beobachtete, als könne sie darin lesen was er jetzt gerade dachte.

„Das konntest du ja nicht wissen."

Sie setzte sich ihm gegenüber in den braunen abgewetzten Sessel, der neben dem Schreibtisch stand und immer etwas altersmüde knarrte, wenn man sich auf ihm hin und her bewegte.

Begleitet von einem Lächeln fragte er sie: „Darf ich es schon aufmachen?"

„Nein! Erst wenn ich weg bin."

„Da bin ich aber neugierig, was da drin ist."

„Sunny hat mir erzählt, was mit dir und Ina passiert ist."

„Ja, das ist nicht so ganz einfach. Vielleicht verstehst du das. Wir waren immerhin zweieinhalb Jahre zusammen."

„Ja, sicher. Das verstehe ich. Das ginge mir auch nicht anders."

„Manchmal sehe ich sie nachts in meinen Träumen, wie sie mich anlacht und sie ihre Hand nach mir ausstreckt. Aber jeden Morgen verliere ich sie wieder. Ich kann ihre Hand nicht festhalten."

„Hast du diese Träume öfters?“

„Nein, nur manchmal. Ich wache dann immer ganz kurz auf und fühle dann so einen Sturm in meinem Herzen toben. Der sich erst langsam wieder legt.“

„Das klingt ja richtig poetisch. Wie der Anfang eines Gedichts. So schlimm war das bei mir nicht“, lächelte Diana sanftmütig.

„Darf ich dir was zu trinken anbieten. Cola, Kaffee, Wasser. Momentan ist alles da.“

„Cola ist o.k.“

„Gerne.“

Er schenkte ihr ein großes Glas Cola ein und bedachte sie mit einem langen Blick. Sie unterhielten sich noch eine ganze Weile über Beziehungen. Wie schwer es ihr gefallen ist, nachdem sie nach Fürstenwald gekommen war, und sie ihren Freund nur am Wochenende sehen konnte. Es dauerte nicht lange und diese Freundschaft überstand die wochenlangen Trennungen nicht.

Diana wollte noch vor dem Abendessen auf ihr Zimmer, um sich umzuziehen. Sie fühlte sich erleichtert, stolz und irgendwie erwartungsvoll. Und so ging sie vorher noch ein Zimmer weiter, um bei Sunny vorbeizuschauen. Schnell erzählte sie ihr ein paar Details, wie die Unterhaltung mit Michael verlaufen ist und sie verabredeten sich nach dem Abendessen, um dann später gemeinsam in die Scheune zu gehen.

Michael öffnete derweil vorsichtig die weiße Verpackung mit der breiten roten Schleife. Er schlug die beiliegende kleine Karte auf, die die Form eines Herzens hatte und las sie aufmerksam, Satz für Satz. Dabei huschte ein sanftes Lächeln über sein Gesicht.

Als Michael Louise und Diana sah, wie sie den Essenssaal betraten, stand er von seinem Stuhl auf, um ihnen ein paar Schritte entgegenzugehen. Er hatte dabei aber nur Blicke für Diana, die sich extra noch einmal umgezogen hatte.

„Hey Diana, nochmals vielen Dank für das kleine Geschenk, ich hab mich sehr darüber gefreut.“

Diana schaute ihn etwas verlegen, aber glücklich an: „Das freut mich.“

Sie nahmen, wie die anderen auch Platz, um gemeinsam das Abendessen einzunehmen. Nicht ganz zufällig begegneten sich ihre Blicke, als Michael ihr lächelnd etwas Saft aus einer der schlichten Metallkannen eingoss. Sie konnte nicht umhin, sein Lächeln zu erwidern und war sich jetzt ganz sicher, dass das mit dem Geschenk eine gute Idee war.

Nach ein paar Minuten stand Frank, ein Schüler der Abiturklasse ruckartig von seinem Stuhl auf, der dabei umfiel und mit einem lauten Knall auf den Parkettfußboden schlug. So laut, dass sich eine Vielzahl von Schülern und Lehrern zu ihm umschaute und sah, wie er sich mit ernstem Gesicht demonstrativ vor den Tisch des Direktors stellte und dabei seine Hände in den Hosentaschen vergrub.

„Ich habe gerade von meinem Mentorenkind erfahren, dass Sie ihr wiederholt unter die Bluse gegrabscht haben. Wie wir alle hier wissen, ist sie nicht Ihr erstes Opfer“, sagte er unbeirrt mit lauter, fester Stimme, so dass ihn alle verstehen konnten, bis hinein in die anderen Essenssäle.

Es wurde schlagartig still – niemand aß mehr weiter. Alle Schüler und Lehrer schauten gebannt auf den Direktor, wie er nun auf diesen ungeheuerlichen Vorwurf reagieren würde. Dieser aber schaute den schlaksigen Abiturienten nur an, der direkt vor ihm stand und keinen Schritt zurückwich. Fast unbeteiligt setzte er sein Essen fort, gerade so als könne er gar nicht gemeint sein. Alle die dies sahen, warteten auf eine Reaktion.

Irgend eine Reaktion.

Auch Frank, ein sonst eher unscheinbarer Schüler mit braunen etwas zu langen Haaren, erwartete eine Stellungnahme, eine Entschuldigung hielt er selber für abwegig. Aber zur Verwunderung aller passierte nichts.

Der Direktor aß einfach weiter. Kein Lehrer ergriff in dieser gespenstischen Situation das Wort, um eine Klarstellung zu bitten. Es passierte nichts. Gar nichts.

„Sollte das noch einmal vorkommen“, sagte er mit Nachdruck, „werde ich Sie anzeigen. Darauf können Sie sich verlassen.“

Noch immer gab sich der Direktor völlig unbeteiligt. Der Schüler fixierte ihn, aber drehte sich dann um und ging zurück zu seinem Tisch.

„Was war denn das?“, fragte Tim ungläubig, so als sei das gerade gar nicht passiert.

„Frag doch nicht so blöd, dass ist doch nicht das erste Mal, endlich hat sich mal jemand getraut. Die meisten Mädchen hier im Haupthaus haben das schon mit Dr. Fritsch erlebt“, sagte Louise vorwurfsvoll und stützte sich auf ihre Ellenbogen.

„Und niemand hat sich bisher getraut etwas zu sagen“, pflichtete ihr Sunny bei.

„Das ist nicht nur im Haupthaus so, bei uns im Haus, kommt Hallhuber immer wieder auf unseren Gang und giert den Mädchen nach“, platzte es aus Clara heraus, die erst seit ein paar Wochen in der Gruppe war. Sie war eher unscheinbar und mit sich selbst beschäftigt. Jetzt hatte sie aber einen Ausdruck in der Stimme und ihr Gesicht zeigte eine Entschlossenheit, die wenig Zweifel daran ließen, dass es ihr ernst war.

„Meistens morgens vor dem Frühstück, wenn die meisten von uns Mädels duschen. Dann steht er auf einmal im Badezimmer. Oder abends ab zehn Uhr, wenn wir im Bett liegen. Der hat überhaupt nichts auf unserem Gang verloren. Dieser Mistkerl.“

„Und, habt ihr euch mal beschwert bei euer Gangmutter“, wollte Tim wissen.

„Ja, mehrmals schon! Aber es wird immer als eine nicht zu beachtende Lapalie abgetan“, antwortete Clara mit Unverständnis. Louise und Sunny nickten ihr Verständnisvoll zu.

Bis zum Ende des Abendessens lag eine erdrückende bleierne Stimmung auf allen Schultern, sie versuchten zu verstehen, was sich kurz zuvor ereignet hatte.

Ein Direktor in ihrer Mitte, der sich gegen einen solchen beängstigenden, ungeheuerlichen Vorwurf, einer Schülerin unter der Bluse gegrabscht zu haben, nicht wehrte. Und das nicht zum ersten Mal.

Kein Protest von der Lehrerschaft, von Erziehern, von Pädagogen, die sich im Klaren darüber sein mussten, was das Verhalten zu bedeuten hatte. Nur Schweigen, wo man nicht schweigen darf. Wer hat in diesem Moment an die Schülerin gedacht, die diese Demütigung ertragen musste und nun mit ansehen musste, dass außer Frank ihr niemand helfen wollte, ihr niemand zur Seite stand.

Die Scheune war gut gefüllt an diesem Abend. Man diskutierte lebhaft über das, was sich zum Abendessen ereignet hatte. Ein Diaprojektor warf Bilder aus dem Internatsleben an die gekalkte weiße Wand gegenüber des Tresens.

Diana war mit Michael in ein Gespräch vertieft, sie standen in der Nähe der Tanzfläche.

„Ich kann gar nicht verstehen, warum der Direktor sich nicht gewehrt hat gegen einen solchen schwerwiegenden Vorwurf. Wie sieht das bloß aus. Das kann er doch nicht auf sich sitzen lassen“, sagte Michael mit Unverständnis.

„Wenn es aber doch wahr ist“, stellte Diana fest.

„Aber warum mischt sich kein Lehrer ein? Es saßen doch genügend mit im Saal. Keiner von ihnen hat was gesagt.“

Andre, der neben Louise mit einer Zigarette in der Hand stand, hatte das Gespräch zwischen den beiden mit angehört und drehte sich nun zu ihnen um.

„Weil die alle feige sind. Die zittern doch alle um ihren Job. Warum sind die meisten Lehrer denn hier im Internat? Hier in Fürstenwald, weil man sie auf Staatsschulen nicht haben will. Dort wären sie doch Beamte und hätten viel bessere Verdienstmöglichkeiten. Hier müssen sie aber für weniger Geld mehr arbeiten“, sagte Andre mit tiefer Überzeugung und unverkennbarer Geringschätzigkeit. Auch ihn beschäftigte das, was sich im Essenssaal zugetragen hatte.

„So, habe ich das noch nicht gesehen. Meinen Eltern hat der Direktor aber ganz was anderes erzählt“, sagte Diana nachdenklich.

„Ja, ist klar. Also wenn jemand sich hier gegen den Direktor stellt und seinen Job verliert, wo soll er dann hin?

Darum schmeißen sich doch die allermeisten Lehrer vor ihm in den Staub. Und da das alles so unerträglich ist, werden wir zur Zielscheibe. Sie machen uns für ihre Lebenssituation verantwortlich. Das ist doch ganz einfach.

Nun müssen sie auch noch verwöhnte Kinder aus sogenannten reichen Elternhäusern unterrichten. Ein paar von unseren Lehrern sind doch sogar Alkoholiker. Scheiß Situation, so etwas will man doch auf keiner Staatsschule haben. Es gibt sogar Gerüchte, dass der eine oder andere noch nicht einmal ein Staatsexamen hat“, sagte Andre unbeirrt.

„Wahrscheinlich hast du recht. Das ist hier eine Art Sammelbecken gescheiterter pädagogischer Existenzen. So bitter das auch ist. Ich habe gehört, dass morgen früh eine Internatsleiterkonferenz hier in Fürstenwald stattfinden soll. Da will der Alte sicher keinen Ärger haben", fügte Michael hinzu.

Tim stellte sich zu seinen Freunden: „Wenn ich das beim Abendessen richtig mitbekommen habe, ist morgen früh auch Frau Knapp-König dabei."

„Wer ist das?", wollte Diana wissen.

„Sie hat mit ihrem Mann viele Jahre das Internat geleitet. Die jüdischen Gründer dieses Internates sind in den dreißiger Jahren vor den Nazis nach Amerika geflohen. Die Familie Knapp-König, so erzählt man sich, hat dann dieses Internat mit all seinen Ländereien für einen Spottpreis erworben", wusste Tim zu berichten.

„Aber hat nicht die Frau Knapp-König ihren Bruder im Krieg verloren?", fragte Michael.

„Ja, richtig. Ihr Bruder war Mitglied im Widerstand gegen Hitler. Er ist von den Nazis zum Tode verurteilt worden, so wie seine studentischen Freunde, die den Wahnsinn des Krieges stoppen wollten und dagegen Flugblätter verteilten. Sie selber hält heute überall Vorträge über den deutschen Widerstand", fügte Tim hinzu.

„Sind die jüdischen Gründer nach dem Krieg nach Deutschland zurückgekommen?", fragte Michael interessiert nach.

„Wenn das stimmt, was man sagt, wollten sie von der Familie Knapp-König ihren Besitz zurück. Als ihnen das verwehrt wurde, wollten sie zumindest eine Ausgleichszahlung haben. Diese lehnten aber auch das vehement ab.

Es hat wohl auch ein Gerichtsprozess stattgefunden", erzählte Tim.

„Und die spricht von deutschem Widerstand?", sagte Louise erschrocken.

„Ja, aber nicht, wenn es um ihre eigene Interessen geht", warf Andre zynisch ein.

Ihr Englischlehrer Herr Hallhuber betrat zur gleichen Zeit gut gelaunt die Internatskneipe, worüber sich die meisten Schüler verwundert ansahen. Er stellte sich provozierend lässig vor den Tresen, um ein Bier zu bestellen.

„Was macht der denn hier, vielleicht sollte ihm mal jemand sagen, dass Lehrer hier nicht erwünscht sind“, sagte ein Schüler, dem es völlig egal war, ob der Lehrer ihn hören konnte.

„Ach, lass ihn doch“, sagte eine Schülerin genervt. Linus und Sunny kamen durch die Eingangstür und steuerten auf den Tresen zu, um sich etwas zu trinken zu bestellen.

„Mensch, was macht den unser Herr Hallhuber hier? Bestimmt will er die Stimmung aushorchen. Der ist sicher vom Direktor geschickt worden. Auch so ein Feigling, der vorhin die Klappe gehalten hat.“ sagte Linus erbost.

Sunny schaute ihn vorwurfsvoll an: „Wir haben doch auch nichts gesagt.“ Diana stimmte ihr nickend zu: „Sunny hat recht.“

Michael, Andre und Linus schauten sich fragend an – verloren aber kein Wort. Die Verärgerung, die Wut über sich und dass Sunny wohl recht hatte, breitete sich in ihm wie ein Steppenfeuer aus. Denn er hatte ja auch nichts gemacht. Er gehörte auch zur schweigenden Masse, war Zuschauer in einem unwürdigen Spiel, so wie alle anderen.

Der Diaprojektor zeigte genau in diesem Moment eine Großaufnahme mit einem lachenden Herrn Hallhuber. Als Linus dies sah, nahm er seine gerade erst geöffnete Bierflasche und warf sie mit dem ganzen angestauten Frust gegen das an die Wand projizierte Bild.

Die Flasche zerschellte und das Bier lief die weiße Wand hinunter. Die Freunde schauten Linus erschrocken an. Sie konnten kaum glauben, was gerade passiert war. Sie drehten sich um und sahen dann in die Richtung des Lehrers, der noch mit dem Rücken zu ihnen stand. Plötzlich warfen alle Schüler und Schülerinnen unter lautem Gebrüll und Pfeifen mit Gläsern, Flaschen oder das, was sie gerade in der Hand hielten, gegen das Bild.

Nun hatte auch Herr Hallhuber, der sich umgedreht hatte, verstanden, was gerade vor sich ging. Unter dem feindseligen lauten Gejohle der Schüler, verließ er fluchtartig die Scheune. Und wurde seit dieser Zeit auch nie wieder dort gesehen.

Michael hatte noch abgewartet, bis der Gangvater seinen allabendlichen Rundgang durch die einzelnen Zimmer beendet hatte. Der Gang war ruhig und nur vereinzelt konnte man Stimmen aus den Zimmern hören, als er vorsichtig bei Linus an die Tür klopfte.

„Herein“, sagte Linus, der bereits im Bett lag. Michael öffnete die Tür nur einen Spalt, um sich gegen den Türrahmen mit verschränkten Armen zu lehnen.

„Komm steh auf, ich muss euch etwas sagen. Wir gehen zu Andre.“

„Worum geht es denn?“

„Komm schon, ich erklär euch das gleich.“ Linus stand auf, um mit Michael gemeinsam zu Andre zu gehen. Sie klopften an, aber niemand meldete sich.

„Komm, wir gehen wieder“, sagte Linus flüsternd und zog an Michaels Hemd. „Der schläft bestimmt schon und ist dann sauer, wenn wir ihn um diese Zeit noch aufwecken.“

„Nein, das glaube ich nicht.“

Beide schlichen tastend durch das dunkle Zimmer, ohne das Licht anzumachen, bis sie an seinem Bett standen. Sie schauten sich überrascht an. Neben Andre lag Louise, die ihren Arm um ihn gelegt hatte. Beide schliefen fest.

„Das glaube ich ja nicht“, flüsterte Michael Linus zu.

„Komm, lass die beiden schlafen, wir hauen wieder ab.“

„In Ordnung. Ich muss aber noch den roten Filzstift mitnehmen.“

Michael nahm unbemerkt einen roten Filzstift aus der Schublade des Schreibtisches. Genauso leise, wie sie gekommen waren, verließen sie das Zimmer auch wieder.

Etwas später stiegen sie durch das Fenster im Gemeinschaftsraum aus, weil dort noch ein paar alte Rohre von einer ehemaligen Feuerleiter aus der Häuserwand ragten, an denen man sich mit etwas Geschick hinunterhangeln konnte.

Aus einem alten Schuppen nahmen sie unbemerkt eine Leiter mit, die von den Handwerkern dort abgestellt wurde. Unter dem Schutz der Dunkelheit schlichen sie zum Haupthaus und drehten aus allen Lampen mit größter Vorsicht die Birnen heraus. Zum Glück waren diese schon seit Stunden ausgeschaltet. Mit dem roten Eddingstift, den sie sich von Andre geliehen hatten, malten sie diese an und drehten sie dann wieder ein. Nun waren alle Lampen am Haupthaus mit roten Birnen versehen worden.

Nach ungefähr einer halben Stunde, gingen sie unentdeckt durch den frischen Schnee zurück auf den Gang in ihre Zimmer.

Das weiße Haupthaus mit seinen imposanten Säulen und den großen Fenstern erstrahlte an diesem Morgen in einem leuchtenden roten Licht. Alle Lampen, die an dem Haupthaus befestigt waren und diejenigen, die in unmittelbarer Nähe standen, trugen jetzt die roten Birnen.

Die Wirkung dieses leuchtenden Rots, wurde noch durch den Schnee unterstützt, der in der Nacht gefallen war. Die Schüler und Schülerinnen lachten und erfreuten sich sichtlich an diesem außergewöhnlichen Anblick.

Ihr Haupthaus, der Mittelpunkt des Internats, sah aus wie ein großes Freudenhaus. Niemand kam bei diesem Anblick auf einen anderen Gedanken.

Auch der Direktor nicht, der wütend ins Sekretariat rannte und losbrüllte: „Frau Brüning, wo ist der Hausmeister? Warum stellt er nicht das Licht aus. Ich will ihn in zwei Minuten in meinem Büro sprechen."

„Ich habe schon mit ihm telefoniert, aber leider ist der Schlüssel von der Zeitschaltuhr nicht aufzufinden", sagte Frau Brüning, die wusste wozu ihr Vorgesetzter in einer solchen Stimmung fähig war. Zu häufig hatte sie ihn schon mit seinen cholerischen Ausbrüchen erlebt. Das beste war, nichts zu sagen, einfach abzutauchen, bis er sich wieder beruhigt hatte. Sie griff zum Telefon, um irgendeine Telefonnummer zu wählen, einfach um sich zu beruhigen, und um nicht weiter angesprochen zu werden.

„Dann soll er in Gottes Namen die Birnen rausdrehen. In wenigen Minuten erwarte ich die ersten Direktoren. Was sollen die denken? Wenn ich die erwische, die das gemacht haben!"

Er hatte den Satz noch nicht ganz zu Ende gesprochen, da schlug er wutentbrannt die Tür seines Büros hinter sich zu.

Nach einer ganzen Weile sah man den Hausmeister, wie er unsicher vor dem Haupthaus auf einer Leiter stand. Er machte sich an den Lampen zu schaffen. Vorsichtig drehte er eine Birne nach der anderen herraus, um sich nicht die Hände zu verbrennen, und ersetzte sie gegen eine neue.

Michael und Linus grinsten sich verschlafen an, als sie durch den nassen Schnee auf dem Weg zum Klassenzimmer das Haupthaus erblickten.

Andre ging mit hochgeschlagenem Kragen nur wenige Meter vor ihnen. Er hatte die beiden noch gar nicht bemerkt.

„Guten Morgen der Herr, eine geruhsame Nacht gehabt?“, fragte Linus zweideutig.

Andre drehte sich überrascht um: „Guten Morgen, die Herren. Wieso fragst du so komisch?“

Michael schmunzelte Andre an: „Was doch alles in so einer Nacht passieren kann?“

„Was soll das?“

„Wenn du deinen roten Filzstift vermisst, melde es besser nicht dem Direktor. Es könnte sein, dass er die eine oder andere Frage an dich hat, die du nicht beantworten kannst.“

Andre schaute seine Freunde fragend an.

„Aber was anderes. Kommst du heute Nachmittag mit, wir wollen uns neue Badehosen kaufen. Diana hat uns alle eingeladen, das Wochenende bei ihr zu Hause zu verbringen. Die haben wohl ein riesiges Schwimmbad. Dann können wir mal wieder eine Bademeisterparty feiern“, sagte Michael, der Andre ansah, dass er so ganz langsam verstand, was in der letzten Nacht vor sich gegangen ist.

Andre: „Ja, na klar bin ich dabei.“

Linus lachend: „Deine Louise darfst du sicherlich auch mitnehmen.“

„Woher?“, Andre stockte kurz und legte seine Stirn in kleine Falten. „Ihr wart gestern Nacht noch in meinem Zimmer?“

Michael legte freundschaftlich seinen Arm um ihn: „Der Herr ist ja ein richtiger Schnellmerker.“

In den darauffolgenden Tagen hatte der Direktor alles versucht, alle Hebel in Bewegung gesetzt, um herauszubekommen, wer für die nächtliche Rotlichtattacke verantwortlich war. Zum Glück für Linus und Michael ohne erkennbaren Erfolg. Und so verabredete man sich, das kommende Wochenende bei Diana zu Hause zu verbringen.

Nur eine halbe Autostunde von Hamburg entfernt, am Ortseingang eines kleinen Dorfes, erstrahlte auf einer Anhöhe eingebettet in einem prächtigen Laubwald mit einem sich lang hinziehenden See, der Familiensitz der van der Waerden. Michael bog mit seinem grünen Käfer auf die lange Kiesauffahrt ein und fuhr durch einen großzügigen Park, bis er vor einem imposanten Schloss aus der Jahrhundertwende parkte. Er nahm seine Tasche aus dem Kofferraum und lief die Treppen zur Eingangstür hoch, die von zwei Säulen umrahmt war. Er konnte nirgendwo ein Schild mit einem Namen neben dem Klingelknopf entdecken.

Nach kurzem Zögern aber betätigte er doch die Klingel und während er wartete, ließ er noch einmal seinen Blick über das imposante Anwesen gleiten. Nicht einmal der leiseste Anflug eines Windhauches umwehte die Blätter entlang der Allee.

Ein sehr groß gewachsener älterer Herr mit weißen Haaren öffnete ihm die Tür. Er trug Gummistiefel, Cordhosen und ein verblichenes kariertes Flanellhemd. Ganz so, als hätte er gerade seine Gartenarbeit unterbrochen.

„Guten Tag, du bist bestimmt einer der Internatsfreunde von Diana."

„Ja, ich heiße Michael, Michael Petersen."

„Ja, herzlich willkommen, ich bin der Vater von Diana. Komm doch rein."

Gemeinsam standen sie in der großen Eingangshalle, als Frau van der Waerden, die viel kleiner als ihr Mann war, die große geschwungene Treppe herunterkam.

„Guten Tag, ich bin die Mutter von Diana. Diana ist noch kurz ins Dorf gefahren, um noch ein paar Besorgungen zu machen. Wenn Sie wollen, können sie sich gerne mit uns ins Kaminzimmer setzen. Ich habe gerade Tee aufsetzen lassen. Sie mögen doch Tee oder?"

„Ja, sehr gerne", sagte Michael und nickte dabei freundlich. „Wo kann ich meine Jacke und meine Tasche abstellen."

„Komm, ich zeige dir die Garderobe, da kannst du alles ablegen", sagte Herr van der Waerden.

Gemeinsam nahmen sie bei einer Tasse Tee im Kaminzimmer Platz und genossen den freien Blick über die im englischen Stil angelegten

Ländereien. Mit seinem See in der Mitte, an dessen Ufer ein kleines verlassenes rotes Segelboot lag, und einer kleinen Erhöhung am Rande eines Waldstückes, auf der einige Pferde zufrieden grasten. Michael sah sich unzähligen Fragen von Dianas Mutter ausgesetzt. Die alles bis ins Detail wissen wollte. Und so blieb Michael nichts anderes übrig, als höflich alle Fragen zu beantworten. Er erzählte in allen Einzelheiten vom Internatsleben, seinen Freunden und dass sich Diana, wie er fand, schon nach wenigen Wochen sehr gut eingelebt hatte.

Am lauten Knarren des alten Parkettfußbodens konnten sie hören, dass sich jemand mit schnellen Schritten über das Foyer zum Kaminzimmer begab.

Es war Diana, zu der sie sich umdrehten, als sie den Raum betrat. Sie sah bezaubernd aus und lächelte über das ganze Gesicht, als sie Michael sah, so als wolle sie den ganzen Raum mit Sonne fluten. Sie hatte in diesem Moment nur Augen für ihn, der seine Tasse auf den Tisch stellte und sich aus seinem sandbeigen Sessel erhob, um sie zu begrüßen.

„Hallo, schön, dass du schon da bist. Gut hierhergefunden?"

„Ja, das war kein Problem."

Sie nahm ihn dabei in den Arm und küsste ihn auf die Wange – was Michael etwas verlegen machte.

„Kannst du mir in der Küche helfen, ich habe noch einiges vorzubereiten", sagte Diana.

Sie wendete ihren Blick nur kurz von ihm ab, um sich ihren Eltern zuzuwenden, die ihre Tochter so wohl noch nie erlebt hatten.

„Natürlich nur, wenn ihr ihn freigebt?", fragte sie mit einem besonders fröhlichen Klang in der Stimme, dass sich jede Antwort erübrigte.

Die Küche lag auf der anderen Seite des Schlosses und so hatten die beiden jede Menge mit den Essensvorbereitungen für den kommenden Abend zu tun.

„Wenn du so lieb bist und die Sachen, die in der Plastiktüte sind, hier in den Kühlschrank tust?", fragte Diana, die mit dem schälen von Kartoffeln beschäftigt war.

„In Ordnung, aber erzähl mal, was gibt es den heute Abend überhaupt zu essen?", wollte Michael wissen, der schon einen ziemlichen Hunger hatte, da er gleich nach dem Frühstück von zu Hause losgefahren war und seitdem nichts mehr zu sich genommen hatte.

„Das erzähl ich noch nicht, das soll eine kleine Überraschung werden, ich hoffe sie gelingt mir auch, aber keine Angst, Spaghetti gibt es heute nicht“, lachte sie, als es einmal kurz an der Haustür klingelte.

„Da sind schon die nächsten Gäste. Ich gehe mal schnell an die Tür“, sagte sie und küsste ihn flüchtig im Vorbeigehen auf die Wange.

„Danke für das Einräumen.“

Nach und nach trafen alle Internatsfreunde ein. Jeder von ihnen durfte sich im obersten Stock des Hauses ein Zimmer aussuchen, um sich dann später im Esszimmer zu treffen, das von Diana prächtig eingedeckt war. Ihr aufwendiges Drei-Gänge-Menü schmeckte allen großartig.

Nach dem Essen verzogen sie sich ins Kaminzimmer, das direkt neben dem Schwimmbad lag.

Andre spielte mit Linus eine Partie Billard an dem alten Tisch, der inmitten des Raumes stand. An den vertäfelten Wänden hingen jede Menge Porträts der Vorfahren. Justus, Louise, Sunny und Tim saßen in den schweren Chesterfieldsesseln, neben einem großen Bücherregal.

Sie unterhielten sich ausgelassen, rauchten und tranken Unmengen von Alkohol.

Diana, die neben Michael auf dem braunen Sofa saß, lehnte ihren Kopf verträumt an seine Schulter. Mit einem Glas Bier in der Hand, sah er Linus zu, wie er mit einem Joint um den Billardtisch herumtanzte, nachdem er die erste Partie gegen Andre gewonnen hatte.

„Sagt mal Leute, was haltet ihr denn jetzt eigentlich vom Baden? Ist der Bademeister richtig gut drauf, raucht er erst … mal seine Tüte auf.“

Linus tanzte weiter zum Rhythmus der Musik von Kool & the Gang „Celebration”. Er griff sich dabei an seine Gürtelschnalle und öffnete langsam seine Hose, um sie sogleich gekonnt zu Boden fallen zu lassen. Danach entledigte er sich, unter rhythmischen, Klatschen seiner Freunde, seines Hemdes. Sie pfiffen und johlten dabei, bis er nur noch in seiner langen geblümten Badehose dastand.

„Alle mir nach!“, rief er und wie auf Kommando rannten sie alle ins Schwimmbad. Ohne sich umzuziehen, sprangen sie kopfüber ins Wasser.

Mit nassen Haaren, nur mit Jeans und Hemd bekleidet, saßen sie kurze Zeit später wieder auf dem Ledersofa, ihre Beine lagen ausgestreckt auf dem Tisch. Träumerisch blickten Dianas hellbaue Augen aus ihrem hübschen weich geformten Gesicht über den Rand des Sektglases Michael an. Als sich ihre Blicke begegneten, prosteten sie sich zu und schauten sich dabei so lange tief in die Augen, bis sie ihre Gläser wegstellten, sich umarmten und küssten.

Man feierte bis in den Sonnenaufgang hinein. Die einen im Schwimmbad auf den Sonnenliegen unter Badehandtüchern, die anderen hatten den Weg noch bis ins Bett geschafft, um die Geburt des nahenden Morgens zu erleben.

Nur wenige Stunden Schlaf mussten ausreichen und so saßen sie verkatert, wortlos und todmüde beim Frühstück in der Küche. Bevor sie sich wieder auf den Weg ins Internat machten, packten sie ihre Sachen und verabschiedeten sich. Der Kies knirschte unter ihren Schuhen auf dem Weg zu ihren Autos, an diesem sonnigen Morgen.

„Wir sehen uns dann später in Fürstenwald“, sagte Andre, und schaute Diana an. „Ich muss noch tanken, kannst du mir sagen, wo hier die nächste Tanke ist?“

„Am besten fahren wir eben vor“, antwortete Diana und warf Michael einen liebevoll fragenden Blick zu, der seinerseits zustimmend nickte.

„Also bis später“, rief Louise, als sie bei Andre ins Auto einstieg.

Glücklich und versunken saß Diana neben Michael im Auto und schaute immer wieder zu ihm rüber, während er sich auf den Straßenverkehr konzentrierte.

Zurück in Fürstenwald, gingen sie unbemerkt von den anderen, die ein paar Meter vorausgingen, die Haupthaustreppe hoch. Als sie merkten, dass die beiden fehlten, drehten sie sich nach ihnen um und warteten.

„So, Micha… ich hoffe das war nicht nur so aus einer Wochenendlaune heraus?“, fragte Diana leise mit zitternder Stimme, als sie etwas dichter an ihn heranrückte und er einen Sturm auf ihrem Gesicht spürte.

„Von mir aus war es das nämlich nicht!“ Sie nahm ihn in den Arm und küsste ihn auf die Wange. Michael flüsterte ihr leise ins Ohr: „Von mir auch nicht. Wenn du willst, komme ich nachher noch vorbei.“

Ein Lächeln der Erleichterung und der Freude breitete sich über ihr ganzes Gesicht aus, als sie ihm in die Augen schaute.

„Ja, schön Louise schläft bei Andre. Wir haben also das ganze Zimmer für uns alleine."

„O.k.?"

„O.k., dann warte ich. Sei aber vorsichtig, damit dich der Alte nicht erwischt. Ich lege dann den Riegel des Fensters nur auf."

„Du weißt, wie das geht?"

„Ja, Louise hat es mir mal gezeigt."

„Ist in Ordnung, dann bis später."

Diana lächelte noch immer, griff zu ihrer Tasche und ging damit ein paar Schritte rückwärts zur Tür, um Michael noch nachzuschauen, der die Treppe wieder hinunterlief zu seinen wartenden Freunden. Er drehte sich noch einmal kurz zu ihr um und warf ihr ein Lächeln zu.

Diana ging beschwingt im Foyer die große Treppe hinauf, um an einem Fenster stehen zu bleiben, das direkt neben dem Treppengeländer lag. Sie sah sich kurz um und öffnete dann das Fenster einen Spalt, um den Riegel wieder leicht aufzulegen, so dass niemand erkennen konnte, dass es offen war. Danach ging sie unbemerkt auf ihr Zimmer.

Michael schloss in der Nacht vorsichtig das Fenster hinter sich, um Schritt für Schritt langsam die Treppe hinaufzugehen. Immer wieder blieb er stehen, um zu hören, ob noch alles ruhig war. Damit das Knarren der alten Holztreppe nicht so laut war, ging er vorsichtig rechts und links an den äußersten Rand der Treppenstufe. Immer wieder machte er kleine Pausen, um zu hören ob eventuell jemand kommt. Zum Glück blieb aber alles ruhig.

Auf der obersten Etage angekommen, hörte er aus dem Nachbarzimmer von Diana eine männliche und eine weibliche Stimme, die lachten und sich unterhielten.

Er schaute sich noch einmal um, ob ihm auch niemand gefolgt war und klopfte leise an Dianas Tür.

„Komm rein, die Tür ist offen", sagte sie leise, die sich nur vorstellen konnte, dass es Michael ist.

Er öffnete vorsichtig die Tür, das Zimmer war nicht beleuchtet. Nur eine Nachttischlampe warf weiches Licht auf ihr Bett, auf das er sich setzte, um ihr einen Kuss auf die Wange zu geben. Dabei zog er sich langsam das Hemd aus. Bei der Hose verlor er das Gleichgewicht und fiel von der Bettkante, was die beiden so amüsierte, dass sie laut zu lachen anfingen.

„Leise, wenn uns jemand hört“, sagte Diana und legte dabei den Zeigefinger auf ihren Mund.

„Im Treppenhaus war alles ruhig“, bemerkte Michael.

„Aber die dicke Anna hat Besuch, glaube ich“, flüsterte Diana.

„Ja, da habe ich auch gerade Stimmen gehört.“ Sie legte sich lächelnd über ihn und sie begannen sich zu küssen. Nach kurzer Zeit hörten sie aus dem Nachbarzimmer eindeutige Geräusche eines Liebesaktes. Ein lautes Klatschen von fetten Körpern die ineinanderschlugen. Das Stöhnen der beiden Liebenden wurde immer rhythmischer und lauter. Das Bett in dem sie lagen, bewegte sich so stark hin und her und schlug genau gegen die Wand von Dianas Zimmer. Immer lauter, und sicher nicht nur hier zu hören.

„Das ist die dicke Anna mit ihrem Freund, diesem dicken Bauern aus dem Nachbarort“, sagte Michael, der Schwierigkeiten hatte sein Lachen zu unterdrücken.

Auch Diana konnte nicht an sich halten, sie lachte so laut los, dass Michael ebenfalls zu lachen begann und beide bissen dabei in die rotweiß gestreifte Bettdecke, damit man sie nicht hörte.

„Das hört sich ja so an, als wollten sie damit noch olympisch werden“, sagte Diana, der vor Lachen schon die Tränen kamen.

„Ich denke, das hat unser Freund sich von seinen Mastschweinen abgeschaut. So wie der grunzt und quietscht“, sagte Michael spöttisch.

„Du bist ekelig.“

Das Gestöhne war in kurze Schreie übergegangen. Das Bett schlug immer stärker und in kürzeren Abständen gegen die Wand. Man arbeitete sich mit vollem Einsatz dem Finale entgegen. Bis auf einmal das Bett unter den beiden Liebenden mit einem lauten Knall zusammenbrach. Ein dumpfer Knall, Holz zersplitterte. Und auf einmal war Ruhe. Nichts war mehr zu hören aus dem Nachbarzimmer.

„Ach du Schande, die beiden haben das Bett zerlegt, so ein Mist, das hat man doch im ganzen Haus gehört“, sagte Michael panisch.

„Komm leg dich schnell unters Bett“, sagte Diana amüsiert. „Ich schau mal nach, ob was Schlimmeres passiert ist.“

Leicht bekleidet, klopfte sie an Annas Tür, als plötzlich das Licht auf dem Gang anging und der Direktor vor ihr stand.

„Was ist denn da los? Wer hat denn da einen solchen Lärm gemacht?“ wollte der Direktor von ihr wissen.

„Ich war gerade in Annas Zimmer. Sie hat ihr Gleichgewicht verloren, als sie ein Buch aus dem Regal holen wollte. Leider ist sie dabei so unglücklich auf das Bett gefallen, dass es unter ihr zusammengebrochen ist“, log Diana, die im Moment so überrascht war, dass ihr keine bessere Erklärung einfiel.

„Die ist ja auch viel zu fett, kein Wunder!“, kommentierte der Direktor abfällig. „Sagt morgen den Handwerkern Bescheid. … Ist ihr sonst nichts passiert?“

„Nein, alles o.k so weit, Herr Doktor“, beschwichtigte ihn Diana, der diese Situation äußerst unangenehm war.

„Dann mal schnell ins Bett“, forderte er sie auf, als er sich umdrehte, um den Gang zu verlassen. Diana wartete noch einen paar Sekunden, bis sie hörte, dass der Direktor die Tür seiner Wohnung hinter sich verschlossen hatte.

Sie klopfte leise an Annas Zimmertür, die sich nur sehr zögerlich öffnete.

„Vielen Dank, dass du mir geholfen hast, ich hätte gar nicht gewusst, was ich sagen sollte. Zum Glück ist er nicht ins Zimmer gekommen“, bedankte sie sich überschwänglich und die Erleichterung darüber war ihr auch anzusehen.

„Kein Problem, aber bitte jetzt etwas ruhiger.“

„Ja, nochmals danke.“

Der Mond warf sein silbernes Licht durch das kleine Dachfenster auf ihr Bett, als sie sich wieder neben Michael legte. Leise sagte sie ihm ins Ohr, so dass ihr Atem ihn kitzelte: „Da haben wir aber noch einmal Glück gehabt.“

„Mich hier zu erwischen, das wäre das Größte für den Alten“, ergänzte Michael.

Diana schaute ihn von der Seite mit nachdenklicher Miene an: „Ich frag mich nur, wo der so schnell herkam?“

„Was meinst du damit?“, fragte Michael und legte behutsam seinen Arm um sie.

„Ach, ich weiß auch nicht.“

Am nächsten Morgen trugen die Handwerker schon früh die Reste des Bettes aus dem Zimmer. Nicht um es zu reparieren, dafür war es zu sehr zerbrochen, sondern um es gegen ein neues zu tauschen. Sie grinsten dabei, als hätten sie eine Ahnung davon, wie es zu diesem Missgeschick, in der Nacht zuvor gekommen war. Einige Schüler beobachteten das Treiben und machten deftige Sprüche hinter vorgehaltener Hand.

Während Michael mit seinen Klassenkameraden vor dem Lehrerzimmer auf Herrn Theodorakes wartete, kam Herr Müller, einer der Handwerker, mit dem völlig zerstörten Lattenrost an ihnen vorbei.

„Hallo, Herr Müller, was ist denn da passiert?“, wollte Andre wissen.

„Das kommt aus dem Zimmer von Anna, das ist wohl letzte Nacht passiert. Aber nicht nur das Lattenrost, das ganze Bett ist total zerstört“, antwortete er.

Darauf sagte Linus in seiner unnachahmlichen Art: „Na ja, dass ist ja auch kein Wunder“ und lachte durchtrieben.

Michael zögerte noch einen Augenblick, ob er es den anderen erzählen sollte, was sich in der Nacht abgespielt hatte. Aber dann kamen ihm doch keine Bedenken.

„Wenn ihr wollt, kann ich euch nachher noch die ganze Geschichte erzählen, wie es zu der Zerstörung des Bettes gekommen ist.“

„Was denn für eine ganze Geschichte?“, wollte Sunny, die ihn neugierig anschaute, wissen.

„Später“, sagte Michael, weil sich die Tür des Lehrerzimmer, öffnete und Herr Theodorakes heraustrat.

„Kommt ihr eben mit, wir müssen einiges besprechen für das nächste Schuljahr.“ Gemeinsam spazierten sie zur Bibliothek und setzten sich in einem Halbkreis vor den großen Kamin, der noch fröhlich prasselte und eine wohlige Wärme ausstrahlte.

„Ihr seit jetzt der Abijahrgang“, begann Herr Theodorakes seine Ausführung. „Die Fachkonferenz hat beschlossen, dass ihr alle gemeinsam auf den Goethegang kommt. Dort habt ihr dann alle ein Einzelzimmer.“

„Ich auch?“, fragte Sunny.

„Nicht nur du. Auch Charlotte, Claudia und Laura. Natürlich nur, wenn sie wollen.“

„Oh, ein gemischter Gang. Warum nicht?“, sagte Andre überrascht.

„Wer wird denn unser Gangvater?“, wollte Michael wissen.

„Ein neuer Kollege, der erst nach den kleinen Ferien seinen Dienst in Fürstenwald antreten wird“, sagte Herr Theodorakes.

Linus musste lachen: „Da hätte sich sonst wohl auch niemand anderes gefunden.“

„Ist die Fußballmannschaft vom HSV eigentlich schon eingetroffen?“, wollte Andre beiläufig wissen.

„Ja“, sagte Herr Theodorakes. „Vor zwei Stunden. Sie wollen heute Morgen bereits ein erstes Training auf unserem Platz absolvieren. Wenn ihr Lust habt, könnt ihr euch das ja später mal ansehen. Aber bevor ihr geht, habe ich hier auf den Zetteln noch eure neuen Kurse aufgeschrieben.“ Er verteilte noch schnell ein paar Blätter um sich dann wieder in die Pause zu verabschieden.

Zwischen zwei Unterrichtsstunden standen sie am Rande des Fußballplatzes und bestaunten das Training des HSV.

Es war auffällig, dass die Jugendauswahl einheitliche Trainingsanzüge und mehrere Trainer hatten. Einer der Trainer filmte sogar das Training mit einer Videokamera.

Andre war sichtlich beeindruckt: „Ich muss schon sagen, das macht einen verdammt professionellen Eindruck. Wisst ihr, wie oft die miteinander trainieren?“

„Was ich gesehen habe, ist, dass sie neben zwei Trainern auch noch einen Fitnesstrainer, einen Zeugwart und einen Masseur haben“, sagte Tim.

„Herr Theodorakes hat gesagt, dass er mal anfragen will, ob man Lust hat, gegen unsere Schülermannschaft zu spielen“, erwähnte Michael.

„Da bekommen wir sicherlich mächtig was auf die Mütze. Die Jungs sollen so das Beste sein, was es in diesem Land in dieser Altersgruppe gibt“, schwärmte Tim.

„Mach dir man nicht ins Hemd, Tim“, sagte Linus.

„Ich hätte schon mal Lust, gegen die zu spielen", sagte Andre selbstbewusst." „Und so schlecht sind wir auch nicht."

„Das sehe ich auch so", fügte Michael hinzu und drehte sich vom Platz weg, um seine Freunde anzusehen.

„Kommt, der Unterricht fängt gleich wieder an." Sie klatschten sich mit den Händen ab, um dann wieder zurück zu ihrem Klassenzimmer zu gehen.

Während des Mittagessens gab es eine Durchsage von Herr Theodorakes, durch das Mikrofon, das in allen Essenssälen zu hören war.

„Meine lieben Schüler und Schülerinnen", begann er seine Rede, „wie einige von euch schon mitbekommen haben, dürfen wir in den nächsten drei Tagen die Jugendauswahl vom HSV bei uns begrüßen. Ich möchte alle bitten, unseren Gästen jederzeit mit Rat und Tat zur Seite zu stehen. Darüber hinaus habe ich mit den Trainern verabredet, dass wir morgen ein Spiel zwischen dem HSV und unserer Schülermannschaft auf unserem Platz ausrichten werden. Morgen um fünfzehn Uhr. Das ist eine große Ehre für uns, uns mit den Besten einmal messen zu können. Vielen Dank an das Trainerteam und an die Mannschaft. Wir freuen uns auf ein faires und interessantes Spiel."

„Das wird ja auch mal Zeit, dass euch mal jemand in die Schranken weist. Das lasse ich mir bestimmt nicht entgehen", sagte Louise triumphierend, die sich ganz sicher war, dass dieses Spiel nur in einem Debakel für die eigene Schulmannschaft enden könne.

Andre schaute Louise verärgert an: „Sei dir mal bloß nicht so sicher, die kochen auch nur mit Wasser. Vielleicht sind die besser als wir, aber wir werden denen das Leben bestimmt verdammt schwermachen. Und dann schauen wir mal, was am Ende dabei rauskommt."

„Mein Schnubbel macht das schon", sagte Diana stolz und schmunzelte dabei Michael an.

„Wir werden einfach frech nach vorne spielen. Ich denke, alle wissen, dass sie die Favoriten sind und denken, dass wir die Hosen vollhaben. Aber den Gefallen werden wir ihnen nicht tun."

„Ich bin auf jeden Fall für unsere Jungs“, sagte Sunny zuversichtlich. Herr Theodorakes kam an ihren Tisch und stützte sich mit beiden Händen auf die Tischplatte.

„Prima, dass das geklappt hat. Es war gar nicht so leicht, die Verantwortlichen des HSV zu überzeugen. Aber nun erwarte ich von euch, dass ihr alles gebt.“

Er ballte dabei seine rechte Hand zu einer Faust. Tim nickte ihm zuversichtlich zu: „Das werden wir.“

Auch die anderen am Tisch nickten Herrn Theodorakes wohlwollend zu. „Ich finde wir sollten heute Abend noch einmal trainieren, um dann auch über die Mannschaftsaufstellung zu sprechen“, schlug Michael vor.

„Ja ist o.k., ich trommle nachher alle zusammen und dann sehen wir uns um sieben Uhr auf dem Platz“, sagte Andre.

An diesem Abend wurde noch trainiert und verabredet, dass man nicht mehr in die Scheune geht, um am nächsten Tag fit und ausgeschlafen zu sein.

Während der Unterrichtsstunden sprachen sie immer wieder über das Spiel des Jahres. Die Vorfreude, aber auch die innere Unruhe, der meisten, die für das Spiel vorgesehen waren, nahm merklich zu. Ein Blick aus dem Fenster zeigte einen blauen Himmel. Sonnenwetter. Somit ideale Voraussetzungen für ein gutes Spiel.

Die Fürstenwälder Spieler bildeten zusammen am Anstosspunkt einen Kreis und legten sich ihre Arme auf ihre Schultern.

Andre ergriff als Erstes das Wort: „Also Jungs, egal was jetzt auch immer passiert, wir werden kämpfen bis zum Umfallen. Ist das klar? Denen zeigen wir es jetzt!“, feuerte er seine Freunde an.

„Kampf bis zum Letzten, wir werden uns auf gar keinen Fall blamieren.“

„Niemals!“, riefen sie wie aus einem Mund.

Sie liefen auseinander, jeder auf seine Position und erwarteten den Anstoß. Herr Theodorakes stand am Spielfeldrand und klatschte in die Hände, um seinen Spielern Mut zu machen.

Die gesamte Schülerschaft, viele Lehrer und fußballinteressierte Eltern schauten sich den unglaublichen und unerwarteten Sieg der Fürstenwalder Schülermannschaft an. Am Anfang trauten sie ihren Augen nicht, so beherzt gingen sie zur Sache, aber im Laufe des Spiels setzten sie sich immer mehr spielerisch durch.

Michael schoss die meisten Tore für seine Mannschaft. Der Fußballplatz entwickelte sich zu einem Hexenkessel. Frenetisch angefeuert von den Schülerinnen und Schülern, die mit Trommeln und Blasinstrumenten so viel Krach machten, dass es für Andre und seine Freunde immer nur nach vorne ging.

Sie spielten sich in einen Rausch, alles klappte, sogar der Versuch, von einer Ecke aus direkt ein Tor zu erzielen. Dem Trainerstab der gegnerischen Mannschaft sah man das Entsetzen an, mit einem solchen Spiel, mit einem solchen Debakel hatten sie niemals gerechnet. Immer häufiger wechselten sie ihre Spieler aus. Aber damit konnten sie nun auch die Niederlage nicht mehr abwenden.

Kurz vor Ende des Spiels wurde Michael durch ein Frustfoul eines Gegenspielers so schwer verletzt, dass er nicht mehr weiterspielen konnte.

Andre, Diana und Herr Theodorakes rannten voller Sorge zu ihm auf den Platz, als sie sahen, dass er immer wieder versuchte, mit seinem rechten Bein aufzutreten, dabei aber so starke Schmerzen hatte, dass er auf dem Rasen liegen blieb.

Er stützte sich bei Andre und Diana auf, um zum Rand des Spielfeldes zu kommen, während das Spiel noch ein paar Minuten weiterlief.

Andre schaute besorgt auf Michaels Knöchel: „Das sieht aber gar nicht gut aus."

„Der rechte Fuß wird immer dicker und tut tierisch weh", sagte Michael mit schmerzverzehrtem Gesicht.

„Es wird das Beste sein, wenn wir damit zu einem Arzt fahren", schlug Diana vor, der vor Sorge ein paar Tränen übers Gesicht liefen, die sie schnell mit ihrer linken Hand wegwischte, damit sie niemand sehen konnte.

„Ich denke auch, dass ist das Beste", stimmte Andre zu.

„Komm setz dich hierhin. Ich hole schnell meinen Wagen."

Die beiden setzten sich auf eine Bank und schauten sich die letzten Minuten des Spiels an, während Andre seinen Wagen holte und ihn neben der Turnhalle abstellte.

Am frühen Abend, rechtzeitig zum Abendessen, waren sie wieder aus dem Krankenhaus zurück. Michael saß mit einem Gipsbein am Tisch und einige Schüler, die an ihm vorbeigingen, klopften ihm anerkennend auf die Schulter.

„Super gespielt", sagte einer.

„Denen habt ihr es aber gezeigt", sagte ein anderer.

„Mensch Micha, wie geht es dir?", fragte Louise besorgt, als sie ihn sah.

„Die Schmerzen sind jetzt weg, aber leider ist es ein Bänderriss. Sie wollten mich sofort dortbehalten und auch gleich operieren, aber ich denke es ist wichtig, das ich auch noch die Meinung unseres Hausarztes einholen", erzählte Michael mit trauriger Stimme. „Man war das geil. Unglaublich, wie wir die weggehauen haben", schwärmte Tim noch immer.

„Wer hätte das gedacht. Unsere Internatsmannschaft schlägt den großen HSV", sagte Sunny voller Bewunderung.

Linus setzte sich völlig außer Atem an den Tisch und wischte sich den Schweiß von der Stirn. Andre und die anderen schauten ihn an: „Was ist denn mit dir los, bist du noch ein paar Runden um den Platz gelaufen?", scherzte Andre.

„Nein, ihr glaubt ja gar nicht, was passiert ist?"

„Was meinst du?", fragte Diana besorgt.

„Clara, sie sitzt oben immer noch im Sekretariat und wird zu den Vorfällen am heutigen Spätnachmittag befragt."

„Welchen Vorfall meinst du denn?"

„Ihr habt gar nichts mitbekommen, was?"

„Nein, nun erzähl schon."

„Hallhuber ist erwischt worden, wie er mit Clara auf dem Bett lag, in einer eindeutigen Position. Sie fing an sich zu wehren und wie durch einen Zufall stand auf einmal Paulette im Zimmer. Gemeinsam sind dann Clara und Paulette zum Direktor, um ihn von dem Vorfall zu berichten", erzählte Linus, noch ganz außer Atem.

„Das gibt es doch nicht!", machte sich Louises erschrocken Luft.

„Aber das ist noch nicht alles. Hallhuber hat sich dann volllaufen lassen und ist mit seinem Wagen auf der Fürstenwälderhöhe von der Straße abgekommen und in eine Hecke gejagt."

„Unfassbar", sagte Andre und schüttelte dabei den Kopf.

„Ich habe eine Durchsage zu machen. Ich bitte um Ruhe", sagte der Direktor über die Sprechanlage. Es wurde nur langsam leise in den Essenssälen.

„Ich möchte mich bei unserer Mannschaft bedanken und ihr zu diesem großartigen Sieg beglückwünschen. Besonders möchte ich aber dem, ich hoffe, ich habe richtig gezählt, dem achtfachen Torschützen Wigald von Bannersdorf danken. Ohne seine Tore und seinen unermüdlichen Einsatz, wäre dieser Sieg so nicht möglich gewesen."

Der Schüler Wigald von Bannersdorf, der in die gleiche Klasse, wie Andre, Michael und die anderen ging, schaute sich irritiert um.

Jeder, der das Spiel gesehen hatte, wusste, dass Wigald, der Liebling des Direktors, gar nicht mitgespielt hatte. Es war Michael, der mit seinen Toren dafür gesorgt hatte, dass man diesen Sieg, in dieser Höhe eingefahren hatte.

„Also einen besonders großen Applaus für von Bannersdorf", setzte der Direktor seine Rede fort. Niemand in den Essensälen klatschte. Es herrschte eine Totenstille. Niemand sprach ein Wort. Eine angespannte Ruhe, alle erwarteten, dass der Direktor seinen Irrtum bemerkte. Ein Schüler rief ihm Michaels Namen zu und wies darauf hin, dass Wigald gar nicht mitgespielt hatte. Aber es gab keine weitere Durchsage. Keine Entschuldigung für sein Versehen.

Herr Förster legte seine Hand beruhigend auf Michaels Schulter, der enttäuscht seine Freunde ansah und dann seinen Blick senkte.

Die anderen Schüler schauten in seine Richtung und in ihren Blicken konnte man die tiefe Ablehnung erkennen, die fast alle empfanden gegen einen Direktor, der zum wiederholten Male sein abscheulich niederträchtiges Spiel mit ihnen spielte. Aber auch diesmal wagte es niemand, gegen ihn aufzustehen. Frank, der Abiturient, war noch immer der Einzige in der letzten Zeit, der sich getraut hatte, seine Meinung zu sagen.

Die meisten wussten, dass sie wahrscheinlich schon nach kürzester Zeit das Internat verlassen müssten, wenn sie es sich mit dem Direktor anlegten, egal ob Lehrer oder Schüler.

Am nächsten Tag holten Michaels Eltern ihren Sohn in Fürstenwald ab, um ihn mit nach Hause zu nehmen. Man hatte sich dazu entschieden, noch einen weiteren Arzt aufzusuchen.

Nach der Untersuchung hatten sie Gewissheit, dass nur eine Operation des Bänderrisses infrage kam, um spätere Probleme zu vermeiden.

Zwei Tage später wurde er in ein Krankenhaus eingewiesen, wo am darauffolgenden Morgen die Operation ohne Komplikationen ausgeführt wurde.

Michael lag frisch operiert und noch etwas benommen von der Narkose mit seinem Gipsbein im Bett und starrte vor Langeweile an die Zimmerdecke. Immer wieder griff er zu dem Wasserglas neben sich und trank einen Schluck. Sein Hals schmerzte. Er schaute sich in seinem Zimmer um, die halb zugezogenen Vorhänge konnten die Sonnenstrahlen nicht aufhalten, die sich fächerförmig ausbreiteten.

Ihm war langweilig, genau bis zu dem Moment, als die Tür aufging und Andre völlig überraschend hereinkam.

„Na, da bist du aber überrascht, was?“

„Das kann man wohl sagen. Schön, das du da bist.“

„Mein Lieber, wie geht es dir nach der Operation, hast du noch Schmerzen?“, fragte Andre, der seinen Freund umarmte und mit einem skeptischen Blick auf seinen Fuß schaute.

„Es geht, ich habe auf der Operationsnarbe noch so einen Druck. Zum Glück haben sie mir schon ein paar Schmerztabletten dagegen gegeben“, sagte Michael erleichtert.

Mit einem Blitzen in den Augen und einem verschmitzten Lächeln sagte Andre: „Ich habe auch noch eine kleine Überraschung für dich.“

„Eine Überraschung?“, wiederholte Michael.

Die nur angelehnte Tür öffnete sich und Diana betrat das Krankenzimmer mit schnellen, ungeduldigen Schritten.

„Mein Schnubbel. Wie geht es dir?“

Sie umarmte Michael, küsste ihn, während ihr ein paar Tränen über ihre Wangen liefen. Sie setzte sich auf seine Bettkante.

„Ich hatte solche Angst gehabt, dass etwas bei der Operation schiefgehen könnte.“

„Das ist doch eine Routineoperation“, beruhigte Michael, der sich riesig über diesen Besuch freute.

„Du glaubst gar nicht, wie sie uns alle verrückt gemacht hat“, betonte Andre. „Wir sollen dich auch schön von den anderen grüßen. Aber was noch viel wichtiger ist, wann können wir dich denn wieder mitnehmen?”

„In drei Tagen komme ich hier raus, wenn es nicht zu irgendwelchen Komplikationen kommen sollte. Ich denke spätestens in einer Woche bin ich wieder in Fürstenwald.“

„So lange noch!“, seufzte Diana enttäuscht und nahm seine Hand.

„Ich hoffe, ihr kommt mich vorher noch einmal besuchen?“

„Linus und Justus wollten auf jeden Fall auch noch vorbeikommen“, erzählte Andre und setzte sich auf einen Stuhl der am Kopfende des Bettes stand.

„Was gibt es denn sonst Neues im Knast?“, wollte Michael wissen.

„Unser Englischlehrer Herr Hallhuber musste seine Sachen packen und das Internat verlassen, nach dem Vorfall mit Clara.“

„Ja und! Wie ist es denn wirklich gelaufen?“, fragte Michael nach.

„Was meinst du?“

„Natürlich ob sie ihm eine Falle gestellt haben?“

„Ach, dass meinst du. Das wollte Clara nicht sagen, du weißt ja wie verschlossen sie ist. Ausschließen würde ich es nicht“, bemerkte Andre.

„Und sonst so?“

„Na ja, wir bereiten uns mehr schlecht als recht aufs Abi vor. Ich sehe hier aber auch keine Bücher liegen?“, witzelte Andre. Michael lachte, obwohl ihm der frisch operierte Fuß wehtat, wenn er sich bewegte: „Siehst du nicht, dass ich schon genug leide.“

So saßen sie noch eine ganze Weile zusammen in dem Krankenzimmer und unterhielten sich, bis sie sich schweren Herzens am frühen Abend voneinander verabschieden mussten.

In der darauffolgenden Woche wurde Michael aus dem Krankenhaus entlassen, um erst einmal ein paar Tage zu Hause zu verbringen. Aber schon nach einem Tag fühlte er sich erholt und ausgeruht genug. Er hielt die Langeweile nicht mehr aus. Am Wochenende rief er Andre an, damit dieser ihn abholte und mit nach Fürstenwald nimmt.

Seit Montag hatte es geregnet, zwar immer wieder mit sonnigen Abschnitten, aber man konnte in diesen Tagen wenig unternehmen. Man blieb die meiste Zeit im Internat.

Mit Gipsbein und Krücken lernte Michael schnell umzugehen, so auch an diesem Abend, als sie alle gemeinsam gut gelaunt von der Scheune übers Internatsgelände in Richtung ihres Ganges spazierten.

„Sag mal, dieser Peter ist ja auch saublöd, oder? Immer diese plumpen Anmachversuche." Sunny erhob dabei ihre Stimme, und schnitt eine Grimasse, um die Situation nachzustellen: „Hallo Sunny, darf ich dir vielleicht heute etwas zu trinken ausgeben?" Der nervt mich und es ist ihm auch völlig egal, ob Ralf in der Nähe ist.

„Der liebe Ralf hat eben nicht die Autorität, die man braucht, um einen Nebenbuhler in die Flucht zu schlagen", provozierte Andre, um Sunny noch mehr auf die Palme zu bringen.

„Wie gut", gab Michael zu bedenken, „dass da einer genau weiß was er sagt."

„Du Humpelfuß, halt dich da mal da raus. Ihr hättet mal sehen sollen, wie er gestern versucht hat, mit seinem Gipsbein zu duschen. Da hat er doch tatsächlich in den Duschvorhang ein Loch geschnitten und sein rechtes Bein durchgesteckt, um es vor dem Wasser zu schützen", konterte Andre, um seinen Freund ein bisschen aufzuziehen.

„Das Badezimmer auf dem Gang ist eben nicht behindertengerecht eingerichtet", antwortete Michael mit einem Achselzucken.

„Eigentlich hat unser Micha recht, für ihn hätte man von Anfang an ein behindertengerechtes Bad einrichten müssen. Nicht erst jetzt, wo er seine Beinverletzung hat", sagte Linus lachend.

„Mein Gott seid ihr witzig. Bitte keine Diskriminierung von Randgruppen. Sonst muss ich noch bis zum Äußersten gehen und mich beim Direktor über euch beschweren", entgegnete Michael nicht ganz ernst gemeint.

Noch in derselben Nacht, es war weitgehend ruhig auf dem Mädchengang im Haupthaus, hörte man aus einem der Zimmer ein leises wimmerndes Weinen, ein unterdrücktes Stöhnen. Charlotte wachte auf, schaute auf ihre Uhr, die auf ihrem Nachttisch stand. Kurz nach zwei Uhr.

Sie drehte sich zu ihrer Freundin um.

„Laura, schläfst du?“, fragte sie leise, ohne eine Reaktion von ihr zu bekommen. Charlotte drehte sich zur anderen Seite um und konnte nun das Stöhnen und Weinen, wenn auch nur sehr undeutlich, hören.

Sie war irritiert und blieb ein paar Minuten regungslos im Bett liegen, um besser zu verstehen, was sich in einem der Nachbarzimmer abspielte. Es konnte nur aus dem Zimmer direkt neben ihr kommen, da war sie sich jetzt ganz sicher, und da die Geräusche eher lauter als leiser wurden, wuchs ihre Neugier. Nach einigem Zögern stand sie auf und ging leise auf Zehenspitzen über den Gang, um zu sehen, aus welchem Zimmer die Geräusche tatsächlich kamen.

Sie legte ihr Ohr an die Tür des Nachbarzimmers und konnte nun sehr viel deutlicher den metallischen Klang einer Gürtelschnalle, der beim Anziehen einer Hose entstand, hören, während eine Männerstimme leicht keuchend sprach: „Halt die Schnauze, hast du verstanden. Sonst mach ich dich fertig …“

Charlotte war völlig erschrocken, wie ein Blitz, der durch ihren ganzen Körper fuhr und der sie nun zum Zittern brachte, da sie eindeutig die Stimme des Direktors erkannt hatte. Noch im selben Moment hörte sie schwere Schritte auf sich zukommen. Die Türklinke bewegte sich nach unten und sie versteckte sich schnell hinter einem der Fachwerkbalken.

Durch die Dunkelheit geschützt, konnte sie jetzt den Direktor im grauen diesigen Licht eindeutig erkennen. Mit aufgerissenen Augen, presste sie sich noch enger gegen den Balken, um nicht entdeckt zu werden.

Sein Hemd hing aus der nicht ganz verschlossenen Hose und er versuchte mit den Händen seine Haare wieder in Form zu bringen, während er den Gang verließ, um zu seiner Wohnung ein Stockwerk tiefer zu gehen. Charlotte traute sich kaum zu atmen, noch immer wollte sie sich nicht bewegen, nur ganz vorsichtig, mit leisen Schritten, kam sie der verschlossenen Tür näher.

Sie hörte Claudia noch immer bitterlich weinen, die auf ihrem Bett lag und am ganzen Körper zitterte.

Die Angst, dass der Direktor noch einmal wiederkommen könnte, war so groß, dass sie es sich nicht traute, hineinzugehen. Und so begab sie sich wieder in ihr Bett, aber ohne schlafen zu können.

Sie drehte sich die ganze Nacht von einer Seite auf die andere. Immer mit den Gedanken bei Claudia und dem was passiert war.

Nach dem Mittagessen hatten sich Michael und Andre auf dem Mädchengang im Haupthaus verabredet. Sie gingen die Treppe hinauf, als sich Laura den beiden in den Weg stellte, zunächst sagte sie kein Wort, es war zu spüren, dass sie noch nach den richtigen Worten suchte.

Michael schaute sie verwundert an und begrüßte sie mit einem lockeren: „Hallo", um die Situation etwas zu entkrampfen.

„Wo wollt ihr gerade hin?", fragte Laura aufgeregt.

„Wir wollten zu Diana und Louise. Wieso fragst du?", sagte Michael.

„Ich wollte gerade zu dir, Andre. Charlotte hat gestern Nacht etwas Furchtbares erlebt. Vielleicht habt ihr einen Moment Zeit für uns?"

Andre schaute sie ungläubig an: „Was ist denn passiert? Hat die dicke Anna heute Nacht wieder Besuch gehabt?"

„Lass die blöden Scherze. Es ist mir ernst, lass uns das doch am besten auf unserem Zimmer besprechen, hier geht das auf gar keinen Fall", sagte Laura leise, als sie sich umschaute.

Andre sah sich ebenfalls um und zuckte mit den Schultern, als er Michael ansah, der über diesen Spruch mit Anna durchaus lachen konnte.

Charlotte saß auf ihrem Bett, eine Decke über sich gelegt. Sie starrte übermüdet und abwesend an die Decke. Nur mit viel Überwindung und Überredungskunst war sie am Morgen zur Schule gegangen. Andre setzte sich neben sie auf die Bettkante und schaute sie, so wie die beiden anderen, erwartungsvoll ein paar Sekunden an.

Charlotte schluckte, sie hatte Mühe zu beginnen. Sie wirkte verzweifelt und suchte nach den richtigen Worten, die sie nur sehr zögernd fand.

„Ihr könnt euch nicht vorstellen", sagte sie leise mit weinerlicher Stimme. „Was mir letzte Nacht widerfahren ist. Ich bin durch ein Stöhnen und das Weinen von Claudia aufgewacht. Als ich vor ihrem Zimmer stand, habe ich gehört, wie der Direktor sie bedroht hat, wenn sie irgendetwas sagen würde, dann würde das Konsequenzen haben. … Ihr glaubt gar nicht wie schrecklich das wahr."

Andre verstand nicht sofort, was sie meinte: „Um was ging es denn da?“

„Begreifst du das nicht, was da passiert ist?“, sagte Laura empört. „Es war mitten in der Nacht.“

„Der Direktor war bei ihr im Zimmer. Mitten in der Nacht. Ja und warum?“

„Verstehst du noch immer nicht? Oder willst du das nicht verstehen?“ Michael wagte es kaum zu sagen:

„Wollt ihr etwa andeuten, der Direktor hat sie … ?“

„Claudia war heute Morgen nicht beim Unterricht. Auch beim Essen ist sie nicht gewesen. Ihr Zimmer ist jetzt abgeschlossen“, sagte Charlotte mit Tränen in den Augen.

„Vielleicht hat sie sich etwas angetan?“, vermutete Laura, die furchtbare Angst bekam als sie dies sagte.

„Dann müssen wir in ihr Zimmer, um nachzusehen“, forderte Michael.

„Im Sekretariat liegen doch alle Schlüssel. Ich geh zu Frau Brüning“, sagte Laura spontan und erhob sich von ihrem Stuhl.

„Was willst du denn sagen? Der Direktor hat Claudia höchstwahrscheinlich vergewaltigt und jetzt wollen wir mal eben nach ihr sehen?“, gab Michael zu bedenken, der immer noch Zweifel hatte, da er sich so etwas nicht vorstellen konnte.

Er schaute dabei Andre an, der ratlos dasaß und dem es ganz offensichtlich die Sprache verschlagen hatte.

„Mir fällt schon etwas ein“, sagte sie und verließ entschlossen das Zimmer. Die anderen blieben ratlos zurück, in der Hoffnung, dass sich jetzt alles aufklären wird und dass alles nur ein großes Missverständnis war.

Nach wenigen Minuten kam Laura mit einem enttäuschtem Gesichtsausdruck wieder zurück.

„Sie ist nicht mehr da. Sie ist heute Morgen von ihren Eltern abgeholt worden. Frau Brüning sagt, dass die Eltern sie eine Woche vor den Zeugnissen abgeholt haben, weil sie für ein paar Tage wegfahren wollten und wegen des Flugs ging es nicht anders.“

„Die fährt doch nicht einfach weg“, zweifelte Andre, der den Kopf schüttelte und an die Geschichte so nicht glauben wollte. „Ohne Tschüss zu sagen, ohne ein Wort. Von einer Urlaubsreise hat sie auch nichts erzählt. Könnt ihr euch daran erinnern. Mir hat sie jedenfalls nichts davon erzählt."

Die anderen schüttelten den Kopf, auch sie wussten nichts davon.

„Ich habe die Telefonnummer von Claudia. Ich werde es heute Abend mal versuchen, sie zu erreichen. Vielleicht haben wir ja Glück und sie ist noch da", machte Charlotte sich Mut, die sich dabei immer wieder mit einem Taschentuch die Tränen trocknete.

„Das ist eine gute Idee", sagte Andre zustimmend.

„Ja, finde ich auch. Was haltet ihr davon, wenn wir uns heute Abend im kleinen Pavillon am See treffen. Vielleicht wissen wir dann schon mehr."

„Ja, ist in Ordnung", sagte Laura und schaute dabei zu Charlotte rüber die immer noch mit angewinkelten Beinen auf ihrem Bett saß und ihr zunickte.

Michael warf Andre einen Blick zu: „Ich muss los. Kommst du mit?"

„Ja", sagte er und drehte sich auf der Türschwelle noch einmal zu den beiden um. Er nickte dabei wohlwollend, um den beiden zu signalisieren, dass ihr gemeinsames Geheimnis bei Ihnen sicher verwahrt ist.

„Ich hoffe, ihr erreicht Claudia, alles Weitere können wir dann ja heute Abend besprechen. Also dann bis heute Abend."

„Was hältst du von der Geschichte?", fragte Andre, nachdem sie das Zimmer verlassen hatten.

„Ich kann das noch gar nicht so recht glauben, aber vielleicht erreichen sie ja Claudia am Telefon und es klärt sich noch alles auf", sagte Michael mit nachdenklicher Miene.

Die Nacht hatte ihren dunklen Schleier bereits über das Internatsgelände gelegt, als sie vom kleinen Pavillon aus über den dunstigen See und über die nassen Wiesen in den Wald schauten, der jetzt ganz ruhig dalag, ohne dass sich ein einziger Zweig bewegte.

Sie tranken Bier aus der Dose. Eine kleine Kerze stand auf dem gebrechlichen alten Holztisch, der nur noch drei Beine hatte. Ein kühler Luftzug kam durch die Ritzen der baufälligen Tür, die sich nicht mehr richtig verschließen ließ. Es war feuchtkalt und die muffigen sparkigen Decken, die sie sich übergelegt hatten, hielten kaum warm.

„Die Mutter von Claudia war ganz komisch. Als ich sie sprechen wollte, sagte sie, dass sie schon schläft und sie wollte sie nicht aufwecken. Es war ganz offensichtlich, dass sie sich nicht mit mir unterhalten wollte“, sagte Charlotte überzeugt.

„Aber wieso sind sie denn überhaupt noch da, sie wollten doch schon längst in den Urlaub geflogen sein?“, bemerkte Andre.

„Du hast recht, da stimmt etwas nicht?“

„Was wollen wir denn jetzt tun?“, fragte Laura.

„Das ist eine gute Frage. Wir sollten den Direktor anzeigen bei der Polizei und die müssen dann ermitteln“, sagte Charlotte.

„Ehrlich gesagt, haben wir überhaupt gar keinen Beweis. Und genau danach wird uns die Polizei fragen“, gab Michael zu bedenken.

Laura war irritiert. Sie wollte sich nicht mit einem solchen Gedanken zufriedengeben: „Wieso gar keinen Beweis. Charlotte hat doch an der Tür alles mitbekommen und gesehen, wie der Direktor aus Claudias Zimmer kam.“

„Ins Zimmer konnte ich nicht sehen, aber als er rauskam. Sein Hemd hing aus der Hose, vorher das Stöhnen. Claudia hat ganz bitterlich geweint. Die Drohung, falls sie etwas sagen würde“, gab Charlotte zu bedenken.

„Wir müssen etwas tun“, sagte Michael. „Aber was?“

„Richtig Micha“, sagte Andre. „Es sind im Internat schon die ersten Gerüchte im Umlauf, warum Claudia so einfach verschwunden ist.“

„Charlotte soll weiterhin versuchen, Claudia zu erreichen. Aber kein Wort zu irgendjemandem. Wenn der Alte erfährt, dass Charlotte ihn gesehen hat. Ich weiß nicht, was dann passiert“, mahnte Michael, nahm einen letzten kräftigen Schluck aus der Bierdose und zerquetschte sie dann in seiner Hand.

Sie verweilten noch einige Zeit im Pavillon, um sich dann unter dem Schutz der Dunkelheit auf ihre Zimmer zurückzuziehen.

Die drängelnden Schüler warteten schon einige Zeit ungeduldig vor dem Lehrerzimmer auf die Zeugnisausgabe. Nach und nach kamen einige Lehrer mit einem Stapel Zeugnissen unter dem Arm heraus, um sie an ihre Klasse zu verteilen. Unter den Schülern ist auch die Klasse von Michael und Andre.

Sunny schaute Justus fragend von der Seite an: „Ich bin ja mal gespannt auf mein Zeugnis, weißt du schon, wie deins ausgefallen ist?“, Justus wollte die Frage nur ungern beantworten und schaute verlegen in eine andere Richtung, um sich dann doch ein träges, „Ich denke nicht so gut“ abzuringen.

„Ja, dein Vater hätte das Angebot annehmen sollen, mit unserem feinen Herrn Direktor noch einmal über dein Zeugnis zu sprechen. Die Mutter von Ludwig hat die Chance genutzt … Es soll nicht ganz billig gewesen sein“, erzählte Michael, der hinter den beiden stand und alles mitbekommen hatte.

„Wer sagt das?“, fragte Justus.

„Ludwig, gestern beim Training. Er kennt seine Noten schon“, sagte Tim spöttisch, der jetzt neben Ludwig stand und ihm mit den Ellenbogen freundschaftlich in die Seite boxte.

„Nicht wahr, mein Lieber?“

„Musst du immer alles ausquatschen?“, schnauzte er ihn an. Frau Reich, ihre neue Klassenlehrerin, kam aus dem Lehrerzimmer und winkte ihre Klasse zu sich her.

„Kommt wir gehen in die Bibliothek, da haben wir etwas mehr Ruhe.“

Die Klassenlehrerin blieb vor den Schülern mit den Zeugnissen in der Hand stehen und zählte mit nachdenklicher Miene in Gedanken alle durch, um sicher zu sein, dass niemand fehlte.

„Leider verlassen uns zum Ende dieses Schulhalbjahres drei Schüler. Justus und Ludwig wünsche ich alles Gute. Das Zeugnis von Claudia werden wir ihr wohl zuschicken müssen.“

Michael meldete sich spontan, weil er glaubte, dass er sich verhört hatte. Frau Reich schaute ihn an: „Ja, Michael was gibt es denn?“

„Habe ich das gerade richtig verstanden? Sie sprachen von drei Schülern. Soll das bedeuten, dass Claudia auch abgeht?“

Er hatte den Satz noch nicht ganz zu Ende gesprochen, da betrat der Direktor Herr Dr. Fritsch die Bibliothek, um sich sogleich neben Frau Reich aufzubauen. Er schaute die Schüler misstrauisch an und ein gefährliches schiefes Lächeln zog über sein Gesicht.

„Ja, Claudia ist letzte Woche von ihren Eltern abgemeldet worden“, sagte sie, wobei ihre Stimme durch die Anwesenheit des Direktors nun eine andere Färbung bekam. Jedes ihrer Worte war nun genau bedacht.

„Warum?“, wollte Michael wissen. „Sie wollte doch Abi machen. Bei ihren Noten ist das doch gar kein Problem.“

Frau Reich waren schon vorher Zweifel gekommen, aber nun war es ihr unmöglich, in Anwesenheit des Direktors diese Frage angemessen zu beantworten. Nicht für sich und auch nicht für Michael.

Es blieb ihr nur die fade Ausrede: „Genaueres weiß ich auch nicht.“

„Aber bestimmt unser Herr Direktor“, platzte es aus Linus heraus, der spürte, dass seine Deutschlehrerin mehr wusste, als sie es in diesem Moment zugeben wollte oder konnte.

Der Direktor schaute ihn verächtlich an. Seine Blicke durchbohrten ihn, sein Gesicht zog sich zusammen und seine Unterlippe zuckte nervös in kurzen Abständen.

„Über die genauen Gründe kann ich Ihnen auch nichts sagen“, wich der Direktor nervös aus. Er vergrub dabei seine dicken, fleischigen Hände in der ausgebeulten beigen Cordhose. Er atmete schneller, so dass sein Hemd über seinem fetten Bauch stärker spannte.

Es lag eine angespannte Ruhe im Raum, so wie vor einem Gewitter. Jeder konnte die dicken grauen Wolken sehen, die sich in diesem Moment über ihren Köpfen zusammenbrauten. Auch Michael war klar, was gleich passiert, wenn er noch ein weiteres Wort an ihn richten sollte. Aber es interessierte ihn nicht. Nicht nachdem, was alles passiert war.

„Wirklich nicht?“, fragte Michael laut.

Als hätten alle nur darauf gewartet, fing der Direktor mit lauter zorniger Stimme an zu brüllen, seine Stimme überschlug sich dabei mehrmals: „Was wollen Sie mit Ihrer Bemerkung sagen, Petersen? Was wollen sie damit sagen?“

„Finden sie es nicht auch merkwürdig, dass eine Schülerin sich nicht einmal von ihren Mitschülern verabschiedet. Auch Frau Reich weiß nichts“, sagte er, als er sich mit verschränkten Armen in seinem Stuhl zurück lehnte.

„Da müssen sie nicht mich fragen, sondern die Eltern von Claudia“, antwortete er barsch.

„Mit denen hat man telefoniert. Da hieß es noch, dass man nur für ein paar Tage Urlaub machen wollte. Davon, dass sie die Schule verlässt, war nicht die Rede“, mischte sich Andre jetzt ein, der neben Michael saß.

„Das ist doch alles sehr merkwürdig“, machte Michael seinem Unmut erneut Luft.

„Sie sollten sehr sehr vorsichtig mit ihren Anschuldigungen und Verleumdungen sein“, sagte der Direktor, der jetzt bedrohlich leise wurde, so dass auch der Letzte im Raum verstand, worum es jetzt ging.

„Welche Anschuldigungen? Das meiste ist doch seit neuestem nur noch eine Frage des Preises“, sagte Andre, der so wie alle anderen spürte, dass der Direktor die Unwahrheit sagte.

„Was wollen Sie damit sagen? Was wollen Sie damit sagen? Verdammt noch einmal, ihr seid doch nichts als dumme Jungs“, brüllte der Direktor wieder los und ging mit bedrohlicher Geste ein paar Schritte auf Andre zu.

Der wusste, dass er sich nun zu weit nach vorne gewagt hatte und schwieg zu dieser Frage. Jedes weitere Wort würde ihm jetzt nur noch mehr schaden und eine ehrliche Antwort erwartete er nun auch nicht mehr. Wie auch!

„Sie sollten sich alle in Acht nehmen, mir sind noch ein paar ganz andere Sachen zu Ohren gekommen. Ich werde mir das von Ihnen nicht gefallen lassen, darauf können Sie sich verlassen“, brüllte der Direktor, der jetzt vollständig seine Fassung verlor und sein Gewicht von einem auf den anderen Fuß verlagerte.

Laura und Charlotte saßen in der hintersten Reihe und waren so eingeschüchtert, dass sie aus Angst schwiegen. Michael stand, ohne ein Wort zu sagen, auf, nahm sein Zeugnis von dem Stapel, den Frau Reich auf einem kleinen Beistelltisch gelegt hatte. Andre und Linus schauten sich kurz fragend an, erhoben sich dann aber gleichzeitig und verließen ebenfalls den Raum.

Grußlos ließen sie ihre Lehrerin und den Direktor stehen, der ihnen mit erhobenem Zeigefinger noch nachbrüllte: „Niemand verhält sich so ungestraft in meiner Schule. Niemand! Darauf könnt ihr euch verlassen.“ Die noch übrig gebliebenen Schüler schauten den Direktor erstaunt an.

Frau Reich war diese Situation sichtlich unangenehm, aber sie schwieg aus Furcht vor Repressalien, denn sie wusste aus Erfahrung, wozu dieser Mann in diesem Zustand der totalen Erregung fähig war.

Das Klingeln der Schulglocke war wie eine Erlösung und aus allen

Klassen strömten die Schüler mit ihren Zeugnissen in der Hand auf den Schulhof, wo schon einige Eltern mit ihren Fahrzeugen in der gleißenden Sonne standen, um das Gepäck ihrer Kinder zu verstauen.

Es hatte seit Tagen nicht mehr geregnet und so staubte es über den Haupthausplatz.

„Ich glaube, das gibt noch ganz mächtig Ärger. Aber wisst ihr, was mit Claudia ist?", fragte Sunny, die sich neben Linus auf die Haupthaustreppe setzte.

„Keine Ahnung", schüttelte dieser den Kopf.

Michael und Andre, die hinter den beiden saßen, schauten sich nur kurz an, ohne ein Wort zu sagen, den beiden war klar, dass es besser sei, die beiden da nun nicht auch noch mit hineinzuziehen. Je weniger davon wussten, um so besser.

„Komisch ist es aber schon", sagte Sunny.

„Es gibt bereits die wildesten Gerüchte. Immerhin hat sie auf dem Gang des Direktors gewohnt", gab Linus zu bedenken.

Ludwig kam grinsend mit seinem Zeugnis in der Hand die Haupthaustreppe herunter. Er blieb neben Michael stehen, der zu ihm hochschaute und dabei mit der Hand seine Augen schützte vor der tiefliegenden Sonne.

„Na Ludwig, wie sehen deine Zensuren aus?"

„Hervorragend, mit dem Zeugnis müsste ich eigentlich hier bleiben um noch Abi zu machen", sagte er nicht ganz ernst gemeint.

„Du bist vielleicht ein Scherzkeks", reagierte Michael amüsiert und sah wie ein groß gewachsener etwas dicklicher Schüler auf eine kleine Gruppe Schüler zuging, die sich am Rande des Platzes versammelt hatten und sich ganz offenbar über ihre Zeugnisse unterhielten. In dieser Gruppe stand auch Herr Dr. Dr. Kerber, der ihm nichtsahnend den Rücken zugewandt hatte. Als Linus in dieselbe Richtung sah, erinnerte er sich daran, was der dicke Lucas noch vor ein paar Tagen lauthals in der Scheune verkündet hatte: „Hey, schaut mal dahinten – da kommt der dicke Lucas. Der geht geradewegs auf unseren Herrn Doktor zu."

„Ja und?", fragte Andre wenig interessiert.

„Komm warte ab", sagte Linus vielsagend.

Der dicke Lucas ließ, als er die Gruppe erreicht hatte, noch immer unbemerkt von Herrn Kerber, seine Hose herunter und begann in seine Richtung zu urinieren. Durch einen spontanen Aufschrei einer Schülerin gewarnt, sprang der Lehrer zur Seite, um sogleich mit einem Entsetzen im Gesicht und mit schnellen Schritten zu flüchten. Lucas konnte mit der heruntergelassenen Hose kaum Schritt halten. Nach ein paar Metern blieb er stehen, schaute sich um, ob ihn auch alle gesehen hatten, um sich dann langsam die Hose wieder anzuziehen.

Einige Schüler applaudierten, andere schauten verschämt weg. Die meisten Eltern, die die ganze Inszenierung gesehen hatten, fluchten laut vor Empörung.

Auch Justus, der hinter dem großen blauen BMW seines Vaters noch ein paar Sachen in den Kofferraum packte, hatte alles mit angesehen.

Nun aber ging er zu seinen Freunden, die immer noch auf der Haupthaustreppe saßen und auf ihn warteten, damit sie sich von ihm verabschieden konnten. Mit trauriger Stimme sagte Louise das, was in diesem Moment wohl alle dachten: „Komm Justus, du wirst uns fehlen.“ Sie nahm ihn dabei in den Arm und drückte ihn fest an sich.

„Justus, wenn dir langweilig wird, dann schau doch schnell mal vorbei, Hamburg ist ja nicht so weit weg“, sagte Diana, die ihn wie die anderen in den Arm nahm und ihn eigentlich nicht gehen lassen wollte.

„Mensch Alter“, sagte Michael und legte eine Hand auf seine Schulter. „Ich komm noch mit zum Auto.“

Gemeinsam gingen sie mit gemächlichen Schritten zu dem BMW, in dem Justus’ Vater bereits hinter dem Lenkrad Platz genommen hatte und ungeduldig auf seinen Sohn wartete.

Justus hatte sich so viel Abschiedsschmerz aufgeladen, dass es ihm die Stimme versagte.

„Das war’s wohl jetzt … es war ’ne tolle Zeit.“

„Ja, du hast recht … es hat Spaß gemacht. Wir sehen uns. Ich hoffe du hältst es ohne uns in Hamburg aus. Wenn du Heimweh hast, weißt du ja, wo du uns finden kannst. … Aber einen kleinen Vorteil hat es ja, ich bekomme jetzt ein Einzelzimmer auf dem neuen Gang.“

Sie lachten und nahmen sich zum Abschied noch einmal in den Arm. In diesem Moment wussten sie, dass ihre gemeinsame Schulzeit nun endgültig zu Ende war. Eine Zeit, in der sie alles miteinander geteilt hatten, wo sich der eine auf den anderen immer verlassen konnte. Es war mehr als nur eine Freundschaft, ein unsichtbares Band das sie zusammenhielt und das im Laufe der Jahre immer fester wurde.

Sie schauten gemeinsam mit viel Wehmut dem fahrenden BMW nach, der mächtig viel Sand aufwirbelte, wie er durch das große Portal rollte und nach wenigen Metern auch nicht mehr zu sehen war.

Louise schaute sich um und sah dabei in die traurigen Gesichter ihrer Freunde, die sie jetzt etwas aufheitern wollte: „Es ist immer noch so heiß heute, was haltet ihr davon, wenn wir heute Abend aussteigen und ins Freibad gehen!“

„Freibad heute Abend, keine schlechte Idee! Was haltet ihr davon?“ fragte Andre in die Runde.

„Ja, klar eine Bademeisterparty wird mal wieder Zeit. Nur blöd, dass ich mit dem Gipsbein nicht schwimmen kann“, bemerkte Michael etwas enttäuscht und klopfte mit einer Krücke gegen den Kunststoffgips, der um einiges leichter war als ein gewöhnlicher weißer Gips. Aber zum Schwimmen dennoch gänzlich ungeeignet.

„Ich habe noch ein paar Bierchen auf meinem Zimmer, die kann ich spendieren und das eine oder andere zum Rauchen. Wenn ihr wisst, was ich meine?“, sagte Linus vergnügt.

„Vorher müssen wir aber noch unsere neuen Zimmer auf dem Goethegang beziehen“, stellte Andre fest.

„O.k., dann sagen wir halb elf auf dem Parkplatz und wir schauen mal, was wir sonst noch organisieren können und wer noch Lust hat mitzukommen“, sagte Tim.

„Mit oder ohne Schwimmsachen?“, wollte Sunny noch wissen.

„Mensch Sunny, wie bist du denn drauf. Wir wollen doch was zu sehen bekommen“, schmunzelte Diana.

Unter dem Schutz der Dunkelheit stiegen sie unbemerkt an einer Stelle, wo der Ast eines Baumes als Steigbügel diente, über den hohen Maschendrahtzaun des Schwimmbades. Ihrer Klamotten entledigten sie sich schnell und schalteten den mitgebrachten Kassettenrecorder ein, den sie direkt am Beckenrand abstellten.

Linus stieg mit einigen Bierdosen, auf das Dreimeterbrett. Dort oben tanzte er solange ausgelassen zu der Musik von Wham „Club Tropicana“, bis er die Bierdosen aus seiner Badehose zog und sie einzeln ins Wasser warf, um sogleich unter mächtigem Gebrüll hinterherzuspringen.

Andre, der sich bereits angekleidet hatte, setzte sich mit nassen Haaren neben Michael auf die Wiese, der bis dahin das ganze Treiben nur vom Beckenrand aus betrachten konnte. Rücken an Rücken mit ihren Handtüchern, die sie sich übergelegt hatten, und einer Dose Bier in der Hand, saßen sie da und genossen den Augenblick. Es hatte sich merklich abgekühlt. Der Sternenhimmel, breitete sich über ihnen aus. Linus hatte sich eine Zigarette angezündet, schaute in den klaren Nachthimmel und war mit sich und der Welt im Einklang.

„Noch drei Monate Schule! Was meinst du, wo werden wir in zwei, drei Jahren sein?“, fragte Andre die beiden anderen.

„Ich denke ich werde mich zu einem Wirtschaftsstudium anmelden, um nebenbei Fußball zu spielen. Wenn Diana nächstes Jahr fertig ist, haben wir geplant zusammenzuziehen. Aber vorher wollen wir noch ein paar Monate nach Amerika auf das Anwesen ihrer Eltern und den Bruder in New York besuchen. Und du mein Lieber?“

„Ich weiß es noch nicht genau, ich denke aber, ich werde eine kaufmännische Ausbildung machen. Studium ist mir zu langweilig.“

„Linus was ist mir dir? Schon Pläne?“, fragte Michael in seine Richtung.

„Pläne schon, aber ihr scheint zu vergessen, dass der Alte mit aller Macht versuchen wird, uns einen Strich durch die Rechnung zu machen.“

„Linus hat leider nicht ganz unrecht“, pflichtete ihm Andre nachdenklich bei.

„Wir sind noch lange nicht durch. Hey Linus, wirf mir bitte auch mal eine Zigarette zu.“

„Ja, warte. Hier.“

Andre fing die Zigarette auf und zündete sie sich an.

„Das Schwein wird alles versuchen. Der schreckt vor nichts zurück. Der kann uns auf den Tod nicht ausstehen und wartet nur auf eine Gelegenheit, zumal wir ja auch keine Musterschüler sind. Da bin ich mir ganz sicher“, fügte Linus noch hinzu und niemand mochte ihm widersprechen.

„Kommt Jungs, uns wird kalt. Wir wollen zurück ins Internat. Es ist auch schon verdammt spät“, forderte Diana, die vor ihnen stand, mit nassen Haaren und einer Badetasche, die sie sich über die Schulter gelegt hatte.

Linus schaute hoch: „Ja, lasst uns los! Ich muss allerdings noch einmal für kleine Jungs.“ Michael nickte ihm zu: „Ich auch.“

„Dann komm ich auch mit“, sagte Andre.

Sie verschwanden kurz hinter einem Busch. Als die drei zurückkamen, schaute Diana, die mit Sunny und Louise wartete, die Jungs mit einem spitzbübischen Lächeln an: „Du kannst ihn quetschen, ziehen oder drehen, der letzte Tropfen wird stets in die Hose gehen.“

Die drei schauten sich irritiert, ja sogar etwas ungläubig an, um sogleich lauthals loszulachen.

„Mein Gott Michael, was hast du nur für eine Freundin, wir dachten schon, die kommt wenigstens aus einem guten Hause”, bemerkte Andre scherzhaft.

Gemeinsam packten sie ihre Sachen, den Cassettenrecorder und die leeren Bierdosen ein und verließen das Freibad an der gleichen Stelle, wo sie es betreten hatten. Die Sonne ging langsam auf und ihre Schatten wanderten den staubigen Weg hinauf, als sie müde, mit Handtüchern behangen, durchs Internatstor schlenderten.

An diesem Morgen hatten sie alle keine richtige Lust, dem Unterricht zu folgen. Die Stunden schleppten sich dahin. Linus gähnte, während er gedankenlos mit ausgestreckten Beinen aus dem Fenster schaute. Sunny malte etwas uninspiriert in ihren Collegeblock herum. Andre und Michael lasen gemeinsam unter dem Tisch in einer Autozeitschrift, in der Hoffnung, dass der Unterricht möglichst schnell vorbei sei. Und Tim fielen immer wieder die Augen zu.

Nach dem Essen saßen Michael und Andre auf der Holzbank unter der jahrhundertealten hohen Eiche. Die Sonne fiel durch ihre Blätter und so tanzten die Schatten auf ihren Hemden, die der Wind hin und her bewegte.

Sie hatten sich hier mit Laura und Charlotte, in der Nähe des Tennisplatzes verabredet, um mit ihnen ungestört sprechen zu können. Während sie warteten, schauten sie ein paar Schülern beim Tennisspielen zu.

Als er die beiden sah, war Andre neugierig: „Gibt es etwas Neues, habt ihr Claudia erreicht?“ Laura schaute unsicher: „Nein, wir sind am Wochenende zu ihr nach Hause gefahren.“

„Ja und … habt ihr sie gesehen? Was hat sie gesagt?“, fragte Michael ungeduldig.

„Nichts!“, antwortete Charlotte.

„Was heißt das? Nichts?“, fragte Andre nach.

„Sie ist nicht mehr zu Hause, sondern wohl auf einem anderen Internat, aber auch das wollte uns ihre Mutter nicht bestätigen. Sie hat uns nicht einmal hereingebeten, sondern uns einfach vor der Haustür abgefertigt, obwohl wir einen solchen langen Anfahrtsweg gehabt haben. Könnt ihr euch das vorstellen?“

Beide schauten sich an und schüttelten ungläubig den Kopf, obwohl sie nachdem, was alles passiert war, dies auch nicht mehr wunderte. Es passte leider genau in das Bild, was sie sich in den letzten Tagen und bei vielen Gesprächen gemacht hatten. Für sie bestanden kaum noch Zweifel.

Laura betrachtete die beiden und es war deutlich, dass sich etwas in ihr rührte, etwas das raus musste, aber was ihr nur sehr schwer über die Lippen kam. Sie senkte den Blick und murmelte vor sich hin: „Na ja und dann waren wir bei der Polizei.“

„Was hast du gerade gesagt?“, fragte Andre, der glaubte, sie nicht richtig verstanden zu haben.

„Wir waren bei der Polizei“, sagte sie jetzt etwas lauter und wich dabei den Blicken, die sie trafen aus.

„Was habt ihr gemacht? … Warum? … Ihr habt doch noch gar nicht mit Claudia gesprochen“, sagte Michael besorgt und er hatte dabei wenig Verständnis für diesen Alleingang.

Charlotte stellte sich vor Laura: „Wir haben es einfach nicht mehr ausgehalten. Das müsst ihr doch verstehen.“

„Und was haben die gesagt?“, fragte Andre mit sorgenvoller Miene.

„Sie werden sich darum kümmern“, sagte Laura.

„Was heißt das? … Kümmern?“, fragte Michael nach.

„Das weiß ich auch nicht genau“, sagte Laura entschuldigend.

„Was hat die Polizei noch gesagt?“

„Sie haben nachgefragt, wer noch davon weiß, und da haben wir eure beiden Namen genannt“, sagte Charlotte achselzuckend.

„So ein Mist“, sagte Andre erbost, „Herr Dr. Fritsch wird jetzt davon erfahren und mit Sicherheit alles abstreiten.“

„Natürlich wird er alles abstreiten, was denn sonst“, pflichtete Michael ihm bei.

Charlotte fühlte sich zu Unrecht angegriffen und mit verzweifelter Stimme verteidigte sie das Vorgehen: „Aber es war doch so!“

Michael, der sich noch immer nicht beruhigt hatte: „Sag mal, seid ihr wirklich so naiv. Warum haben denn Claudias Eltern keine Anzeige aufgegeben? … Warum verleugnet man sie, wenn ihr mit ihr sprechen wollt? … Warum hat man sie so schnell abgemeldet? Ganz offensichtlich möchten die Eltern nicht, dass es zu einer Anzeige kommt. Und so denke ich, wird man auch alles abstreiten, wenn die Polizei sie befragt.“

„Ich denke auch, wir müssen in Erfahrung bringen, wo Claudia ist und mit ihr sprechen, damit wir ihr helfen können, um dann gemeinsam mit ihr zur Polizei zu gehen“, sagte Andre. „Sie braucht sicher Hilfe, allein wird sie das nicht durchstehen.“

„Ich glaube Andre hat recht. Wir müssen wissen, auf welchem Internat Claudia jetzt ist, um mit ihr zu sprechen“, sagte Michael frustriert, weil er wusste, wie schwer es sein wird, dies in Erfahrung zu bringen.

„Was sollen wir denn jetzt nur machen?“, fragte Laura verzweifelt und den Tränen nah.

„Wir können nur hoffen, dass die Polizei mit sehr viel Fingerspitzengefühl an diesen Fall herangeht und auf gar keinen Fall irgendwelche Namen ins Gespräch bringt“, sagte Andre nachdenklich. „Ich weiß nicht, wozu dann unser feiner Herr Direktor imstande ist.“

„Wie wollen wir also jetzt vorgehen?“, fragte Laura hilfesuchend.

„Ich denke, es bleibt uns gar nichts anderes übrig, als weiterhin zu versuchen mit Claudia zu sprechen. Solange sollten wir aber auf gar keinen Fall irgendjemanden mit ins Vertrauen ziehen. Ist das versprochen?“, fragte Michael eindringlich, der sich erst sehr langsam beruhigte. Alle stimmten zu.

„Ich denke, erst dann können wir alle weiteren Schritte besprechen.“

„Also, lass uns zum Abendessen gehen und jetzt zu niemandem mehr ein Wort", fügte Andre hinzu.

Die Gruppe saß erst kurz beim Abendessen im Speisesaal, als eine Durchsage des Direktors durchs Mikrofon zu vernehmen war.

„Ich bitte kurz um ihre Aufmerksamkeit", sagte Herr Dr. Fritsch mit staatstragender Stimme und betroffener Miene.

„Liebe Schüler und Lehrer. Ich muss Ihnen leider mitteilen, dass sich heute Nachmittag ein abscheuliches Verbrechen hinter unserer Sporthalle ereignet hat. Manuela, die Tochter unseres Lehrerehepaars, ist heute Nachmittag hinter der Sporthalle brutal vergewaltigt worden. Wir sind noch alle ganz entsetzt, wie sich so ein abscheuliches Verbrechen in unserer Schule ereignen konnte. Und wir werden alles tun, damit der Täter überführt wird und seine gerechte Strafe bekommt. Darauf können Sie sich verlassen."

Er beendete seine Ansprache mit den Worten: „ … Sollte also jemand irgendetwas gesehen haben, so möge er sich bitte vertrauensvoll an mich wenden."

Die Blicke aller Schüler gingen unweigerlich in Manuelas Richtung, die zwischen ihren Eltern saß. Sie machte dabei einen ausgeglichenen, selbstzufriedenen Eindruck. Keine Spur von einem Verbrechen dieser abscheulichen Art war in ihrem Gesicht abzulesen. Sosehr man sich auch bemühte. Man konnte sich sogar des Eindrucks nicht erwehren, dass sie ihren Auftritt genoss, wie jemand, der endlich auch mal im Mittelpunkt steht.

Die Eltern allerdings versuchten, den fragenden Blicken, die auf sie gerichtet waren, auszuweichen. Sie schauten stur in den Raum hinein und wirkten unsicher, bleich, regungslos. Ihre Mimik war versteinert, so als hätten sie gerade ihr Todesurteil bekommen. Tod durch den Strang. Unverzüglich. Ein Aufschub ist nicht möglich.

„Wie bitte?", sagte Andre ungläubig. „Vergewaltigt?"

„Wie schrecklich!", sagte Diana und ihr stand dabei das Entsetzen ins Gesicht geschrieben.

„Mein Gott!", sagte Louise. „Wer macht so etwas Abscheuliches?"

Andre stieß Michael kurz mit dem Ellenbogen an: „Da stimmt doch etwas nicht?“, sagte er leise zu ihm. Aber nicht leise genug, so dass Sunny ihn genau verstanden hatte.

„Wie kannst du so etwas sagen?“, beschwerte sie sich lautstark, dass es auch alle am Tisch verstanden. Andre hörte ihr gar nicht zu. So sehr war er damit beschäftigt zu verstehen, was gerade passierte. Es war für ihn wie ein unfertiges Puzzle, das vor ihm lag. In dem noch ein paar Stücke fehlten, um das ganze Bild zu betrachten.

„Andre hat recht“, sagte Michael leise zu den anderen. „Wo ist die Polizei? … Wer war es denn? … es war doch heute Nachmittag, also am helllichten Tag. Da muss Manuela ihn doch gesehen haben. Zumindest eine Beschreibung geben können, damit die Polizei nach ihm fahnden kann.“

„Ich weiß zwar nicht wie eine Frau aussieht, die vor ein paar …“ Andre konnte den Satz nicht zu Ende bringen, da wurde er von Herrn Förster schroff unterbrochen: „Andre, Michael, was sagt ihr denn da, bitte etwas lauter, damit wir euch auch verstehen können.“

„Das wollen Sie doch gar nicht wissen“, sagte Michael, verärgert über dieses unwürdige menschenverachtende Schauspiel.

Eine Inszenierung. Ja, es war eine Inszenierung des Direktors, die dazu geeignet war, von sich abzulenken. Da war er sich jetzt ganz sicher, denn die Gerüchte über das plötzliche Verschwinden von Claudia wollten einfach nicht verstummen. Und was hatte die Polizei bis jetzt unternommen?

Herr Förster erhob sich von seinem Platz: „Herr Petersen, bitte verlassen Sie sofort den Essenssaal.“ Er zeigte dabei mit allem Nachdruck auf die Eingangstür, ein unmissverständliches Zeichen, sofort auf dem direkten Weg den Saal zu verlassen.

Michael stand verärgert auf, sein Stuhl flog gegen die Wand und er schaute Andre dabei an. Ohne ein Wort zu sagen, ohne zu zögern, schloss er sich seinem Freund an.

Beide verließen den Saal mit schnellen Schritten. Auf dem Weg nach draußen, mussten sie an dem Tisch des Direktors vorbei, an dem auch Manuela mit ihren Eltern saß. Sie schauten ihnen im Vorbeigehen in ihre Gesichter, um darin für die vielen Fragen eine Antwort zu bekommen.

Im Foyer, in der Nähe der Ausgangstür, blieben sie stehen. „Lass uns bloß abhauen. Hast du gesehen, wie der Direktor geguckt hat?“, sagte Andre, der sich jetzt ganz sicher war, was hier gespielt wurde.

„Der weiß Bescheid. Der weiß ganz genau Bescheid. Der hat soeben den großen Unbekannten erfunden.“

„Du glaubst auch nicht, das Manuela vergewaltigt wurde, oder?“

„Nie im Leben“, sagte Michael. „ Das ist alles Show für die Polizei, oder am Ende sind wir es noch gewesen. Denk daran, der Tennisplatz ist nur ein paar Meter von der Sporthalle entfernt. Vielleicht hat der Alte uns da gesehen. Meinst du? Zumindest hat er diesmal bestimmt ein Alibi.“

„Wo wollen wir denn jetzt hin?“

„Ich weiß es nicht.“

Michael drehte sich um und sah zu seiner Überraschung seine Mutter durch die Tür kommen.

„Mama was machst du denn hier?“, fragte er, da er überrascht war, sie hier zu sehen, ohne dass sie vorher darüber gesprochen hatten. Das musste schon einen ganz besonderen Grund haben, da sie sonst höchstens einmal im Jahr im Internat vorbeikam, aber unangekündigt noch nie.

„Ich habe einen Termin mit dem Direktor. Jetzt gleich um sieben Uhr. Entschuldige… wir haben einen Termin“, verbesserte sie sich.

„Hallo, Frau Petersen“, grüßte Andre.

„Hallo Andre.“

„Worum geht es denn?“, wollte Michael wissen, dem tausend andere Gedanken in diesem Moment durch den Kopf gingen.

„Dein Vater und ich möchten ganz gerne wissen, wie es um deine schulischen Noten bestellt ist.“

„Hätte da nicht ein Anruf gereicht?“, fragte Michael.

„Nein, leider nicht, Herr Dr. Fritsch hatte um einen persönlichen Termin gebeten. Es schien ernst, also habe ich gestern sofort zugesagt.“

Kurze Zeit später saß er mit seiner Mutter in dem Büro des Direktors, der sich auch gar nicht lange mit Vorreden aufhielt, sondern Michael direkt mit hochmütiger Geste angriff: „Was soll ich Ihnen zu Ihrem Sohn sagen, Frau Petersen, er gehört zu den Schülern, die hier im Internat die Ordnung gefährden, von seinem Gangvater höre ich ständig nur

Beschwerden, niemand hat mehr Fehlstunden als Ihr Sohn. Gerade heute Abend ist er wieder aus dem Essenssaal geflogen. Disziplin und Rücksichtnahme gehören nicht zu seinen Stärken. Genau das zeigen auch seine schulischen Noten."

„Ach, wenn Sie meine Fehlstunden im Sportunterricht meinen, das kann sich ja nur um ein Missverständnis handeln, man kann ja nicht mehr Fehlstunden, als Unterrichtsstunden haben", verteidigte sich Michael glaubwürdig.

„Und wenn es nur die Hälfte der Stundenzahlen waren, die Sie geschwänzt haben, so sind das immer noch zu viele", entgegnete der Direktor listig.

„Ich habe nicht eine einzige Stunde gefehlt", sagte Michael trotzig. „Und was meinen Sie eigentlich damit 'ich würde die Ordnung gefährden'?"

„Sehen Sie, Frau Petersen", sagte der Direktor und wandte sich von Michael ab, um mit ernster verlogener Miene dessen Mutter zu fixieren.

„Das ist es, was ich meine, Ihr Sohn kann sich nicht unterordnen, schauen Sie sich ihn doch nur an, mit seinen kurz geschorenen Kopf. Sein ganzes Äußeres ist auf Protest ausgerichtet. Er muss lernen sich einzufügen."

Seine Mutter war sichtlich schockiert, ihr fehlten die Worte. Sie saß nur noch da und spielte nervös an ihren Haaren. Sie musste wohl schon unweigerlich daran denken, wie sie zu Hause alles ihrem Mann erklären sollte.

Ihr Versuch, noch ein gutes Wort für ihren Sohn einzulegen, schlug völlig fehl.

Michael versuchte sich zu beherrschen, bis das Gespräch an einen Punkt kam, wo er nicht mehr an sich halten konnte. Er hatte die ganze Zeit versucht ruhig zu bleiben, obwohl er das Gefühl hatte, dass er jeden Moment platzen könnte. Er fühlte sich ungerecht behandelt, einige weitere Behauptungen, die der Direktor gegen ihn gerichtet hatte, waren gelogen und das wusste er. Das wusste er nur zu gut. Nur noch weg hier, war sein alles bestimmender Gedanke. Nur weg hier.

Er wollte nicht länger die verbalen Faustschläge einstecken, sondern selbst zum Angriff übergehen. Aber was sollte er sagen, sollte er sagen, was er alles über Claudia wusste, dass eine Mitschülerin in der besagten Nacht alles mitbekommen hatte. Die ständigen sexuellen Übergriffe gegenüber den anderen Mädchen im Haupthaus.

Nein, das ging nicht. Er spürte eine Ohnmacht, da alles, was er jetzt noch zu sagen hatte, ihm seine Mutter sowieso nicht glauben würde.

Jede Art der Verteidigung war in seinen Augen zwecklos.

Michael legte seinen Kopf zur Seite und sah seine Mutter ruhig an: „Komm, lass uns gehen, ich kann mir diesen Lügner nicht länger anhören. Das ist doch das dümmste Arschloch was hier rumläuft."

Seine Mutter schaute ihn entsetzt an, sie traute ihren Ohren nicht. Was hatte ihr Sohn da gerade gesagt? Wenn das Gespräch überhaupt irgendetwas gebracht haben sollte, so war jetzt alles nur noch schlimmer gekommen. Ihre innere Anspannung verstärkte sich zusehends, bis sich immer mehr Verzweifelung in ihr ausbreitete. Aber sie bewahrte in bewundernswürdiger Weise ihre Ruhe. Schaute immer wieder auf ihre Hände, die gefaltet auf ihren Knien lagen.

Dass der Direktor das nicht auf sich sitzen lassen konnte, war nicht überraschend. Ein fratzenhaftes Lächeln zog über sein fleischiges Gesicht. Er brüllte unvermittelt los und stampfte dabei mit den Füßen auf den Boden. Sein fettleibiger Körper vibrierte vor Erregung, seine Stimme überschlug sich, Speichelfäden befeuchteten sein schiefes Kinn: „Sehen Sie, was ich meine! Sehen Sie was ich meine! So jemanden wie Ihren Sohn brauchen wir hier nicht. Der sorgt nur für Unruhe. Der hat überhaupt gar keinen Respekt. Sie tun mir leid, Frau Petersen. Nehmen sie ihn am besten gleich mit." Er zeigte dabei mit seinem Zeigefinger auf die Tür.

Jetzt wollte sie nur noch weg, flüchtig verabschiedete sie sich von dem Direktor, ohne ein weiteres Wort zu verlieren. Michael drehte sich weg und begleitete seine Mutter wortlos noch bis zu ihrem Wagen.

„Michael, so etwas kann man doch nicht machen, du kannst den Direktor doch nicht als Lügner beschimpfen. Was glaubst du, was das jetzt für Konsequenzen hat?"

„Ich kann mir das doch nicht alles gefallen lassen, es ist einfach nicht wahr, was er dir gesagt hat, soll ich etwa danebensitzen und gar nichts sagen?"

„Ja, leider Michael, wenn man damit weiterkommt."

„Tut man das wirklich?“ fragte Michael seine Mutter eindringlich, es war ihm schon immer zuwider klein beizugeben, wenn er sich ungerecht behandelt fühlte und so wollte er auch nicht vor diesem Direktor zurückweichen. Nein, das konnte er nicht.

„Dann mach's mal gut, mein Lieber“, sagte sie, als sie sich voneinander verabschiedeten.

Michael schaute dem Wagen noch kurz nach und ging dann enttäuscht auf seine Zimmer. Er wollte an diesem Abend niemanden mehr sehen. Auch ein Abend mit seinen Freunden in der Scheune hätte ihn jetzt nicht mehr aufmuntern können.

Er dachte noch ein-, zweimal daran, wie seine Mutter es wohl seinem Vater erklären würde, was sich im Büro des Direktors abgespielt hatte, und an die Vorwürfe, die mit Sicherheit am nächsten Wochenende auf ihn niederprasseln werden. Sein Vater ließ ja nie eine Gelegenheit aus, ihm klarzumachen, dass aus ihm nichts wird.

Und was gab es da Schöneres, jetzt auch noch den Direktor als einen Verbündeten zu haben. Auf den er sich bei gegebenem Anlass berufen konnte.

Man sah an diesem Morgen wenige fröhliche Gesichter. Linus schaute entsetzt aus dem Fenster des Klassenzimmers und begriff sofort, als er eine Hundertschaft der Polizei mit Drogenhunden aus großen grünen Bussen steigen sah, die direkt auf dem Haupthausplatz parkten. Die Polizisten verteilten sich in alle Richtungen.

„Ach, du Scheiße! Eine Razzia! Ich muss so schnell wie möglich auf mein Zimmer, sonst bin ich fällig. Wenn der Callenberg frühzeitig wieder zurückkommt, sagt, ich bin nur kurz auf der Toilette.“

„Lass dich bloß nicht erwischen“, sagte Michael besorgt.

Linus stürmte aus dem Klassenzimmer, rannte über das Internatsgelände zu seinem Gang. Die anderen hatten sich mittlerweile Sorgen gemacht, weil er auch zu den nächsten Unterrichtsstunden nicht wieder zurückkam.

Nach der letzten Stunde liefen sie über den Goethegang, um Ihn zu suchen. Louise drückte die Klinke seines Zimmers hinunter, aber es war verschlossen. Ein Polizeisiegel klebte an der Tür.

„Das hat nichts Gutes zu bedeuten“, sagte Sunny mit sorgenvoller Miene, die neben ihr stand.

„So ein Mist“, sagte Tim, „wenn die mit ihren Drogenhunden mal nichts entdeckt haben. Wo ist eigentlich Michael, er hat doch kurz nach Linus das Klassenzimmer verlassen.“

Louise ging mit ein paar Schritten zu Michaels Zimmer, es war ebenfalls verschlossen, trug aber kein Polizeisiegel.

„Komm wir gehen am besten ins Haupthaus“, schlug Louise vor. „Vielleicht finden wir sie dort?“ Sunny stimmte ihr zu: „Ja, schauen wir dort mal nach.“

Michael musste auf dem Holzstuhl vor dem Schreibtisch des Direktors Platz nehmen, nicht einmal vierundzwanzig Stunden waren vergangen, als er hier zusammen mit seiner Mutter gesessen hatte.

Herr Fritsch stand jetzt bedrohlich nah hinter ihm. Die Vorhänge waren zugezogen, die Luft war stickig, es stank nach beißendem Schweiß.

„Es macht überhaupt gar keinen Sinn mehr abzustreiten, dass Linus das Internat aus Hamburg mit Drogen versorgt. Es gibt einige Schüler, die mir dies bereits eingestanden haben.“

„Mir ist darüber nichts bekannt“, antwortete Michael besonnen.

„Sie sind doch Tag und Nacht mit ihm zusammen. Wollen sie etwa behaupten davon nichts bemerkt zu haben. Oder sind sie sogar daran beteiligt … Ja, sie machen gemeinsame Sache mit ihm. Das habe ich mir ja gleich gedacht. Wer sonst könnte denn sein krimineller Arm sein.“

Die Stimme des Direktors wurde immer lauter. Er ging um den Schreibtisch herum und schlug immer wieder mit der Faust auf die Tischplatte, um Michael einzuschüchtern.

„Wer ist noch in eurer kriminellen Bande? Reden Sie endlich. Andre, wie wird der beteiligt? Tim? Was ist mit dem? Wenn Sie hier noch Abi machen wollen, sollten Sie jetzt reden. Oder es tun ihre Freunde gleich für Sie. Dann hilft Ihnen niemand mehr.“

In seiner Erregung warf er mit einigen Gegenständen, die auf dem Schreibtisch standen, um sich. Er beugte sich zu Michael, ganz nah an seinen Kopf, um mit gefährlich leiser, süßlicher Stimme zu sprechen:

„Mach endlich das Maul auf. Früher hatten wir ganz andere Methoden, jemanden zum Reden zu bringen. Wollen Sie mal sehen wie diese aussehen?“

Michael schaute den Direktor aus einem Augenwinkel an und verzog keine Miene. Angst hatte er schon lange keine mehr vor diesem Menschen, den er für seine Taten zutiefst verabscheute. „Kann ich jetzt gehen?“, fragte er ihn regungslos.

„Verschwinden Sie! Gehen Sie mir aus den Augen. Ich mache Sie fertig, verlassen Sie sich darauf. Ich mach Sie fertig“, brüllte er Michael nach, als dieser über die Türschwelle ging und die Türklinke noch in der Hand hielt.

Linus saß in sich versunken in einem der Sessel im Sekretariat unweit der Tür durch die Michael gerade kam. Ihm gegenüber saß ein Polizist, der ihn ganz ruhig ansah. Als Michael an ihm vorbeiging, bemerkte er ihn kaum. Sie schauten sich an ohne ein Wort zu verlieren, nur ein leichtes aufmunterndes Nicken kam von seinem Freund, dass er erwiderte.

Auf dem Weg zu den Mädchenzimmern musste er unweigerlich über das nachdenken, was Linus vor einigen Tagen im Freibad gesagt hatte: „Das Schwein wird alles versuchen, um uns noch einen Strich durch die Rechnung zu machen auf dem Weg zum Abitur.“

Wie recht er doch hatte. Diana ging Michael mit besorgter Miene ein paar Schritte entgegen. Sie hatte so eine Vorahnung und nahm ihn tröstend in den Arm.

„Was ist passiert“, fragte Andre ungeduldig. „Wir haben das Polizeisiegel an Linus Zimmertür gesehen. Wo ist er jetzt?“

„Er sitzt im Sekretariat mit einem Polizeibeamten. Man wirft ihm vor, dass er von Hamburg aus das Internat mit Drogen versorgt hat.“

„Hat man denn bei ihm was gefunden?“, fragte Tim.

„Ich glaube nicht, sonst hätte der Alte das sicherlich gesagt.“

„Meinst du, wir werden auch noch befragt?“, wollte Louise von Michael wissen.

„Das ist gut möglich. Ich habe alles abgestritten. Ich weiß von nichts.“

„Was machen sie nun mit Linus? Die werden ihn doch nicht mitnehmen, oder?“, fragte Diana mit einem traurigen Gesichtsausdruck.

„Die entscheidende Frage ist, ob sie bei ihm was gefunden haben“, sagte Andre.

Ein junger Lehrer namens Kleist kam über den Gang direkt auf sie zu.

„Andre und Tim kommen Sie bitte mit ins Büro des Direktors“, forderte er die beiden mit einer winkenden Armbewegung auf.

Tim schaute sich um: „Was sollen wir da?“

„Was soll diese Frage, das wissen Sie doch schon längst. Was glauben Sie, für wen diese Razzia gedacht war?“

Beide begleiteten den Lehrer auf dem Weg ins Büro des Direktors. Aber auch ihre Befragung blieb ohne Ergebnis, keiner von ihnen knickte ein vor den Drohgebärden und wüsten Beschimpfungen des Direktors. Was er ihnen auch androhte, sie blieben standhaft und so konnte er zu diesem Zeitpunkt nichts weiter gegen sie unternehmen.

Michael, Andre und Tim standen in der offenen Tür und sahen Linus dabei zu, wie er schnell einige Sachen aus seinem Kleiderschrank in seine große Reisetasche packte.

„Sie haben mich rausgeschmissen, ich bin vom Internat geflogen. Bis zum Abi muss ich im Dorf im Gästehaus Mayer wohnen“, sagte Linus aufgebracht.

„So ein Mist. Haben sie denn etwas bei dir gefunden?“, fragte Tim.

„Nein! Aber es gibt ein paar Typen, die behauptet haben, dass ich sie mit Drogen versorgt habe. Wenn ich diese Arschlöcher erwische. Die mache ich fertig.“

Michael hätte es gar nicht erwähnen brauchen: „Wir haben die Klappe gehalten.“

Linus lächelte etwas angestrengt. Er war sich aber die ganze Zeit sicher, dass bestimmt niemand von seinen Freunden unter der Last des Verhörs zusammenbrechen würde. Egal, was auch passiert, verraten würden sie ihn niemals. Da war er sich ganz sicher.

Er schaute auf und unterbrach kurz sein Packen, um seine drei Freunde in den Arm zu nehmen.

„Ich weiß Jungs. Ich habe aber auch schon so eine Ahnung. Wenn ihr mich fragt, kommt nur Max infrage. Denn sein Zimmer ist das einzige, was heute Morgen nicht durchsucht worden ist. Er hatte es auch überhaupt nicht eilig, obwohl doch alle wissen, dass er regelmäßig kifft."

Das leuchtete Michael ein. Für ihn kam eigentlich auch nur Max infrage. Er konnte ihn noch nie leiden und das beruhte auf Gegenseitigkeit. Wann immer es möglich war, gingen sie sich aus dem Weg.

Max hatte bereits in Hamburg alle Gymnasien durchlaufen und in keiner dieser Schulen blieb er länger als ein halbes Jahr, wenn es hochkam ein Jahr. Fürstenwald war seine letzte Chance.

„Komm, den nehmen wir uns mal vor", Michael hatte dies kaum gesagt, hörte er schon die Stimme von Max neben sich, der plötzlich vor ihm stand mit einer Pistole in der Hand, die er direkt auf Michaels Gesicht gerichtet hatte.

Er stotterte los: „Was wollt ihr von mir. Was willst du, Michael du selbstherrliches Arschloch. Wenn ich will, drück ich jetzt ab. Was meinst du wie du dann aussiehst? Dann ist vorbei mit den schönen Mädels. Du Arschloch."

Er stand sichtlich unter Drogeneinfluß. Seine Augen waren kaninchenrot, er schwitzte und zitterte am ganzen Körper. Er hatte dabei die allergrößte Mühe, die Pistole gerade auf Michael zu richten.

„Du bist doch nur ein feiger Verräter", sagte Linus.

„Du hast doch gar nicht den Mumm abzudrücken."

Andre brüllte Max an: „Leg die Waffe zur Seite. Aber schnell."

„Linus hat recht. Du bist einfach armselig."

Mit einer schnellen Handbewegung schlug Michael Max die Pistole aus der Hand. Sie flog zu Boden und er verlor dabei wegen des Gipsbeins sein Gleichgewicht. Linus stürzte sich mit einem Sprung gedankenschnell auf Max. Beide fielen gegen die Wand, um dann unsanft auf den Boden zu fallen. Es kamt zu einem rauen Handgemenge. Tim und Andre hatten Mühe, die beiden voneinander zu trennen.

„Komm lass ihn. Der ist total zugekifft. Wenn du ihn jetzt noch vermöbelst, schmeißen sie dich endgültig. Dem Alten könntest du heute keinen größeren Gefallen tun", sagte Andre und hielt Linus am Arm fest.

Tim nickte zustimmend: „Lass uns bloß schnell hier abhauen. Wir fahren mit dir ins Gästehaus. Bevor noch ein weiteres Unglück geschieht."

Linus verstaute seine Tasche unter der Frontklappe des weißen Käfer Cabrios und schlug sie mit angestauter Wut zu. Dann löste er das Cabriodach, um es nach hinten zu werfen.

„Was steht ihr so da? Steigt ein", forderte Linus seine Freunde auf.

„Willst du offen fahren?", fragte Andre.

„Es ist doch herrlicher Sonnenschein. Ich brauch jetzt Luft, sonst platze ich."

Andre sprang elegant mit einem Satz auf den Rücksitz: „Dann man los Linus, du Jäger des verlorenen Scheitels.

Der Wagen raste mit durchdrehenden Reifen vom Internatsparkplatz, so dass sich hinter ihm eine riesige Staubwolke bildete. Sie fuhren die Fürstenwälderhöhe hoch, von dort aus über einen Waldweg, bogen dann auf der Erhöhung auf ein Maisfeld ab, um den Weg zu verkürzen. Es lief laute Musik aus dem Radio. Linus hupte übermütig dazu im Takt und fuhr Schlangenlinie.

Vor dem Gästehaus Mayer bremste er so scharf, dass sie nur sehr knapp vor einem Garagentor zum Stehen kamen. Die Jungs sprangen aus dem Wagen.

Andre war sofort, als er neben dem Cabrio stand, etwas aufgefallen, obwohl er es gar nicht glauben konnte:

„Linus! Schau mal, du hast dir beide Kotflügel vorne abgefahren. Das ist bestimmt im Maisfeld passiert."

„Blödsinn", sagte Linus beiläufig.

Andre ließ aber nicht locker: „Doch komm, schau doch selber. Wenn du mir nicht glaubst."

Michael und Tim, die neben ihm standen, schauten sich den Schaden etwas genauer an und mussten einfach nur noch lachen. Als Linus dazukam und sah was er angerichtet hatte, fasste er sich ungläubig an den Kopf und musste ebenfalls anfangen zu lachen.

„Oh, mein Gott, ein fast perfekter Tag. Erst aus dem Internat geflogen und jetzt auch das noch. Meine Eltern werden durchdrehen, wenn ich ihnen das erzähle."

„Da kannst du mal sehen." Tim hatte Mühe sich wieder zu beruhigen, ihm liefen vor Lachen sogar ein paar Tränen über das Gesicht.

„Und niemand von uns hat das gehört, als sie abgefallen sind. Das kann eigentlich nur passiert sein, beim Fahren über das Feld“, sagte Andre überzeugt.

„Da hast du wohl recht, ich werde nachher mal nachsehen, ob ich sie noch wiederfinden kann, auf dem Weg nach Fürstenwald“, überlegte Linus.

„Was machen wir denn heute Abend ohne dich in der Scheune, Linus?“, fragte Michael.

„Ich glaube, da sollte ich mich jetzt erst einmal noch nicht sehen lassen. O.k., ich bringe mal eben meine Tasche auf mein neues Zimmer und dann fahre ich euch zurück ins Internat“, sagte Linus.

„Da hast du recht, auf die Scheune solltest du die nächsten Tage erst einmal verzichten, so lange bis sich alles einigermaßen beruhigt hat“, sagte Andre. „Aber wir kommen dich ja so oft wie möglich hier in deinem Exil besuchen.“

Als sie zurück in Fürstenwald waren, erfuhren sie von ihrem Vertrauenslehrer Herrn Theodorakes, dass im direkten Anschluss an das Abendessen, eine Schulversammlung stattfinden sollte und dass ihr Erscheinen unabdingbar sei.

Durchgesickert war nur, dass der Direktor einige Missstände sowie die stattgefundene Razzia am Vormittag zum Anlass nehmen wollte einige Worte an alle Schüler und Lehrer zu richten. Näheres wusste Herr Theodorakes aber auch nicht.

Während des Abendessens wurden eine Vielzahl von Gerüchten gehandelt und vereinzelt die Lehrer bedrängt, doch zu erzählen, worum es eigentlich geht. Diese gaben sich aber bedeckt, zumal sie es wahrscheinlich selber nicht wussten.

Der Direktor stellte sich demonstrativ auf die oberste Stufe der Treppe und stützte sich mit beiden Händen am Geländer ab.

Von hier aus konnte er das gesamte Foyer des Haupthauses überblicken, was für ihn aber noch wichtiger war, dass man ihn gut sehen und hören konnte. Er wartete ungeduldig einige Minuten, bis alle auf ihren Plätzen waren. Mit kräftiger, finster entschlossener Stimme ergriff er unüberhörbar das Wort:

„Liebe Lehrer, liebe Schüler, niemandem wird es entgangen sein, dass es heute bei uns hier in Fürstenwald eine Drogenrazzia gegeben hat. In all den Jahren, in denen ich hier Internatsleiter bin, hat eine solche Versammlung hier im Haupthaus noch nicht stattgefunden. Aber sie ist notwendig geworden, weil einige Oberschüler sich wie eine kriminelle Vereinigung, ich will sagen wie die Mafia organisiert haben. Sie organisieren den Drogenhandel von Hamburg aus, sie setzen Mitschüler unter Druck und haben sogar heute einen Schüler brutal zusammengeschlagen. Danach setzten sie ihn gegen seinen Willen unter Drogen. Niemand hat mehr Zweifel daran, dass auch die brutale Vergewaltigung vor ein paar Tagen auf ihr Konto geht. Und ich weiß nicht, was sonst noch alles.

Sie sind unschwer an ihren kahl geschorenen Köpfen zu erkennen. Einen von diesen Elementen habe ich bereits vom Internat verwiesen. Sollte sich aber noch jemand von diesen Typen bedroht fühlen, so möchte ich, dass man mir dies unverzüglich meldet. Ich werde dann nicht zögern, diese Kriminellen auch von der Schule zu schmeißen. Egal ob Abischutz oder nicht."

Er schaute dabei mit einem Gefühl der Macht und Überlegenheit unvermittelt auf Andre und Michael hinab, die sich nicht rührten. Keiner der Anwesenden hatte im Geringsten einen Zweifel daran, dass über diese beiden und Linus gesprochen wurde.

„Ich möchte hiermit die Versammlung auflösen. Meine Bürotür steht für jeden jederzeit offen", beendete er seine Hassrede. Die wieder einmal von keinem Lehrer oder Schüler unterbrochen wurde. Alle kannten den Direktor, wenn er einmal mehr die Kontrolle verlor und sein wahres dreckiges menschenverachtendes Gesicht zeigte. Sie waren zu feige.

Somit konnte sich Herr Dr. Fritsch wieder einmal sicher sein, dass er niemanden zu fürchten hatte, weil alle lammfromm das machten, was er von ihnen verlangte.

Michael und Andre begegneten dem Treiben vor ihnen mit ruhigem Blick und warteten ab. Aber in ihnen tobte es heftig, wie eine stürmische aufgepeitschte See, deren Brandung immer wieder an die Kaimauern schlägt.

Die Versammlung löste sich sehr schnell wieder auf und man hörte schon das erste Gemurmel auf dem Gang zur Ausgangstür. Michael stand nachdenklich, mit den Händen in der Tasche, da, gestützt auf seine Krücken und schaute sich die Reaktionen der Mitschüler und Lehrer an, die zumeist schweigend, ohne Blickkontakt an ihm vorbeigingen. Manche schauten auf den Boden oder in eine völlig andere Richtung, oder einfach nur durch sie hindurch. Niemand traute sich ein Wort zu sagen oder ihn anzusprechen, als hätte er eine tödlich ansteckende Krankheit.

Andre, der die ganze Zeit neben seinem Freund stand, schüttelte den Kopf und schaute ihn mit gesenktem Blick fragend an.

Warum hatten sie kein Wort gegen diese Vorwürfe, gegen diese Demütigungen gesagt, die so grotesk wie unglaubwürdig waren? Wie gelähmt hatten sie die Anschuldigungen über sich ergehen lassen. Sie blieben einfach stehen, als dieser Wirbelsturm des Hasses sie wegfegte. Warum hatten sie sich nicht zur Wehr gesetzt? Wer so angegriffen wird, der darf sich verteidigen. Es hatte ihnen einfach die Sprache verschlagen. Der Direktor hatte sie wie Vieh in die Ecke gedrängt und nun zum Abschuss freigegeben. Es war die Ausweglosigkeit, die sie für sich erkannten, dass ihnen sowieso niemand mehr glaubt.

Wenn nur die Hälfte von dem stimmte was man ihnen vorwarf, so war das schon bei Weitem genug, sie von der Schule zu verweisen.

Dass alles gelogen war, wer sollte ihnen das nun noch glauben. Wahr war nur, dass Linus von Zeit zu Zeit für sich und ein paar Mitschüler Haschisch aus Hamburg mitbrachte.

Da war er aber auch nicht der Einzige. Mehr hatten sie sich nicht vorzuwerfen, als dass sie davon gewusst haben und hier und da auch mal einen Zug von einem Joint genommen hatten. Sie fühlten sich alleine gelassen und so waren sie auch die Letzten, die das Haupthaus verließen.

An diesem Abend hatten sie nicht mal mehr Lust in die Scheune zu gehen, um sich abzulenken. Sie verzogen sich in Andres Zimmer. Michael saß in dem kleinen Sessel direkt am Fenster und sein Freund im Schneidersitz auf dem Bett.

„Hast du noch etwas zu trinken da?“, unterbrach Michael das Schweigen, das sie die ganze Zeit umgab.

„Ich habe noch zwei Flaschen Bier im Kühlschrank in der Küche gesehen. Ich kann ja mal nachsehen, ob sie noch da sind."

Ohne eine Antwort abzuwarten, war er schon auf dem Weg in die Küche. Mit leicht aufgehellter Miene reichte er Michael eine der beiden Bierflaschen. Sie prosteten sich zu und Andre zündete sich noch eine Zigarette an. Den Rauch blies er stoisch an die Decke. Keiner wollte beginnen über das zu sprechen, was sich zuvor ereignet hatte. Zu sehr war jeder noch mit sich und seinen Gedanken beschäftigt, um es zu verstehen.

„Was denkst du Andre, was wird jetzt passieren?"

„Ich habe keine Ahnung."

„Wenn das Internat nicht so unterbesetzt wäre, dann wären wir jetzt bereits geflogen!"

„Da gebe ich dir recht und weil wir im Abischutz sind, damit begründet er das sicherlich vor den anderen Lehrern."

„Kann gut sein", stimmte Michael zu.

„Meinst du, wir hätten uns vorhin wehren müssen gegen diese haltlosen Vorwürfe, gegen die Verleumdungen?"

„Wie denn, uns glaubt doch sowieso niemand. Der kann doch behaupten was er will. Jetzt unterstellt er uns sogar, dass wir etwas mit der Vergewaltigung an Manuela zu tun haben? Das musst du dir mal vorstellen."

„Das ist so unglaublich, aber mittlerweile wundert mich das auch schon nicht mehr. Zum Glück waren wir nicht alleine, als es angeblich passiert sein soll."

Michael nahm noch einen kräftigen Schluck aus der Flasche und stellte sie auf den kleinen Tisch, der neben dem Sessel stand.

„Lass gut sein, ich geh jetzt ins Bett."

„Hast du noch etwas von den Mädels gehört, ob sie mittlerweile Claudia erreicht haben?"

„Nein und ehrlich gesagt habe ich da auch kaum noch Hoffnung."

„Du hast recht, wenn bis jetzt keine Anzeige von den Eltern gekommen ist, dann wird bestimmt auch nichts mehr passieren."

„Auch wenn es schwer vorstellbar ist, aber womöglich ist es so wie du sagst."

„Also noch einmal gute Nacht, vielleicht sieht morgen die Welt schon ein bisschen besser aus. Ich hoffe es zumindest. Schlaf gut!“

„Ja, du auch.“

Diana saß an diesem Abend auf ihrem Bett an die Wand gelehnt und las in einem Buch, um sich abzulenken, als es an der Tür klopfte.

„Herein!“, sagte sie und schaute interessiert auf. Zu ihrer Überraschung war es der Direktor, der ihr Zimmer betrat.

„Guten Abend Diana, ich habe heute Nachmittag mit deinen Eltern telefoniert. Ich soll Sie schön grüssen. Wir haben über Ihre ersten Monate hier in Fürstenwald gesprochen. Über die Beziehung zu diesem Michael Petersen musste ich selbstverständlich Ihre Eltern auch informieren. Sie haben sicherlich Verständnis dafür.“

„Sie haben was gemacht?“, empörte sich Diana, die sich sehr leicht vorstellen konnte, was das zu bedeuten hatte.

„Es ist meine Aufgabe Ihre Eltern darüber zu informieren“, sagte er selbstgefällig.

„Was meinen Sie damit?“

„Fräulein van der Waerden, Sie kommen aus einem so guten Elternhaus. Was geben Sie sich mit so einem wie diesem Petersen ab?“

Diana war aufgebracht, sie wollte nicht verstehen, was das den Direktor anging. Als hätte es nicht schon gereicht, ihren Freund in der Versammlung zu demütigen.

„Was fällt Ihnen ein. Was haben Sie zu meinen Eltern gesagt?“

„Darüber werden Ihre Eltern mit Ihnen am Wochenende sprechen. Ich soll Ihnen mitteilen, dass man Sie am Samstag zu Hause erwartet.“

„Warum machen Sie das? Was hat Ihnen Michael getan? Reicht ihnen das noch nicht, dass Sie ihn und Andre in der Schulversammlung so beschimpfen. Sie wissen doch ganz genau, dass an diesen Anschuldigungen nichts dran ist.“

„Ich werde dafür sorgen, dass Ihr Michael das Abitur auf meiner Schule nicht besteht. Darauf können Sie sich verlassen“, sagte Herr Fritsch mit einem Gesichtsausdruck der Entschlossenheit. Diana schaute ihn von oben bis unten an und verspürte nur noch Ekel und Abscheu gegen diesen Menschen, dessen maskenhafte geifernde Gesichtszüge sie erschreckten.

Sie bekam Angst und wusste, dass er es ernst meinte.

„Ich denke Sie sollten jetzt mein Zimmer verlassen“, sagte sie leise entschlossen und zeigte dabei mit dem Finger auf die Tür.

„Sie werden früher oder später schon sehen, auf wen Sie sich da eingelassen haben.“

Der Direktor drehte sich von Diana weg und ging aus dem Zimmer. Als die Tür ins Schloss fiel, liefen Diana ein paar Tränen über die Wangen und tropften auf ihr Jeanshemd. Mit aller Wucht warf sie das Buch, das sie krampfhaft die ganze Zeit in der Hand gehalten hatte, gegen die verschlossene Tür.

Sie wollte nicht alleine an diesem Wochenende nach Hause fahren und fragte Michael, der in den Vorbereitungen für die Abiklausuren war, ob er Lust hätte, sie zu begleiten, zumal zwei ihrer Schwestern mit ihren Familien auch zu Besuch kommen wollten und so hätten sie doch am Wochenende etwas Ablenkung.

Nach anfänglichem Zögern stimmte er aber doch zu und so fuhren sie bei herrlichstem Wetter am Samstag direkt nach der Schule zu dem Schloss ihrer Eltern.

Die Begrüßung fiel ungewohnt kühl aus und Diana war sofort klar, dass eine Aussprache wegen des Telefonats mit dem Direktor unausweichlich war.

„Diana, wir möchten ganz gerne alleine mit dir sprechen“, sagte ihr Vater, dessen Ton in der Stimme keinen Zweifel daran ließ, dass es ihm ernst war und dass ihm Michaels Anwesenheit missfiel.

Diana schaute Michael entschuldigend an: „Vielleicht kannst du schon einmal ohne mich auf dein Zimmer gehen. Wenn ich hier fertig bin, komm ich zu dir rauf.“

Er verstand sofort, worum es ging, sie hatte ihm ja bereits am nächsten Morgen in allen Einzelheiten von dem Gespräch zwischen ihr und dem Direktor erzählt.

Aber nun war ihm klar, dass er mit seinen Vermutungen recht behalten sollte. Auch Andre und Linus zeigten sich nicht besonders überrascht, als er ihnen davon erzählte. Was für ihn gilt, würde wahrscheinlich auch für sie zutreffen.

„Ist in Ordnung“, nickte Michael. „Dann habe ich noch ein bisschen

Zeit in die Bücher zu sehen", antwortete er und ging an Dianas Mutter vorbei, die nur ein paar Meter hinter ihrem Mann stand und die kleine Unterredung mit angehört hatte und ihn nun mit Missachtung strafte.

„Kommt, lasst uns ins Wohnzimmer gehen", sagte ihr Vater, dem es sichtlich unangenehm war, dass sie Michael mitgebracht hatte.

„Wie kannst du dich nur mit so einem einlassen, Diana?", polterte ihre Mutter los und zupfte dabei nervös an ihrer Hose.

„Was willst du damit sagen, Mama?"

„Wie du weißt, hat der Direktor mit deinem Vater im Laufe der Woche telefoniert und was uns da zu Ohren gekommen ist, erschüttert uns zutiefst. Deinem Freund wird vorgeworfen, zu einem Ring von Drogenhändlern und Kriminellen zu gehören und sich dabei mit anderen Schülern zu prügeln und sie unter Drogen zu setzen."

„Sagt mal, ihr glaubt doch diesen Blödsinn nicht – oder? Ihr habt Michael doch selber kennengelernt, seit ihr wirklich der Meinung, dass er so ist?"

Diana war enttäuscht, dass ihre Mutter den Lügengeschichten des Direktors wirklich Glauben schenkte und schaute ihren Vater fragend an, der direkt vor ihr auf dem Sofa saß.

„Diana, du musst doch verstehen, dass wir uns Sorgen machen?"

„Nein, das verstehe ich nicht!", sagte Diana erbost und stand auf, um das Zimmer zu verlassen.

„Glaubt ihr denn wirklich dem Direktor mehr als mir?"

„Aber wie kannst du so etwas sagen", rief ihre Mutter ihr nach, als sie mit schnellen Schritten enttäuscht das Wohnzimmer verließ, um zu Michael in den zweiten Stock zu rennen.

Nur mit aller größter Mühe konnte sie Michael, nachdem sie ihm erzählt hatte, wie das Gespräch mit ihren Eltern verlaufen ist, davon abhalten, sofort ins Internat zurückzufahren.

„Komm, lass uns wenigstens heute Nacht hier bleiben, meine beiden Schwestern und mein Schwager Walter wollen dich doch auch noch kennenlernen. Wenn du jetzt abhaust, sieht das wie eine Flucht aus, als hättest du wirklich etwas damit zu tun", versuchte Diana ihm ins Gewissen zu reden.

„Und denk daran, genau das ist es, was Dr. Fritsch mit seinem Anruf erreichen wollte. Nichts anderes ist sein Ziel. Nichts anderes.“

Michael schaute Diana tief in die Augen und erkannte, dass sie recht hatte.

„Ist in Ordnung, aber morgen früh nach dem Frühstück, hauen wir wieder ab“, sagte Michael und Diana küsste ihn auf die Wange vor Erleichterung.

„Ich gehe wieder runter und helfe meiner Mutter beim Abendessen. Bis nachher.“

„Ist o.k. und ich schaue so lange noch in die Bücher, du kannst mich ja nachher abholen, irgendwie werde ich das schon überstehen“, sagte Michael und setzte sich wieder an den kleinen Schreibtisch, der direkt vor dem Fenster stand, mit einer wunderbaren Aussicht über die weitläufigen Ländereien. Es bot etwas Ablenkung, wenn er den Pferden zuschaute, wie sie immer wieder zum See galoppierten, um dort etwas zu saufen, und verjagte die Schwermut aus seinen Gedanken, an diesem herrlichen warmen Sommertag, der sich langsam neigte.

Während des Abendessens sprachen Dianas Eltern kein persönliches Wort mit ihm. Die Atmosphäre war unterkühlt und jeder versuchte den Blicken des anderen auszuweichen, soweit dies möglich war.

Walter stach an diesem Abend besonders durch seine unkonventionelle Art hervor, die Michael gefiel. Ein Adliger mit eigenwilligem Benehmen und Umgangsformen, der immer wieder mit saloppen Sprüchen die frostige Atmosphäre auftauen wollte. Was ihm hier und da auch gelang. Diana hatte zu ihm eine ganz besonders innige Beziehung, weil sie es nicht mochte, dass ihre Eltern Walter so ablehnend gegenüberstanden.

Sie bezeichneten ihn als Lebemann, der nur seinen Sport im Kopf hatte und sich gelegentlich beim Kickboxen schwer verletzte oder seine Freizeit beim Squash verbrachte. Welcher beruflichen Tätigkeit er nachging, blieb weitesgehenst im Dunkeln. Wahrscheinlich machte er gar nichts, aber wer gibt das schon gerne zu, wenn er so eine reiche Frau geheiratet hat. Auch ihre älteren Schwestern bemühten sich, ein

Gespräch aufrechtzuhalten, um für ein wenig Ablenkung zu sorgen. Frau van der Waerden trank an diesem Abend ungewöhnlich viel Rotwein, so dass sich ihr Mann weigerte, noch eine weitere Flasche aus dem Keller zu holen. Nach dem letzten Gang standen Michael und Diana erleichtert auf, um den Rest des Abends im Billardzimmer vor dem Fernseher zu verbringen.

Nach ein paar Minuten gesellten sich aber auch ihre Schwestern und Walter, der eine Tasse Kaffee in seinen Händen hielt, mit seinem Terrier zu ihnen. Er setzte sich vorsichtig auf das Sofa, damit nichts aus der Tasse schwappte und sein Hund nahm direkt neben ihm Platz.

Nun schaute er seinem Hund in die Augen, der zu ihm rübersah: „Na, Bruno wir beide trinken am liebsten Schobi, Schonkaffee, nicht wahr?"

Diese Frage quittierte der Hund mit einem spontanen Bellen und einem unruhigen Hin-und-her-Wackeln in purer Vorfreude. Walter nahm einen weiteren Schluck aus der Tasse und hielt sie dann dem Hund hin, der sofort begann, die Reste aus der Tasse auszulecken, bis auf den letzten Tropfen. Um sich danach genüsslich noch das Maul zu lecken.

„Na, das war doch lecker, nicht wahr?"

Und wieder schaute Bruno sein Herrchen an und bellte einmal laut, um dann mit einem Satz vom Sofa zu springen und sich davor einzurollen. Michael musste laut lachen und von Minute zu Minute wurden ihm dieses adelige schwarze Schaf der Familie immer sympathischer.

„Mach dir nichts draus Micha, die sind halt so, aber wir Internatler müssen halt zusammenhalten und irgendwann beruhigen sie sich auch wieder. Du wirst schon sehen."

„Das war bisher immer so, ich weiß noch wie ich meinen ersten Freund vorstellte", sagte Lara. „Eine Katastrophe war das. Mama und Papa waren außer sich."

Ihre Schwester nickte beiläufig. Man unterhielt sich noch eine ganze Weile, um dann kurz vor zwölf auf die Zimmer zu gehen.

Das Treppenhaus war dunkel und nur der Mond warf ein wenig Licht ins Haus, als Michael nachts, nur mit Pyjama und Bademantel bekleidet, langsam die große Treppe hinunterging.

Er konnte nicht schlafen und wollte sich mit einem Buch noch ins Billardzimmer setzen, um ein wenig zu arbeiten.

Im Haus war es ruhig. Alle schienen zu schlafen.

Er setzte sich in einen der schweren Ledersessel, die Stehlampe neben ihm spendete ein wenig Licht, um in seinem Buch zu lesen. Sein Glas mit Campari-O-Saft, das er sich aus der Küche geholt hatte, stand etwas wakelig auf der Armlehne. Langsam blätterte er durch die Seiten, als er plötzlich Schritte hörte, die sich der Tür zum Billardzimmer näherten. Sein Blick galt der sich öffnenden Tür, die im Halbdunklen lag. Im Türrahmen stand Dianas Mutter in einem weißen Nachthemd, mit einem langen Messer in der rechten Hand.

„Michael, was glauben Sie? Was sind Sie für einer? Ich stech Sie ab!", lallte sie vor sich hin und torkelte barfuß in seine Richtung. Michael schlug erschrocken mit dem Arm gegen das Glas Campari, dass daraufhin zu Boden fiel. Frau van der Waerden stützte sich kurz mit dem linken Arm auf dem Sofa ab, um dann mit langsamen unsicheren Schritten weiter auf Michael zuzugehen, immer das Messer auf ihn gerichtet. Kurz bevor sie ihn erreichte, sprang er mit einem Satz aus dem Sessel.

„Frau van der Waerden, was ist denn mit Ihnen los?", fragte Michael irritiert.

„Ich stech Sie ab … ich stech Sie ab", kreischte sie ihn jetzt an. Nun spürte er die Bedrohung. Mit ein paar Schritten hatte er sich hinter den Billardtisch gestellt, der in der Mitte des Raumes stand.

„Sie sollten das nicht machen," versuchte Michael sie zu beruhigen und hielt ihr seine ausgestreckte Hand entgegen, um ihr das Messer abzunehmen.

„Ich stech Sie ab."

Nachdem er ihr das Messer nicht abnehmen konnte, entschied er sich, obwohl immer noch durch das Gipsbein gehandicapt, mit schnellen Schritten aus dem Zimmer zu gehen, die Treppe hinauf in sein Schlafzimmer. Dort legte er sein Ohr noch einmal gegen die Tür, die er jetzt zweimal hinter sich abschloss, um zu hören, ob Frau van der Waerden ihm doch gefolgt ist. Als er nichts vernehmen konnte, legte er sich ins Bett. Sein Herz klopfte so schnell, dass sich die Decke unter der er lag, leicht auf und ab bewegte. Er starrte noch einen Moment gedankenlos aus dem Fenster in die dunkle Nacht, bevor er einschlief.

Er wachte erst wieder auf, als die Türklinke seines Zimmers nach unten gedrückt wurde. Dann klopfte es an der Tür.

„Schnubbel, warum hast du die Tür abgeschlossen. Los aufwachen, mach die Tür auf", rief Diana ungeduldig.

„Ja, warte ich komm ja schon", antwortete er schlaftrunken, als er ihr die Tür öffnete.

Gut gelaunt nahm Diana ihn in den Arm, küsste ihn einmal auf den Mund, während sie an ihm vorbei ins Zimmer lief, um sich zugleich aufs Bett zu werfen.

„Was stehst du denn da? Komm ins Bett", forderte sie ihn auf.

Michael setzte sich auf die Bettkante und Diana umarmte ihn von hinten und zog ihn langsam zu sich ins Bett.

„Hey, hey langsam mein Gipsbein. Außerdem muss ich dir etwas sagen."

„Oh, das klingt so ernst. Was gibt's denn?", fragte sie. Michael richtete sich im Bett auf und schaute sie mit ernster Miene an.

„Das ist es auch. Deine Mutter ist heute Nacht mit einem Küchenmesser auf mich losgegangen."

Diana legte ihren Kopf in den Nacken und schaute ihn dabei ungläubig an.

„Was erzählst du denn da? Das ist doch Quatsch."

„Ich bin letzte Nacht noch einmal ins Billardzimmer gegangen, um noch etwas zu lesen. Bis auf einmal deine Mutter vor mir stand mit einem Messer. Ganz offensichtlich angetrunken. Und zu mir sagte: Ich stech Sie ab. Ich stech Sie ab."

„Das ist nicht dein Ernst. Du willst mich doch auf den Arm nehmen", sagte sie lächelnd und legte ihren Arm um seinen Hals, um ihn wieder an sich ranzuziehen. „Komm lieber her und erzähl nicht solche Geschichten. Das hast du bestimmt nur geträumt heute Nacht."

„Nein, habe ich nicht. Das ist auch der Grund, warum ich die Tür abgeschlossen habe."

Langsam verstand sie, dass Michael sich nicht irgendeine Geschichte ausgedacht hatte, und sagte leise mit nachdenklichem Gesichtsausdruck: „Mein Gott, meine Mutter trinkt in der letzten Zeit immer mehr. Bestimmt weiß sie da jetzt gar nichts mehr davon."

„Das ist ja ein schöner Trost. Wie soll ich mich denn jetzt verhalten beim Frühstück. Soll ich etwa so tun als wäre nichts passiert?"

„Das war bestimmt von ihr nicht so gemeint."

„Nicht so gemeint? Na, da bin ich ja froh. Nicht so gemeint!", wiederholte sich Michael, der sich nicht ganz ernst genommen fühlte.

„Komm, zieh dich an. Wir sehen uns gleich unten. Ich frage meine Mutter, was letzte Nacht war. Sie weiß bestimmt nichts mehr davon. Und dann fahren wir nach Fürstenwald zurück. O.k.?"

„Ja, ist in Ordnung, ich gehe noch schnell duschen", sagte Michael, der er auf der Bettkante saß und Diana nachschaute, wie sie das Zimmer verließ.

Während des Frühstücks herrschte die gleiche frostige ablehnende Atmosphäre wie den Abend zuvor. Über den Vorfall in der Nacht wurde beharrlich geschwiegen. Frau van Waerden war nichts anzumerken, kein Zeichen des Bedauerns. Immer wieder schaute Michael sie an, um in ihrem Gesicht zu lesen. Was wusste sie noch? Weiß sie wirklich nichts mehr davon? Kann man so betrunken sein, dass man am nächsten Morgen nichts mehr davon weiß. Und wie es zu dem zerschlagenen Glas im Kaminzimmer gekommen ist? Kein Wort, es wurde einfach nicht darüber gesprochen.

Fürstenwald lag unter einer Dunstglocke, seit Tagen hatte es nicht mehr geregnet. Die Zimmer auf dem Goethegang, die direkt unter dem Dach lagen, waren so aufgeheizt, dass man nachts nur bei geöffnetem Fenster schlafen konnte.

„So langsam kommt ein wenig Unruhe in mir auf. Unsere Französischlehrerin hat uns überhaupt gar keinen Tipp gegeben, was wohl in der Klausur drankommt. Da war nichts zu machen", sagte Andre, der von seinem Heft im Gemeinschaftsraum des Goethegangs aufschaute, mit einer Zigarette in der Hand.

Sie waren alle an diesem Sonntag etwas früher aus demWochenende gekommen, um sich auf die am nächsten Tag anliegenden ersten Abiklausuren vorzubereiten.

„Ich denke aber, für die erste Klausur sind wir ganz gut vorbereitet. Wie sieht es mit dir aus Micha?“, fragte Sunny in seine Richtung.

„Meine erste Klausur ist morgen Mathe. Ich bin der Einzige, der Mathe im dritten Prüfungsfach schreibt.“

„Es wird schon gut gehen“, sagte Tim gähnend und streckte dabei seine Arme hoch.

„Ich bin müde. Ich geh ins Bett, Freunde. Wir sehen uns morgen früh“, sagte Andre und drückte seine Zigarette in einem Aschenbecher aus, der in der Mitte des Tisches stand.

„Das ist eine gute Idee. Gute Nacht“, sagte Sunny und klappte ihr Buch mit einem lauten Knall zu.

Michael und Tim sahen sich fragend an. Beiden war es ins Gesicht geschrieben, dass auch sie keine große Motivation mehr verspürten noch alleine weiterzulernen.

„Na, gut dann gehen wir auch. Was wir bis heute nicht draufhaben…,“ sagte Tim ironisch.

Als sie über den Gang schlenderten stieß Michael Andre noch kurz an: „Du denkst noch an später oder?“

„Na, klar, da freue ich mich schon den ganzen Abend drauf.“

Spät in der Nacht trafen sie sich wieder auf dem Gang, nur mit Boxershort und Polohemd bekleidet. Vor dem Zimmer von Max blieben sie stehen. Sie lauschten beide einmal kurz an der Tür. Nichts zu hören, ganz offensichtlich schlief er. Zur Kontrolle schauten sie noch einmal über den Flur, ob jemand sie gesehen hatte.

Sie nickten sich einmal kurz zu und betraten dann das Zimmer auf Zehenspitzen.

Mit einem Ruck zogen sie das Bett von der Wand, in dem Max lag, um es dann im selben Augenblick soweit anzuheben, dass es senkrecht an der Wand stand.

Mit Genugtuung sahen sie, wie ihr schlafender Mitschüler in seinem Bett unsanft zu Boden fiel. Er krümmte sich.

Genauso leise wie sie gekommen waren, verließen sie nun in aller Eile das Zimmer, um nicht entdeckt zu werden.

Am nächsten Morgen standen sie früher auf, als sie das normalerweise in den letzten Monaten taten, um noch in Ruhe gemeinsam zu frühstücken.

„Na, Freunde alles fit“, sagte Tim, zu den anderen, die bereits auf ihn gewartet hatten und ihm bepackt mit Collegeblöcken und Kugelschreibern ihm zusahen, wie er sein Zimmer abschloss.

Verschlafen und in sich gekehrt, antwortete Michael: „Frag mich später noch einmal.“

„Haltung bewahren Jungs“, sagte Sunny ironisch, die sich wie immer wenig Gedanken machte, zu gut waren ihre Noten in der Vergangenheit.

„Habt ihr heute irgendwas Bestimmtes vor?“, fragte Andre mit einem verschmitzten Lächeln, bei dem sein linkes Augenlied sein Auge immer zur Hälfte bedeckte.

Michael, Sunny, und Tim antworteten gleichzeitig: „Nein…“ und fingen an zu lachen.

Herr Kleist ging durch die Tischreihen und verteilte unter den Augen der Schüler seine Klausuren. Eine nervöse angespannte Ruhe machte sich unter den meisten Abiturienten breit, als sie obendrein auch noch von ihrem Lehrer ermahnt wurden: „Sie haben genügend Zeit, um alle Aufgaben zu lösen. Ich muss Sie darauf aufmerksam machen, wenn Sie einen Betrugsversuch begehen, bin ich gehalten, sofort Ihre Klausur einzuziehen. Ich habe Sie gewarnt.“

Michael, der in der vorletzten Reihe saß, fing an, in der Klausur zu lesen und blätterte darin herum. Sorgenfalten bildeten sich langsam auf seiner Stirn. Er atmete tief durch und eine Übelkeit erregende Nervosität kam in ihm hoch. Er schluckte mehrmals und hatte das Gefühl zu ersticken. Sein Hals war völlig trocken und so trank er etwas Wasser aus einem Becher, der vor ihm stand.

Langsam drehte er sich zu Tim um, der mit einem Ausdruck von Panik und Verzweiflung seine Bio-Klausur zur Seite legte, um Michael anzustarren.

„Ich verstehe nicht einmal die Frage?“, sagte Michael leise zu ihm. „In der Frage sind Fremdwörter, von denen ich noch nie etwas gehört habe.“

Tim schüttelte resigniert mit dem Kopf: „Ich habe überhaupt gar keine Ahnung, was die hier von mir wollen, ich verstehe zwar die Fragen, aber ich habe keine Antworten. So eine Scheiße! So ein Mist!“

Michael schaute nach vorne und meldete sich dann. Als der Lehrer dies sah, erhob er sich langsam von seinem Platz, um zu seinem Tisch zu gehen. Damit die anderen Schüler nicht durch eine zu laute Frage in ihrer Konzentration gestört wurden, fragte er leise: „Was wollen Sie Herr Petersen?"

„Ich brauch ein Fremdwörterlexikon", sagte Michael zu Herrn Kleist, der für ein paar Wochen sein Mathelehrer war.

„Das ist nicht erlaubt", gab er ihm zur Antwort und schüttelte dabei seinen Kopf.

„Aber selbstverständlich", sagte Michael aufgebracht.

„Nein!", sagte er und drehte ihm den Rücken zu.

Michael versuchte noch etwas zu sagen. Merkte aber, dass jedes weitere Wort sinnlos war. Daraufhin drehte er sich noch einmal zu Tim um. Dieser zuckte nur vielsagend mit den Schultern.

Auch ohne Fremdwörterlexikon begann er die Aufgaben mehr schlecht als recht zu lösen. Fast zeitgleich gaben sie ihre Klausuren ab und gingen nebeneinander wortlos mit gesenkten Köpfen über den Schulhof.

„Na, das hat ja ganz prima begonnen. Gleich die erste Klausur versemmelt. Und bei dir?", fragte Tim.

„Frag nicht. Eine Katastrophe."

Linus sah die beiden und lief ihnen entgegen.

„Na, wie war's?" fragte er und schaute dabei Michael erwartungsvoll an.

„Der letzte Mist. Ich habe nicht einmal die Frage verstanden."

„Wie gut, dass ich kein Mathe genommen habe", stellte Linus für sich fest. Als Sunny um die Ecke kam, war sie ebenfalls neugierig, wie die anderen ihre Klausuren bewältigt haben: „Na, alles klar?"

„Gar nichts ist klar. Das war alles Mist", sagte Tim resigniert mit einer abwertenden Armbewegung.

„Wir treffen uns gleich zum Mittag. Ich geh noch kurz zu Diana hoch", sagte Michael, der sich so schnell wie möglich ablenken und auf andere Gedanken kommen wollte.

„Du hast kein gutes Gefühl dabei?", fragte Diana besorgt und schaute ihn an, wie er sich mit dem Rücken auf ihr Bett fallen ließ und an die Decke schaute.

„Leider nein. Ich habe nicht einmal die Frage verstanden. Ein Fremdwörterbuch durfte ich auch nicht benutzen."

„Nimm es nicht so schwer. Bei den noch verbleibenden Klausuren wird es sicherlich besser werden", versuchte sie ihn zu beruhigen und setzte sich neben ihn aufs Bett, um dabei sein Gesicht mit ihrem Handrücken zu streicheln.

„Außerdem hast du doch durch dein Sportabi schon so viele Punkte, dass dir doch sowieso kaum etwas passieren kann."

„Ich hoffe du hast recht", sagte Michael und nickte ihr wohlwollend zu. Sie beugte sich über ihn und küsste ihn auf die Stirn: „Du wirst schon sehen."

Nach einer kleinen Ewigkeit richtete er sich auf, nahm ihre Hand, drückte sie einmal fest.

„Komm wir gehen zum Essen, ich habe Hunger. Heute Morgen konnte ich vor Aufregung keinen Biss runterkriegen."

„Ja, geh schon mal vor. Ich muss noch schnell ins Bad."

„O.k., bis gleich."

Als Michael, noch ganz in Gedanken versunken, die Treppen mit seinen Krücken ins Foyer hinunterging, kam ihm Andre entgegen, der ungewohnt aufgeregt war – was nur sehr selten vorkam.

„Michael, ich habe dich schon gesucht. Herr Theodorakes will uns unbedingt nach dem Essen sprechen, wegen der Lehrerkonferenz gestern Abend."

„Was war denn da los?"

„Er hat mir noch nichts Genaueres gesagt. Sehr gut klang das aber nicht", sagte Andre mit einem Zittern in der Stimme und mit sorgenvoller Miene.

„Komm, gehen wir erst einmal zum Essen", beruhigte Michael, der sich noch keinen Reim darauf machen konnte, was so Wichtiges auf der Konferenz beschlossen worden sein soll.

„Michael, Andre wartet!", rief Charlotte durch das Foyer. Die beiden blieben stehen und drehten sich zu ihr um.

„Wir haben mit Manuela gesprochen wegen der Vergewaltigung hinter der Turnhalle", sagte Charlotte aufgeregt.

„Was hat sie gesagt?", fragte Andre ungeduldig.

Kein Wort... nur so viel, dass wenn sie zu irgendjemandem auch nur ein Wort in dieser Angelegenheit sagt, dass dann sie und ihre Eltern einen riesigen Ärger bekommen werden", sagte Laura.

„Das war ja fast klar. Aber weiterhelfen tut uns das jetzt auch nicht. Damit haben wir ja schon gerechnet. Aber wie sieht es mit Claudia aus. Seid ihr da weitergekommen?"

„Nein. Was sollen wir den jetzt machen?", fragte Charlotte hilflos.

„Ich weiß es auch nicht, was sich der Alte noch alles ausdenken wird. Der ist jetzt wie eine Raubkatze, die sich in die Enge gedrängt fühlt, unberechenbar und gefährlich", sagte Andre überzeugt.

„Habt ihr schon etwas von der Konferenz von gestern gehört?", fragte Michael.

„Nein, nur Gerüchte. Nichts Genaues." Gemeinsam gingen sie verspätet durch den mit Lehrern und Schülern gefüllten Essenssaal zu ihren Tischen.

In der Mitte des Saals stellte sich ihnen der Direktor mit seiner ganzen Körperfülle demonstrativ in den Weg. Er verlor dabei kein Wort, sondern schaute die beiden nur regungslos an. So lange, bis sich sein Gesicht in ein zynisches überhebliches Grinsen verwandelte. Seine Augen waren kalt und hafteten an Michael und Andre, wie geronnenes schwarzes Blut. Sie spürten instinktiv, dass sie der Provokation nur entgehen konnten, indem sie keinerlei Regung zeigten und aufrecht aber wortlos an ihm vorbei gingen.

Andre wendete sich Herrn Förster zu, der von seinem Platz alles mit angesehen hatte: „Herr Förster, können Sie uns etwas zu der Konferenz von gestern Abend sagen?"

Irritiert schaute er ihn an: „Das sollten Sie mit Ihrem Vertrauenslehrer Herrn Theodorakes besprechen."

„Nun seien Sie mal nicht so Herr Förster", drängelte Michael. „Sie wissen doch Bescheid."

Eine Vermutung legte sich wie ein langer Schatten auf seine Gedanken.

„Bitte sprechen Sie mit ihm darüber."

Sunny mischte sich ein: „Ist das so unangenehm, Forsti?"

Herr Förster aber schaute über sie hinweg, ohne eine Antwort zu geben. Zu häufig schon hatte er mit seiner Gruppe diskutiert, um das Verhalten des Direktors zu rechtfertigen. Diesmal schwieg er lieber.

Andre war sich jetzt ganz sicher, dass es sich um etwas sehr Unangenehmes handeln musste: „So ein Mist."

„Reg dich doch nicht auf Andre. Du weißt doch noch gar nicht, was passiert ist", versuchte Louise ihn zu beruhigen.

„Michael und Andre, wir sehen uns nachher im Lehrerzimmer. Am besten direkt nach dem Essen", sagte Herr Theodorakes, der sich unbemerkt hinter die beiden gestellt hatte und sicher sein wollte, dass sie wirklich kommen.

„Ich weiß nicht, wie ich anfangen soll", sagte Herr Theodorakes mit matter Stimme, er hatte Mühe, die richtigen Worte zu finden. Er schwieg einen Moment: „Andre, fang ich bei dir an. Herr Stahnke, euer Musiklehrer, hat dir in Musik nur drei Punkte gegeben, weil du die Semesterarbeit nicht abgegeben hast. Somit hast du den fünften Kurs unter fünf Punkten abgelegt."

„Selbstverständlich habe ich die Semesterarbeit abgegeben", antwortete Andre. „Wie kommt er darauf? Aber das ist doch wohl nicht so wichtig?"

„Doch, das ist wichtig. Denn das bedeutet, dass du die Zulassung zum Abi nicht bekommst."

„Das gibt es doch nicht? Das kann doch nicht sein?", schrie Andre und sprang von seinem Stuhl auf, um sich Luft zu verschaffen. „Ich hab die Semesterarbeit abgegeben. Micha, du warst doch dabei. Du hast das doch gesehen."

Michael nickte zustimmend mit dem Kopf.

„Wegen Musik fall ich jetzt durchs Abi? Wegen Musik. Dieses Arschloch." Er setzte sich wieder und raufte sich die Haare.

„Nein, du fällst nicht durch, du wirst erst gar nicht zugelassen."

„Verdammt noch mal, dass ist doch dasselbe. Die spinnen doch wohl. Warum musste ich denn heute Morgen noch die erste Klausur schreiben. Das ist doch Verarschung hier." Er stand wieder von seinem Stuhl auf und schlug mit der flachen Hand gegen das Bücherregal, das neben ihm stand. Tausend Sachen gingen ihm in diesem Moment durch den Kopf. Enttäuschung und Wut kamen in ihm hoch. Am liebsten wäre er direkt zum Direktor gelaufen, um ihm ohne lange Umschweife seine Meinung zu sagen. Ihn zur Rede stellen. Jetzt war ja eh alles vorbei. Aber ein ebenso so großes Problem war jetzt – wie er es seinen Eltern erklären könnte.

„Ich verstehe dich ja", sagte Herr Theodorakes mitfühlend.

„Warum hat denn unser verehrter Musiklehrer nichts gesagt. Er hätte doch sagen können, dass ihm meine Semesterarbeit fehlt. Ich konnte doch nicht wissen, dass er die verschlammt hat. Der trägt auch seit Monaten eine Schülerin ins Klassenbuch ein, obwohl sie gar nicht mehr auf dem Internat ist. Darf man denn mal fragen, was die für eine Note bekommen hat?"

„Andre, das habe ich auch gesagt. Leider wollte die Konferenz davon nichts wissen."

„Sagen wir doch lieber gleich, dass der Alte davon nichts wissen wollte."

Herr Theodorakes nickte zustimmend und schaute dabei Michael an, der mit seinem Freund mitfühlte.

„Und was gibt es bei mir. Habe ich auch die Musiksemesterarbeit nicht abgegeben", wollte Michael wissen. Der genauso wie Andre spürte, dass der Direktor sein böses Spiel weiterspielte und seine Ankündigungen nun in die Tat umgesetzt hatte.

„Doch, aber bei dir fehlt noch ein 1000-m-Lauf."

„Wie bitte?"

„Ich habe angeführt, dass wir dies bei einem Waldlauf gemacht haben.

„Ja, das stimmt doch auch."

„Das wird aber nicht anerkannt, weil das ja nicht genau 1000 Meter sein können."

„Dann muss ich den eben noch machen. Wenn auch mit Gipsbein. Ich habe durch Sport so viele Punkte, dass ich ruhig eine halbe Stunde brauchen kann mit den Krücken."

„Das hat man leider abgelehnt."

Michael war ungehalten: „Mit welcher Begründung?"

„Man kann nur Sport als viertes Prüfungsfach machen, wenn man auch laufen kann. Mit einem Gipsbein sei dir das nicht zuzumuten. Die Verantwortung dafür kann niemand übernehmen."

„Aber ich habe doch alle Sportprüfungen schon vor meinem Unfall absolviert. Diese miesen Heuchler. “

„Ich weiß Michael.“

„Komm Michael, lass uns gehen. Ich ertrage das hier nicht mehr“, sagte Andre und legte eine Hand beruhigend auf seine Schulter.

„Was soll ich jetzt anstatt Sport nehmen? Da bleibt ja nur Religion. Aber da kann ich niemals so viele Punkte erreichen“, sagte Michael deprimiert, der jetzt genau wusste, dass auch für ihn das Abitur nun auf der Kippe stand.

„Komm Micha, siehst du nicht was hier gespielt wird?“

„Du hast recht.“

Er griff zu seinen Krücken, schob den Tisch zur Seite, um sich hinzustellen. Herr Theodorakes ließ den Kopf sinken und blieb frustriert sitzen.

„Vielen Dank, dass Sie sich so für mich eingesetzt haben“, sagte Michael, als er an ihm vorbeiging, um das Lehrerzimmer mit Andre zu verlassen.

„So ein Mist, heute ist erst Dienstag, ich halte das keine Stunde länger mehr hier aus“, sagte Michael, als sie durch das Foyer zur Treppe gingen.

„Ich auch nicht, du kannst dir gar nicht vorstellen wie mich das Ganze hier ankotzt. Ich sag nur kurz Louise Bescheid, dass wir abhauen. Wir sehen uns nachher an meinem Wagen“, sagte Andre, der sofort Gefallen an diesem Gedanken gefunden hatte.

„Aber das geht doch nicht, wir haben doch morgen Schule.“

„Ja und, wen interessiert das denn jetzt noch? Wir sind im Abischutz, der Alte schmeißt uns doch jetzt nicht mehr raus. Sein schäbiges Spiel nimmt doch jetzt erst so richtig Fahrt auf. Der König will doch seine Bauern nicht zu früh opfern“, gab Andre zu bedenken.

Michael musste ihm recht geben, was hatten sie jetzt noch zu verlieren, außer ihrer Selbstachtung. Ein bis zwei Tage aus Fürstenwald raus, das war jetzt nicht das Schlechteste.

„O.k., ich sag Diana Bescheid, die Mädels haben sicher Verständnis dafür, dass wir ohne sie abhauen.“

„Bist du sicher“, lächelte Andre, dessen Laune sich langsam wieder aufhellte.

„Nein, aber das ist mir jetzt egal. Sachen packen und nichts wie weg. Also bis gleich.“

Am liebsten wären sie sofort wieder umgedreht, aber da hatte Andres Vater die beiden schon durch die Glastür des Wohnzimmers gesehen.

„Hallo, was macht ihr den mitten in der Woche hier? Wie waren die ersten Abiarbeiten? Wie ist es gelaufen?“ wollte er wissen, als er ihnen entgegentrat.

Andre versuchte, den Blicken seines Vaters auszuweichen.

Er schaute Michael von der Seite an: „Vielleicht kannst du schon mal ohne mich nach oben in mein Zimmer gehen?“

„Ja, ist o.k.“, antwortete Michael der ahnte, was nun passieren wird. Andres Schäferhund kam mit wedelndem Schwanz um die Ecke gerannt und sprang freudig an ihm hoch, als er mit seinem Vater das Esszimmer betrat. Seine Mutter küsste er auf die Wange, als er sich zu ihr an den Tisch setzte.

Schon nach ein paar Minuten stand er wieder im Eingangsbereich, in der Nähe der Treppe.

„Michael, kannst du mal kurz zu uns ins Esszimmer kommen?“, rief er hoch.

Michael hatte sich auf das braune Ledersofa gelegt und an die Decke geschaut, immer in Gedanken bei Andre, wie er wohl gerade versucht, seinen Eltern zu erklären, warum er durchs Abi gefallen ist. Wie würden sie es aufnehmen? Bei seinen Eltern war er sich ziemlich sicher.

Aber noch war nichts entschieden. Eine kleine Chance hatte er noch, auch wenn er selber daran nicht mehr glauben wollte.

„Ja, ich komme“, rief er zurück.

Michael ging um den Tisch herum, an dem sie saßen, um Frau Lesage zu begrüßen.

„Guten Tag Frau Lesage!“

„Hallo Michael, du hast ja auch immer noch so eine Kurzhaarfrisur.“

„Nimm doch bitte Platz“, bat ihn Herr Lesage und zeigte auf einen freien Stuhl.

„Andre hat uns gerade gebeichtet, dass er die Zulassung zum Abi nicht bekommen hat, weil er angeblich seine Semesterarbeit in Musik nicht abgegeben hat? Stimmt das?"

Andre's und Michael's Blicke trafen sich kurz über dem Tisch. „Das ist korrekt", antwortete er knapp.

„Hat er sie abgegeben, oder nicht?", fragte Herr Lesage verstimmt.

„Wir haben sie gemeinsam abgegeben", antwortete Michael ohne dabei Zweifel aufkommen zu lassen.

Herr Lesage wechselte die Farbe in seiner Stimme und schaute ihn skeptisch an.

„Andre erzählte ebenfalls etwas von einer Vergewaltigung, die der Direktor an einer Schülerin verübt haben soll. Und ein paar Tage später soll im Internat am helllichten Tag hinter eurer Sporthalle eine weitere Vergewaltigung passiert sein. Wer dafür verantwortlich ist, ist noch nicht bekannt. Und von einer Großrazzia. Gegenüber deiner Freundin soll der Direktor angekündigt haben, dass er dich durchs Abi fliegen lassen will."

„Das ist richtig", antwortete Michael wieder knapp und entschlossen, ohne seine Miene zu verziehen. Er kam sich vor wie in einem Verhör. In einem Verhör, in dem der Beschuldigte schon längst als Verbrecher ausgemacht ist.

„Michael, du sagst, das ist richtig. Ihr erwartet aber doch nicht, dass wir das glauben. Durchs Abi fliegen ist das eine, aber solche Geschichten auftischen was ganz anderes."

„Wir sagen die Wahrheit", sagte Andre mit lauter Stimme.

Frau Lesage, die sich bis dahin nur unbeteiligt alles angehört hatte, mischte sich nun ein: „Andre, überleg mal was du da sagst. Michael dein Abi ist auch gefährdet?"

„Ja, mein viertes Prüfungsfach Sport wird nicht anerkannt, weil ich nur einen Waldlauf gemacht habe und keinen 1000-m-Lauf. Ich wollte ihn sogar mit Krücken nachmachen, aber das hat man nicht zugelassen."

„Entschuldigt bitte, aber das ist mir alles zu abenteuerlich. Ich glaub euch kein Wort. Kein Wort", sagte Herr Lesage verärgert. Er verließ unter Protest den Raum und knallte die Tür hinter sich zu.

Andre schaute seine Mutter fragend an. Michael blickte aus dem Fenster, sein Blick trug Züge der Enttäuschung. Genau damit hatten sie gerechnet. Auf der Fahrt hatten sie alle Möglichkeiten durchgesprochen, auch ob sie überhaupt etwas von den Vorfällen in Fürstenwald erzählen sollten. Am Ende würde ihnen sowieso niemand glauben und genau das war nun eingetreten. Ohne ein Wort darüber zu verlieren, hatten sie nun Gewissheit und ihnen war klar, dass es ein Fehler war, die Wahrheit zu sagen. Eine Wahrheit, die die Vorstellungskraft strapazierte.

„Komm Micha", sagte Andre enttäuscht „Ich fahr dich nach Hause. Hier ist heute nur noch dicke Luft."

„Ja, ist in Ordnung. Du hast vielleicht recht."

Während der Fahrt beschlossen sie, den Abend zusammen zu verbringen und sich mal so richtig volllaufen zu lassen, um erst in der Frühe wieder zu Hause zu sein.

Michael saß völlig übermüdet am Frühstückstisch mit seiner Schwester, bei einer Tasse Kaffee, an der er vorsichtig nippte, als seine Mutter reinkam und ihren Sohn sah.

„Michael, wie siehst du denn aus? Und jetzt auch noch völlig unrasiert. Ich dachte du lässt deine Haare jetzt wieder wachsen?" Sie streichelte ihm über den Kopf und betrachtete ihn von allen Seiten.

„So unrasiert siehst du aus wie ein Strafgefangener."

„Wenn es nach unserem Direktor geht, sollte ich das schon längst sein", antwortete Michael mit beißendem Sarkasmus.

„Ich habe gestern Abend noch einen Anruf von Frau Lesage bekommen."

„Ja und."

„Stimmt das denn wirklich, was ihr Andres Eltern erzählt habt?"

„Jedes Wort."

„Soll ich noch einmal mit dem Direktor sprechen? Es muss aber unter uns bleiben. Wenn dein Vater das erfährt? Dann weißt du ja, was passiert."

„Hast du es ihm denn noch nicht erzählt, was passiert ist, als du in Fürstenwald warst?"

„Nein, du weißt doch, was dann wieder los ist."

„Ich kann es mir vorstellen. Aber wenn ich durchs Abi fliege, dann wird er das doch eh erfahren. Das wird sicherlich ein Freudentag für ihn."

„Du hättest ihn mal hören sollen, was er zu deiner neuen Freundin sagt", mischte sich seine Schwester jetzt ein.

„Sandra…lass das", versuchte seine Mutter einzugreifen.

„Wieso, soll er das nicht wissen?"

„Und!", sagte Michael neugierig.

Sie schaute ihren Bruder an: „Das ist ja auch das Einzige, was ihn im Leben retten kann. Eine reiche Frau – die ihn das ganze Leben durchfüttert."

„Na, wenigstens das traut er mir zu", lachte Michael bitter. „Das ist ja schon mal ein Fortschritt. So, ich fahr jetzt gleich los, um vorher aber noch bei Oma und Opa vorbeizuschauen. Und schlag dir das aus dem Kopf, Mama, noch einmal mit Direktor zu sprechen. Es bringt eh nichts. Er wird alles versuchen, mich durchs Abi fallen zu lassen. Das kannst du nun auch nicht mehr verhindern", sagte Michael resignierend.

„Wie willst du denn nach Fürstenwald kommen?", fragte sie ihren Sohn. „Deinen Wagen kannst du ja noch nicht nehmen mit dem Gipsbein."

„Das interessiert mich jetzt auch nicht mehr, mit dem Zug zu fahren habe ich keine Lust. Das wird schon nicht so schwer. Also, ich hau jetzt ab. Bis nächste Woche", verabschiedete er sich von seiner Mutter und seiner Schwester.

„Das geht doch nicht!", rief sie ihrem Sohn ängstlich hinterher.

Die letzte Prüfung lag wie Blei auf ihnen, die Aufregung, die Nervosität ließen niemanden kalt.

„Das ist heute meine letzte Chance und unsere letzte Abiklausur, zumindest in Englisch muss ich eine gute Note schreiben", sagte Linus mit sorgenvoller Miene zu seinem Tischnachbarn, der nervös mit seinem Bleistift spielte.

Tim stimmte ihm zu: „Da geht es dir nicht anders als uns. Bisher war alles sauschwer."

Michael nickte: „Wem sagst du das?“

Der Lehrer Herr Dr. Dr. Kerber schaute streng durch die Reihen, damit niemand abschrieb.

Tim selbst war beim Durchlesen der Fragen sehr schnell klar geworden, dass auch diese Klausur zu keinem Erfolg führen würde und so streckte er entspannt seine Beine aus, lehnte sich zurück und sah, wie seine Mitschüler grübelnd über ihren Klausuren saßen.

Schon nach einer Stunde gab er eine Haufen leerer Zettel ab, die er regungslos beim Rausgehen auf den Pult des Lehrers legte.

Er wartete mit Andre an diesem sonnigen Vormittag auf der Haupthaustreppe. Eine gelegentliche Windböe wirbelte etwas Sand in die Höhe, sie trug ihn ein paar Meter mit sich, um ihn dann wieder lautlos zu Boden fallen zu lassen. Sie hatten sich Zigaretten angezündet und ein Blick auf die Uhr verriet ihnen, dass in wenigen Minuten die Schulglocke die letzte Abiarbeit beenden würde.

Müde, wortkarg und leer setzten sich Linus, Sunny und Michael zu ihnen. Ihre Augen waren matt, ihnen war nicht nach Reden zumute. Sie wollten einfach nur dasitzen, stumpf und träge. In sich versunken.

Ab jetzt gab es nur noch Parties bis zu den mündlichen Prüfungen in ein paar Wochen. Entweder in der Scheune, auf dem Gang oder außerhalb. Bademeisterparties und Unmengen an Alkohol waren ihre ständigen Begleiter. Man kam und ging, wann immer man wollte. Vor der großen Pause sah man sie eigentlich gar nicht mehr im Unterricht sitzen. Wozu auch. Mindestens einmal in der Woche organisierten sie nächtliche Ausflüge nach Hamburg mit dem eigenen Auto. Jeder hatte natürlich einen Zweitschlüssel, um auch außerhalb der vorgegebenen Fahrzeiten seinen Wagen zu nutzen. Am Wochenende waren sie meist in Bremen bei Andre, um sich auch dort ins Nachtleben zu stürzen.

Sie wollten die vielleicht letzten Wochen gemeinsam genießen. Und bloß nicht an die Klausuren und ihre Ergebnisse denken.

Andre und Michael hatten auch in dieser Zeit mit Laura und Charlotte immer wieder versucht, den Aufenthaltsort von Claudia in Erfahrung zu bringen. Leider ohne Erfolg.

Und so langsam mussten sie sich mit dem Gedanken abfinden, dass sie hier kein Licht mehr ins Dunkel bringen werden. Und wer Manuela, die Tochter des Lehrerehepaars, so brutal vergewaltigt hatte, wie sich der Direktor so zutreffend ausdrücken konnte, das wurde auch nie aufgeklärt. In den darauffolgenden Tagen, nach der Tat, konnte sich niemand erinnern im Internat Polizei gesehen zu haben. Eine Befragung der männlichen Schüler, die eventuell als Täter infrage gekommen wären, wurde auch nicht vorgenommen. Kein einziges Wort, keine Bemerkung hörte man von den Lehrern oder noch einmal vom Direktor.

Michael saß alleine in seinem Zimmer auf dem Bett und schaute aus dem geöffneten Fenster. Er trug ein weißes Hemd und sein blaues Internatssakko darüber. Die beige Hose hatte er über den Gips gezogen. Die Morgensonne hatte sich durch die Wolken gekämpft und strahlte ihm nun freundlich ins Gesicht. Er wusste, dass er längst in der kleinen Aula sein musste, um seine mündliche Abiprüfung abzulegen. Er haderte mit sich, als es an der Tür klopfte.

„Herein."

Herr von Seesen stand im Türrahmen und schaute ihn vorwurfsvoll an: „Michael, die Prüfungskommission wartet auf Sie. Wo bleiben Sie denn?"

„Was soll ich noch in der mündlichen Abiprüfung? Das Ergebnis steht doch schon fest."

„Aber nur, wenn Sie nicht erscheinen."

„Herr von Seesen, Sie wissen doch Bescheid. Wollen Sie und Ihre Kollegen mich nun auch noch öffentlich zur Schlachtbank führen. Bereitet Ihnen das so viel Freude?"

„Micha, wir haben nicht die Absicht, das können sie mir glauben", als er das sagte, konnte er Michael nicht einmal mehr in die Augen sehen. Auch ihm war nicht entgangen, dass er in den letzten Monaten und Wochen immer wieder mit dem Direktor aneinandergeraten war. In Konferenzen war er mehr als nur einmal Gegenstand von lebhaften Diskussionen gewesen, die am Ende immer der Direktor bestimmt hatte. Aber er gehörte zu den wenigen Lehrern, die Michael so etwas wie Sympathie entgegenbrachten. Er hatte auch ein tiefes Verständnis dafür, dass nach all dem was passiert war, er davon ausging, dass man ihm einmal mehr Probleme bereiten werde.

„Gehen Sie ruhig vor“, sagte Michael, der noch immer mit sich kämpfte, aber es nun auch zu Ende bringen wollte. Egal was auch noch immer passieren möge.

Auf seinen Krücken betrat er die kleine Aula, um auf dem direkten Weg zu den Mitgliedern der Prüfungskommission, die alle nebeneinander an einem großen Tisch saßen, zu gehen. In der Aula waren unter anderem noch einige Lehrer und der Direktor, der nicht der Prüfungskommission angehörte.

Herr von Seesen schaute ihn erleichtert an, als er ihn durch die Tür kommen sah.

„Herr Petersen, wir möchten Sie heute als Erstes in Geschichte prüfen. Unser Thema sind die Revolutionen in Russland im zwanzigsten Jahrhundert.

„O.k.“, sagte Michael, der sich nicht setzte, sondern es vorzog stehen zu bleiben.

„Wie viele Revolutionen gab es in Russland im zwanzigsten Jahrhundert?“, war die erste Frage.

„Zwei.“

„Wann fanden diese statt?“

„Neunzehnhundertfünf und neunzehnhundertsiebzehn, die so genannte Februarrevolution.“

„Worauf geht der Name der Februarrevolution zurück?“

„Auf den Julianischen Kalender. Nach dem Gregorianischen Kalender, also nach unserer Zeitrechnung, fand sie demnach am achten März statt.“

„Das ist richtig. Was passierte am Petersburger Blutsonntag?“

„An diesem Tag gingen und demonstrierten hundertfünfzigtausend Arbeiter friedlich und unbewaffnet zum Winterpalast. Sie wurden von der russischen Armee grundlos und völlig überraschend niedergeschossen.“

„Das ist auch richtig. Welche der beiden Revolutionen beendete die Zarenherrschaft?“

„Die von neunzehnhundertsiebzehn."

„Was war der Grund für diese Revolution und in welcher Stadt hatte sie ihren Ursprung?"

„Der Grund war die Verschlechterung der Versorgungslage der Bevölkerung im harten Winter von neunzehnhundertsiebzehn und -achtzehn. Die Revolution begann am dreiundzwanzigsten Februar in Petrograd."

„Sehr gut Michael. Noch eine letzte Frage. Was sind nach Lenin ‚Dekabristen'?"

Michael musste etwas länger überlegen. Nervös schaute er an die Decke.

„Ich glaube, dass sind adlige Revolutionäre."

„Glauben Sie oder wissen Sie es?" fragte Herr von Seesen und nickte ihm wohlwollend zu, um ihn in seiner Meinung zu bestärken.

„Es sind adelige Revolutionäre."

Er schaute ihn einen Moment an, um dann rechts und links auf seine Lehrerkollegen zu blicken. Diese nickten zufrieden. Michael spürte so etwas wie Erleichterung.

„Das ist richtig. Ich habe keine weiteren Fragen mehr. Wie sieht es mit Ihnen aus, liebe Kollegen?", fragte er noch einmal nach. Einstimmig schüttelten sie wohlwollend den Kopf.

„Ich kann Sie dann…", Herr von Seesen unterbrach seinen Satz. Der Direktor hatte seinen Arm gehoben. „Herr Direktor?"

„Ich mache von meinem Vetorecht Gebrauch. Herr Petersen soll mir noch einige Fragen zum deutsche Grundgesetz beantworten."

„Das ist aber nicht das Thema unserer…"

Der Direktor fiel Herrn von Seesen erneut ins Wort.

„Wer in Deutschland Abitur machen will, der muss das Grundgesetz kennen."

Michael drehte sich langsam um und schaute nun den Direktor an, der ihn hasserfüllt ansah.

„Kennen Sie das Grundgesetz? Sie gehören doch zu denen, die sich jede Freiheit nehmen. Freiheit und Demokratie ist doch für sie ein hohes Gut. Dann wollen wir mal sehen, was Sie darüber wissen."

Michael zeigte keinerlei Reaktion. Aber sein Herz klopfte wie wild in seiner Brust. Verkrampft hielt er sich an seinen Krücken fest. Seine

Augen wurden schmal.

„Was steht im Artikel sieben, Absatz 1?" Michael überlegte: „Ich glaube, …"

„Sie sind hier nicht in der Kirche", unterbrach der Direktor ihn schroff. „Was steht im Artikel elf, Absatz 2?" Michael gab keine Antwort.

„Was steht im Artikel zwölf A, Absatz 1?" Michael gab wieder keine Antwort.

„Was steht im Artikel 20, Absatz 1?" Die Fragen wurden immer schneller gestellt. Michael wusste auch hier keine Antwort.

„Artikel 28, Absatz 2?" Der Direktor verfiel in einen Rausch der Überlegenheit.

Nun hatte er Michael dort, wo er ihn haben wollte. Endlich hatte er gesiegt, sein dreistes, fratzenhaftes Gesicht formte sich zu einem Siegerlächeln, dass jetzt alle sehen durften.

„Ich brauche wohl keine weiteren Fragen mehr zu stellen? Die Kommission weiß jetzt wie Sie zu benoten sind."

Michael ließ den Kopf sinken und sah sich noch einmal zur Kommission um. Aber alle Lehrer schauten nur verschämt weg oder durch ihn hindurch. Niemand mochte ihm in die Augen sehen. Auch Herr von Seesen traute sich nicht gegen den Direktor vorzugehen, die Note, die er nun erhalten würde, lag nicht mehr in den Händen der Kommission, sondern wurde vom Direktor bestimmt. Und wie diese nun ausfallen würde, war allen klar. Auch Michael, der noch eine Weile regungslos stehen blieb. Er hielt einen Moment inne. Fühlte sich gedemütigt, allein und hilflos. Wort- und grußlos ging er aus der kleinen Aula, ohne sich zu verabschieden. Zu tief saß der Schmerz, der ihm nun den Atem raubte.

„Na, wie ist es gelaufen?", wollte Andre wissen.

„Durchgefallen!", antwortete Michael resigniert, als Diana ihn in den Arm nahm.

„Aber du hast doch noch gar nicht dein Ergebnis bekommen", sagte sie, um ihm noch ein bisschen Mut zu machen.

„Das brauch ich nicht mehr, das Ergebnis steht schon fest. Das steht schon seit Monaten fest."

„Komm, wir setzen uns zu den anderen auf die Haupthaustreppe", sagte Andre enttäuscht.

Tim blinzelte die anderen an: „Ich weiß noch gar nicht, wie ich es meinen Eltern erklären soll, dass ich durchgefallen bin. Die werden total durchdrehen."

„Meine nicht, die habe ich vorgewarnt", sagte Linus gleichgültig.

„Linus, heißt das, du bist auch durchgefallen?", wollte Michael wissen.

„Na klar, der Alte hat Fragen gestellt zu einem Thema, das wir gar nicht behandelt haben und ab da konnte ich keine Antwort mehr geben. Zu wenig Punkte, durchgefallen", stellte Linus resigniert fest.

„Mach dir nichts draus, bei mir war es genauso."

„Ich werde auf jeden Fall noch ein Jahr länger hier bleiben. Meine Eltern wollen, dass ich das Abi wiederhole", sagte Andre kämpferisch.

„Hier! Bist du sicher. Deine Eltern haben aber wirklich gar nichts kapiert. Tut mir leid, Freunde. Ich bleibe auf gar keinen Fall, das wäre eh sinnlos." sagte Michael überzeugt. Du kannst ja hier noch länger deine Zeit mit Louise, Diana und den anderen verbringen und ich besuche euch regelmäßig von Hamburg aus. Aber noch ein Jahr? Nicht mit mir."

„Mit mir auch nicht", fügte Linus hinzu. „Wer garantiert uns denn, dass der Alte uns nicht nächstes Jahr wieder durchfallen lässt."

Zwölf Monate später ging der Direktor in den Ruhestand, mit allen erdenklichen Ehren und Lobpreisungen. Michael besuchte Diana, Andre und Louise so häufig wie möglich von Hamburg aus in Fürstenwald. Meist fuhr auch Linus mit, der eine Ausbildung zum Kaufmann begonnen hatte und abends noch in verschiedenen Restaurants arbeitete. Zum Glück bestanden alle das Abitur. Diana, die erst in dem darauffolgendem Jahr mit ihrem Abi dran gewesen wäre, wollte nicht ein Jahr alleine im Internat bleiben und verzichtete, um gemeinsam mit Michael für ein paar Monate nach Amerika auf das Anwesen der Eltern zu ziehen, das sie dort unterhielten.

Nach dieser Zeit suchten sie sich eine Wohnung in Hamburg. Michael wartete auf seinen Studienplatz und als ihm irgendwann das Jobben zu langweilig wurde, begann er genauso wie Andre eine Ausbildung zum Kaufmann, der dies allerdings bei einem angesehenen Kaufmannsunternehmen in seiner Heimatstadt absolvierte und weiter bei seinen Eltern wohnte. Louise half ihren Eltern im eigenen Unternehmen, um etwas später ein Touristikstudium in der Schweiz zu beginnen. Später studierte sie noch Agrarwissenschaften. Tim war sich noch unschlüssig und jobbte bei verschiedenen Unternehmen. Meistens traf man sich bei Linus in seiner Hamburger Wohnung.

Dann war alles genauso wie zu Internatszeiten, man alberte herum, lachte viel, fuhr gemeinsam in den Urlaub und hatte einfach Spaß daran, die darauffolgenden Jahre so oft wie möglich miteinander zu verbringen.

Ein Pflichttermin für alle war natürlich auch das jährliche Altfürstenwaldertreffen, das sie in diesem Jahr zum dritten Mal besuchten. Es war noch im vollen Gange und bereits nach Mitternacht, als immer noch Schüler und Lehrer um ein Lagerfeuer saßen und sich lebhaft, lautstark unterhielten.

Aus der alten Blockhütte, die nur wenige Hundert Meter vom Internat entfernt auf einer Anhöhe im Wald stand, schallte Musik und Gelächter. Sie warteten immer noch auf Ludwig, der sich ganz offensichtlich mal wieder verspätete. Justus hatte nur am Nachmittag ein paar Stunden Zeit gehabt und musste unbedingt aus beruflichen Gründen zurück nach Hamburg.

Michael, Linus, Tim, Sunny, Louise und Diana standen mit Getränken in der Hand, neben dem Ausgang. Andre erhob sich von seinem Platz, in der Nähe des Lagerfeuers und schwankte unter dem Einfluss von Alkohol und dem einen oder anderen Joint so stark, dass er das Gleichgewicht verlor und auf Michael zustolperte. Der konnte ihn noch gerade so auffangen.

„Hoppla, was ist denn mit dir los?“, fragte Michael überrascht.

„Ich glaube, ich habe das eine oder andere Bier zu viel getrunken“, stellte Andre amüsiert fest und drehte sich wieder um.

„Ich glaube, das war nicht nur Bier“, sagte Linus mit einem breiten Kiffergrinsen.

„Was meinst du Micha, wollen wir nicht langsam los?“, fragte Diana in seine Richtung.

„Ist in Ordnung, es ist auch schon verdammt spät.“ Sie verabschiedeten sich von den anderen und nach einer kurzen Suche tippte Michael Andre freundschaftlich auf die Schulter. Dieser drehte sich etwas unbeholfen um.

„Wir wollen los."

„O.k., dann sprechen wir uns morgen."

„Weißt du denn schon, wo du übernachtest? In deinem Zustand kannst du auf gar keinen Fall mehr Auto fahren."

„Mach dir keine Sorgen", lächelte er breit „ich habe schon ein Schlafplatz."

Michael war beruhigt, lächelte zurück und nahm seinen Freund zum Abschied in den Arm.

„Mach's gut Alter, wir telefonieren morgen."

Diana die hinter Michael stand nahm Andre ebenfalls in den Arm.

„Schönen Abend noch", wünschte sie, „und trink nicht mehr so viel, sonst hast du morgen einen dicken Kopf."

Sie gingen ein paar Schritte von der Blockhütte weg, als Michael sich noch einmal zu seinem Freund umdrehte, der den beiden nachgeschaut hatte. Ohne ein Wort zu sagen, nahm Andre grinsend seinen rechten Arm hoch und spreizte die Finger so, dass es wie ein Telefonhörer aussah, den er sich ans Ohr hielt. Michael seinerseits machte die gleiche unmissverständliche Geste und drehte sich dann wieder um, damit er Diana nicht in der Dunkelheit verlor.

Ein paar Stunden später, die Morgendämmerung setzte bereits ein, ging Andre alleine schwankend über den Parkplatz zu seinem Auto. Von Weitem konnte er noch die immer leiser werdende Musik aus der Blockhütte hören. Tau hatte sich auf die Felder gelegt. Es war nasskalt, die ersten Vögel begannen bereits ihre Morgensinfonie anzustimmen. Andre nahm dies alles nicht mehr wahr. Er schloss den schwarzen Golf GTI auf, den er sich von seiner Mutter geliehen hatte, und setzte sich hinter das Lenkrad, um sogleich den Motor zu starten. Er fuhr los, bemerkte aber erst nach ein paar Metern, dass er vergessen hatte, das Licht einzuschalten.

Während der Fahrt setzte eine Müdigkeit ein, die sich durch den Alkohol und die Drogen verstärkte und unbeherrschbar wurde. Die warme Heizungsluft, die ihm entgegenströmte, beschleunigte diesen Zustand nur noch.

Er hatte die allergrößte Mühe, die Straße zu erkennen. Der einsetzende Regen machte ihm zu schaffen und immer wieder wischte er sich mit der linken Hand hektisch über sein Gesicht. Er musste mit sich kämpfen, um den Golf gerade in der Spur zu halten.

Mit überhöhter Geschwindigkeit raste er die mit Eichen gesäumte Landstraße entlang. Der Regen prasselte mit aller Wucht gegen seine Scheibe und nahm ihm die Sicht. In einer lang gezogenen Kurve verlor er die Kontrolle über seinen Wagen und schlug frontal mit einem Baum zusammen, die zu Hunderten hier an der Strecke standen.

Der Wagen hatte sich mit unbändiger tödlicher Kraft um den Baum gewickelt. Glas splitterte. Der Wagen wurde total zerstört. Es gab kein entrinnen mehr. Keine letzte Chance.

Minuten später standen Feuerwehr, Polizei und ein Krankenwagen an der Unfallstelle. Ein Notarzt mit einem Erste-Hilfe-Koffer in der Hand, schaute mit gesenktem Kopf einen Polizisten an, der sich ihm näherte.

Das behutsame Schütteln seines Kopfes bedeutete, dass für Andre jede Hilfe zu spät kam und er den Unfall nicht überlebt hatte. Sein Leben war mit gerade einmal vierundzwanzig Jahren ausgelöscht auf einer einsamen Landstraße vor einer Eiche. Viel zu früh. Das Leben ist nicht fair. Warum er? Warum jetzt? Warum überhaupt?

Michael war an diesem düsteren verregneten Donnerstagmorgen schon sehr früh aufgestanden. Er hatte auf der Couch in Dianas Wohnung geschlafen, die nicht besonders bequem war, immer wieder war ihm in der Nacht die Decke zu Boden gefallen. So war er schon früher wach als gewöhnlich und hatte beim Bäcker um die Ecke ein paar Brötchen und eine Zeitung gekauft.

Nachdem sie noch gemeinsam gefrühstückt hatten, fuhr sie ihn zu seiner neuen Wohnung am Stadtrand von Hamburg, um von dort aus weiter zu ihren Eltern aufs Land zu fahren.

Seit ein paar Wochen waren sie nicht mehr zusammen. Sie hatten sich nach so vielen Jahren einfach auseinandergelebt, verbrachten aber immer noch sehr viel Zeit miteinander und trafen sich regelmäßig mit ihren Internatsfreunden.

Michael saß allein auf seinem Sofa, mit der Zeitung neben sich und dem Telefon. Bei einem Blick aus dem Fenster machte er sich wenig Gedanken, noch irgendetwas zu unternehmen. Außerdem war er viel zu müde nach dem gestrigen Abend und so beschloss er die Wohnung an diesem Tag nicht mehr zu verlassen.

Er griff zu seinem Telefon, wählte Andres Nummer und ließ es ziemlich lange klingeln, aber niemand nahm ab.

Ein wenig später stand er in der Küche und machte sich etwas zu Essen, da versuchte er noch einmal, Andre telefonisch zu erreichen. Leider auch wieder ohne Erfolg. So ging es den ganzen Tag. Ein letztes Mal griff er zum Telefon, als er bereits in seinem Bett lag. Auch dieser Versuch blieb erfolglos.

Besorgt legte er langsam das Telefon auf und wunderte sich, dass er ihn den ganzen Tag nicht erreichen konnte. Es war nicht Andres Art, dachte er bei sich, etwas zuzusagen, um es dann nicht einzuhalten. Das beunruhigte ihn und sogleich machte er sich noch mehr Sorgen, als er das Licht ausmachte, seinen Kopf auf das Kissen legte und an die Decke starrte.

Am darauffolgenden Morgen war sein erster Gedanke, es noch einmal zu probieren, aber wieder ohne Erfolg.

Er wollte es von seinem Büro aus versuchen, denn dort hatte er sich auch die Telefonnummer notiert, um ihn bei seiner Arbeit zu erreichen.

Herr und Frau Lesage waren an diesem Freitag von einer kleinen Reise zurückgekehrt und hatten sich bereits Sorgen gemacht, weil ihr Sohn nicht in seinem Zimmer übernachtet hatte und sein Schäferhund nicht versorgt worden war.

Er hatte auch keine Nachricht hinterlassen, um mitzuteilen wo man ihn antreffen könnte. Im Laufe des Tages wurde Frau Lesage immer unruhiger, zumal sie erfahren hatte, dass ihr Sohn unentschuldigt bei der Arbeit fehlte.

Am späten Nachmittag saß sie neben ihrem Mann auf dem Sofa im Wohnzimmer, als ihre Haushälterin einen Polizeibeamten hereinließ.

Die Augen von Frau Lesage waren weit aufgerissen. Mit versteinerter Miene hörte sie den Ausführungen des Beamten zu, der sich nicht hingesetzt hatte, sondern nur seinen Hut in den Händen hielt. Bis sie plötzlich ihre Hände vors Gesicht schlug und in die Arme ihres Mannes fiel. Sie schluchzte und ihr ganzer Körper zitterte. Herr Lesage legte seinen Arm behutsam um sie und klammerte sich mit der anderen Hand an der Armlehne des Ledersofas fest.

Die Nachricht vom Tod Andres war nicht zu begreifen. Entsetzen und Fassungslosigkeit standen auch im Gesicht von Herrn Lesage, der mit seinen Tränen kämpfte. Sie starrten ins Nichts. In einen schwarzen Korridor, der am Ende kein Licht hatte. Wie gelähmt saßen sie viele Stunden dort und sprachen kein Wort. Sie waren der Welt entrückt, versuchten zu verstehen, was nicht zu verstehen ist. Nur sehr langsam, sehr zögerlich und mit belegter zittriger Stimme versuchte Frau Lesage mit ihrem Mann zu sprechen. Aber dieser hörte sie nicht. Immer wieder ging er zum Schrank und holte sich ein weiteres Glas Wodka und kippte es in sich hinein. Unzählige Male, um den Schmerz zu betäuben, der ihm die Luft zum Atmen nahm.

Michael war bereits bei der Arbeit, als das Telefon auf seinem Schreibtisch klingelte. Es war seine Mutter, die ihm unter Tränen und völlig aufgelöst erklärte, dass Andre durch einen Verkehrsunfall in der Nacht vom Schultreffen in Fürstenwald ums Leben gekommen ist. Minutenlang saß er in Schockstarre da, ohne zu verstehen was passiert war.

Andre ist tot – nein, das stimmt nicht. Nein, das kann gar nicht sein. Ausgeschlossen, ausgeschlossen, das muss sich um eine Verwechslung handeln. Andre kann an dem Abend in Fürstenwald gar nicht losgefahren sein. Er konnte doch kaum noch stehen, geschweige denn sich in irgendeinen Wagen setzen und noch Auto fahren. In seinem Zustand kann er nicht einmal vom Parkplatz gekommen sein, ohne dabei irgendwo gegenzufahren. Michael, wollte es einfach nicht glauben, dass sein bester Freund nicht mehr am Leben sein soll. Das kann einfach nicht sein. Das kann einfach nicht sein, sprach er immer wieder leise monoton vor sich hin, während Tränen über sein Gesicht liefen.

Er stand auf, nahm sich seinen Autoschlüssel und verließ das Büro ohne jemandem Bescheid zu sagen.

Wie unter Schock stand er kurze Zeit später in der Mitte des kleinen italienischen Restaurants, in dem Linus nach seiner Ausbildung arbeitete. Er sagte kein Wort, stand einfach nur da, schaute ihn mit Tränen in den Augen nur an – völlig unbeweglich. Nach Worten suchend, die nicht mehr zu finden waren.

Linus bediente gerade, scherzte mit den Gästen, die Michael vor ihm sahen und auf einmal wurde es ganz still. Linus bemerkte dies, wunderte sich und schaute in die Richtung seiner Gäste und sah wie sein Freund mit Tränen im Gesicht, zitternd dastand und kein Wort herausbekam.

Er ging ein paar Schritte auf Michael zu und nahm ihn behutsam in den Arm. Flüsternd erklärte Michael ihm, was sich Fürchterliches ereignet hatte und dass er auf dem Weg nach Fürstenwald sei. Linus drehte sich von ihm weg und rannte mit den Händen vor dem Gesicht in die Küche.

Mit überhöhter Geschwindigkeit raste er, von Linus, der in einem kleinen Zimmer neben der Küche in Tränen aufgelöst saß und nicht weiterarbeiten konnte, durch die vielen kleinen Orte auf dem Weg ins Internat.

Während der Fahrt überzog sich sein Gesicht immer wieder mit Tränen. Er konnte sich nur unzureichend auf den Verkehr konzentrieren. All seine Gedanken drehten sich nur um das „Warum?“. Lass das nicht wahr sein! Warum Andre? Weshalb ist er noch in der Nacht gefahren, obwohl er ihm doch versprochen hatte, den Wagen stehen zu lassen.

Louise saß regungslos auf der Treppe an diesem traurigen Sommertag. Ihr Blick war leer, sie hatte auch erst vor wenigen Stunden von Andres Tod erfahren und sich sofort in ihr Auto gesetzt, um nach Fürstenwald zu fahren.

Nun sah er sie dort sitzen, kraftlos in sich versunken, auf ein paar kalten Steintreppen vor dem Haupthaus. Ohne ein Wort zu verlieren, setzte er sich neben sie. Louise, noch ganz in Gedanken, bemerkte ihn erst jetzt, schaute ihn an und ließ sich seitwärts in seine Arme fallen. Sie brach in Tränen aus. Lange, sehr lange saßen sie dort, ohne ein Wort zu sagen. Dort wo sie so viele Male gemeinsam saßen, scherzten, sich verabredeten, unterhielten.

Alle Internatsfreunde saßen nebeneinander in der Kirche auf der kargen engen Holzbank und schauten, der Welt entrückt und mit tiefem grenzenlosem Schmerz, auf den aufgebahrten Sarg.

„Menschen treten in unser Leben und begleiten uns eine Weile", sagte der Pastor mit ruhiger einfühlsamer Stimme. „Einige bleiben für immer, denn sie hinterlassen ihre Spuren in unserem Herzen. Andre hat Spuren hinterlassen. Eltern, die ihn geliebt haben, und Freunde, auf die erzählen konnte." Louise und Michael stützten sich gegenseitig, als sie vor Andres Sarg standen, um von ihm ein letztes Mal Abschied zu nehmen. Sie verloren jedes Gefühl für Zeit. Nur grenzenlose Einsamkeit, ein hoffnungsloses Ausgeliefertsein. Nackt ohne Schutz, allein mit diesem grausamen Gefühl der unendlichen Machtlosigkeit, die sich in einen hineinfrisst, von innen, immer tiefer wie ein todbringendes Krebsgeschwür. Woran konnten sie sich jetzt noch festhalten? Was bietet jetzt noch Halt, wo alles zerbricht und nichts mehr so sein wird wie zuvor.

Michaels vergrub immer wieder das Gesicht in seinen Händen, er hatte das Gefühl, keine Luft mehr zu bekommen und verschloss seine Augen.

Als er seine Augen wieder öffnete, lag er in seinem Internatsbett. Er hatte von Andres Beerdigung geträumt. Alles war ihm in dieser Nacht in diesem langen intensiven Traum wieder begegnet, seine Internatszeit – die Jahre danach. Einfach alles und das so intensiv, dass er es noch jetzt körperlich spüren konnte.

Leicht verschwitzt, schaute er mit zusammengekniffenen Augen auf seine Uhr. Sein Herz schlug ungewöhnlich schnell und noch immer lag der Geruch von kaltem Rauch und Alkohol im Raum. Die morgendlichen Sonnenstrahlen fluteten das ganze Zimmer. Er erschrak, so spät war es schon. Er schmiss die Bettdecke zur Seite, die langsam auf den Boden rutschte, um aufzustehen, dabei spürte er einen stechenden Kopfschmerz und Übelkeit. Während er sich anzog, fing sein Handy an zu klingeln, aber bevor er es in seiner Tasche gefunden hatte, verstummte es schon wieder. Ein Blick auf das Display verriet ihm, wer angerufen hatte. Er lächelte kurz und fuhr fort sich anzuziehen.

Mit einer Aktenmappe unter dem Arm spazierte er mit Louise über das Internatsgelände.

„Wir sollten heute auch noch einmal über unseren neuen Internetauftritt sprechen. Michael, …Michael? Hörst du mir überhaupt zu?" fragte Louise.

„Ja, doch."

„Eine unruhige Nacht gehabt? War wohl gestern ein bisschen spät?", sagte sie schmunzelnd.

Michael reagierte nicht auf diese kleine spitze Bemerkung, er fühlte sich unwohl, ohne geduscht zu haben und ohne Frühstück gleich einer Besprechung beizuwohnen. Und mit den Gedanken war er eh noch in seinem Traum, der ihn so schnell nicht losließ. Nie zuvor hatte er einen Traum so intensiv erlebt, der ihn jetzt bei jedem Schritt begleitete, ihn festhielt, mit sich riss, wie eine übergroße Welle. Ihn zurücktrieb in ein Meer von Erinnerungen, in dem er zu ertrinken drohte.

„Wir brauchen aber auch noch ein paar Referenten für unseren Informationstag", sagte sie, als sie ihn aus ihren blauen wachen Augen ansah und bemerkte, dass er ihr immer noch nicht zuhörte.

„Michael, …Michael. Wo bist du?"Er versuchte es erst gar nicht ihr zu erklären, was in ihm vorging, er verstand es ja selber kaum.

Sie betraten das kleine Gebäude am Rande des Waldes, nur wenige Gehminuten vom Haupthaus entfernt, in dem die Konferenz stattfinden sollte. Alle Konferenzteilnehmer hatten bereits Platz genommen, mit aufgeschlagenen Mappen und einer Tasse Kaffee vor ihnen. Es waren dieselben Personen, mit denen sie am Abend zuvor gemeinsam im Essenssaal gegessen hatten.

Der Vorsitzende, der am Tischende saß, eröffnete die Runde.

„Ich möchte alle herzlich begrüßen. Wir haben heute einige Themenschwerpunkte. Das Wichtigste und damit möchte ich beginnen, sind die Feierlichkeiten zur Namensänderung des neu errichteten Gebäudes hier in Fürstenwald, auf das wir alle sehr stolz sind. Es soll ja, wie ihr alle wisst, nach dem ehemaligen Internatsleiter Herrn Knapp-König benannt werden. Zu diesem Anlass wird auch seine Witwe erwartet."

„Teilen wir uns die Arbeit mit der Schulleitung?", wollte ein Vorstandsmitglied wissen.

„Ja, selbstverständlich. Der Direktor wird später auch noch an unserer Runde hier teilnehmen.“ Ein weiteres Vorstandsmitglied: „Mit wie vielen Gästen müssen wir ungefähr rechnen?“

„Ich denke zwischen zweihundert bis zweihundertfünfzig werden es wohl werden. Eine große Anzahl ehemaliger Schüler, die ihn noch persönlich während ihrer Zeit hier erlebt haben.“

„Wie sieht es mit dem musikalischen Rahmenprogramm aus?“, fragte Louise interessiert.

„Dazu wird uns nachher bestimmt der Internatsleiter etwas sagen können. Ich glaube man hat ein Musical einstudiert.“

„Gibt es denn auch ein gemeinsames Essen?“

„Ja, das findet aber im Haupthaus statt.“

„Hältst du auch eine Rede?“, fragte Michael.

„Nein,“ sagte der erste Vorsitzende lächelnd und schaute dabei seinen Stellvertreter an, „diesmal bist du dran.“

„Ich kann mich gar nicht erinnern, dass wir da etwas vereinbart haben. Zu Ehren von Herrn Dr. Fritsch hätte ich mich geweigert eine Rede zu halten. Bei diesem alten Nazi“, antwortete der zweite Vorsitzende.

Michael schaute ihn irritiert an und glaubte sich verhört zu haben: „Wieso sagst du Nazi?“

„Warum fragst du? Das weiß doch jeder, dass Herr Dr. Fritsch bei der Napola war. Bei der Eliteeinheit für den Führer Adolf Hitler im deutschen Reich.“

„Sag das bitte noch einmal, ich glaube ich hab mich verhört“, sagte Michael erschrocken. Seine gerade noch müden Augen weiteten sich.

Das war doch allgemein bekannt, dass Dr. Fritsch aus einer Nationalpolitischen Erziehungsanstalt kommt. Einer NS-Eliteschule.“

„Ein guter Internatsfreund von mir war selber dabei, als er an einem Sommerabend mit Dr. Fritsch auf der Haupthaustreppe stand und dieser sagte: Wenn wir den Krieg nicht verloren hätten, wäre ich heute sicherlich Gauleiter von Polen.“

„Ihr macht doch gerade einen blöden Scherz, oder?“, fragte Michael noch einmal empört nach.

„Nein, darum sind ja viele immer wieder erzürnt darüber, wie man es zulassen konnte, dass ein Nazi so viele Jahre lang dieses Internat geleitet hat und die Besitzerin Vorträge über den deutschen Widerstand hält. Ihr Bruder war ja Mitglied in einem der bekanntesten Widerstandsgruppen gegen die Nazis", sagte der erste Vorsitzende.

„Das kann ich nicht glauben. Und dieser Frau sollen wir jetzt diesen Empfang bereiten und sie auch noch hochleben lassen. Es tut mir leid, aber ich muss hier raus", beschwerte sich Michael, der dies erst einmal verdauen musste. Alles in ihm krampfte sich zusammen.

Er stand auf und verließ unter Protest den Konferenzraum. Louise ging ihm schnell nach.

Michael lief erregt auf dem kleinen Waldweg auf und ab. Louise stand mit verschrenkten Armen vor ihm und überlegte, wie sie ihn ansprechen sollte. Zu genau wusste sie jetzt, was in ihm vorging, was ihn bewegte. Was hatte er für Auseinandersetzungen mit dem Direktor gehabt. Dennoch tat sie so, als wüsste sie nicht was ihn so beschäftigte.

„Was ist denn mit dir los?"

„Was mit mir los ist, fragst du?"

„Hast du das nicht gewusst?", fragte sie entschuldigend.

„Nein, ich habe das nicht gewusst, dass Fritsch ein Nazi war. Dieser perverse widerliche menschenverachtende Despot. Der keine Rücksicht genommen hat. Der kleine Mädchen befummelt hat und Schlimmeres tat. Dem hat man so viele junge Menschen anvertraut? Die Inhaber des Internats haben das doch gewusst? Was sind das nur für Heuchler? Haben die Lehrer das auch gewusst?… Ja sicher, die auch… Warum hast du nie etwas gesagt?"

„Ich wusste nicht, dass das jetzt noch wichtig für dich ist. Mein Vater war auch in der Napola, aber er war kein Nazi."

„Ach ja, gibt es denn sonst noch etwas, was ich wissen müsste?"

Louise überlegte kurz: „Darum ist Tim damals auch nicht vom Internat geflogen. … Du weißt schon, damals bei der Razzia. Mein Vater und Dr. Fritsch hatten ein mehrstündiges Gespräch geführt in seinem Büro. Und, na ja wie soll ich sagen. Wer einmal bei der Napola war, ….alte Verbundenheit und so."

„Das glaube ich aber nicht? Das meinst du nicht im Ernst?"

Louise schaute ihn nun mit einem schlechten Gewissen an: „Aber Micha, dass ist doch alles Vergangenheit."

„Vergangenheit ist, wenn es vergangen ist und nicht mehr wehtut. Vergangen ist es, aber weh tut es noch immer. Das gilt sicher nicht nur für mich. Denk doch nur mal an Andres Eltern. Es wird ihnen nicht der Tod ihres Sohnes immer wieder begegnen, auch die quälende Ungewissheit, warum er in der Nacht des Altfürstenwälder Treffens noch mit seinem Auto gefahren ist. Auch das mag alles Vergangenheit sein. Aber es ist ein Teil unserer gemeinsamen Biografie, die man nicht wie einen alten Mantel entsorgen kann, wenn er einem zu fleckig geworden ist oder nicht mehr wärmt.

„Ich verstehe dich ja."

„Ich kann nicht vergessen, was alles passiert ist. Diese Veranstaltung und die Lobpreisung. Ich kann da nicht mitmachen. Ausgeschlossen", sagte Michael entschlossen.

„Wo willst du hin?"

„Ich geh auf mein Zimmer und packe."

„Warte … Ich komm mit."

Louise saß auf seinem Bett und schaute Michael dabei zu, wie er einige Kleidungsstücke in seine Tasche packte.

„Michael?", sagte sie leise, mit einem Klang der Überwindung, des vorsichtigen Tastens.

„Ja."

„Du hast mich doch gestern Abend was gefragt?"

„Was meinst du?"

„Ob ich dir erklären könnte, warum sich Andre damals ins Auto gesetzt hat, nach dem Altfürstenwäldertreffen, um noch nach Hause zu fahren, obwohl er schon so viel getrunken hatte."

„Ja, aber darüber haben wir doch schon tausendmal gesprochen."

„Ja, ich weiß."

Michael unterbrach das Packen und drehte sich zu Louise um. Mit großen Augen, schaute er sie fragend, ja ängstlich an.

„Was willst du mir sagen?"

„Setz dich bitte", sagte sie, als sie auf den kleinen Sessel zeigte.

„Wieso?"

Louises Stimme wurde ernster, fordernder. „Setz dich bitte."

„Was soll das?"

„Verdammt noch mal. Mach es mir doch nicht so schwer."

Michael setzte sich langsam, ohne dabei Louise aus den Augen zu verlieren.

„Es ist etwas vorgefallen an diesem Abend. Ein paar Tage vor der Feier hatten Andre und ich ein langes Gespräch miteinander. Auch bei uns hatte die Zeit die Dinge verändert. Wir haben uns auseinandergelebt, vielleicht so wie bei Diana und dir", sagte Louise langsam mit nachdenklicher Stimme. Sie saß auf der Bettkante und spielte nervös mit den Fingernägeln.

„Wir haben dann, nach vielem Hin und Her miteinander Schluß gemacht. Es war ein sehr schwieriges Gespräch, bei dem wir herausgefunden hatten, dass wir beide unser Vertrauen zueinander kaputtgemacht hatten. Aber irgendwie wollte keiner der Schuldige sein – und so gab es nur eine Lösung! Wir waren schon zu weit auseinander."

Sie schwieg. Michael schaute etwas verwirrt auf den Fußboden, dann aus dem Fenster. Er fragte sich, warum Andre ihm nichts davon erzählt hat.

„Wieso?", fragte er leise berührt.

„Weil wir uns auseinandergelebt haben und wegen Tilo."

„Hast du wegen Tilo Schluß gemacht?"

„Nein und ja, vielleicht beides, ach, ich weiß es auch nicht, die Dinge hängen ja eh alle miteinander zusammen", sagte Louise verunsichert.

„Wegen Tilo, ihr seid doch erst viel später, ja Monate nach Andres Tod zusammengekommen."

„Nein, ich weiß, dass du das so siehst. Ich wollte damals nicht, dass du das so schnell erfährst."

„Was erfahren? Was meinst du? Warum nicht?"

„Tilo kam damals auch zu dem Fest. Da ist Andre erst richtig bewusst geworden, dass ich nun mit Tilo zusammen war. Er stand damals beim Altfürstenwäldertreffen mit ein paar ehemaligen Schülern, die sich unterhielten, zusammen. Er schaute dabei einem über die Schulter und konnte sehen, wie Tilo mich umarmte und ich die Umarmung gerne erwiderte.

Ich konnte es in Andres Augen sehen, dass es ihn zerriss. Er wirkte daraufhin sichtlich enttäuscht. Im Laufe des Abends hat Tilo mich mehrmals in die Arme genommen und geküsst. Einmal, da bin ich mir ganz sicher, hat er mich wie versteinert angesehen und in seinen Augen konnte ich lesen, dass er es nicht weiter aushält und nur noch weg wollte. Ich hatte ein so furchtbar schlechtes Gewissen und konnte ihm den ganzen Abend nicht mehr ins Gesicht sehen. Es war so schrecklich und ich hatte ein so schlechtes Gewissen ihm gegenüber, obwohl ich wusste, dass er es ja auch getan hat. Aber dennoch, diese Enttäuschung stand ihm ins Gesicht geschrieben."

„Er hat nichts gesagt. Kein Wort. An diesem Abend haben wir uns mehrmals unterhalten, bestimmt hätte er was gesagt. Und du denkst jetzt, deshalb hat er sich noch ins Auto gesetzt in dieser Nacht?", fragte Michael erschüttert.

Louise nickte. Es liefen ihr ein paar kleine Tränen über das Gesicht. Es war einen Moment still, und sie versuchte ihre innere Ruhe wiederzufinden. Michael stand auf, um im Zimmer hin und her zu gehen. Nach einer Weile setzte er sich wieder in den kleinen Sessel und schaut Louise nur stumm an.

„An dem Abend vor Silvester", sagte Louise unter Tränen, „als wir beide auf Madeira waren. Du weißt schon Silvester achtundachtzig, neunundachtzig. Da bin ich abends alleine zum Strand mit einer Flasche Whisky und einer Packung Schlaftabletten, die ich meiner Mutter kurz zuvor geklaut hatte. Ich hab es einfach nicht mehr ausgehalten… Ich konnte es aber nicht. Ich konnte es nicht. Es tut mir leid, Michael, vielleicht wäre damals alles ganz anders gekommen."

Er setzte sich neben sie aufs Bett, um sie behutsam in den Arm zu nehmen.

„Warum hast du mir das nicht schon viel früher erzählt?"

„Ich hatte Angst. Ich wusste nicht wie du darauf reagierst. Ich wollte dich nicht auch noch verlieren, weil du mir vielleicht die Schuld für alles gibst. Du warst sein bester Freund. Ich hatte ein solch schlechtes Gewissen. Ich wusste auch nicht, wie ich es Andres Eltern erklären sollte. Ich weiß nicht, was ich sagen soll. Ich weiß nicht."

Louise schaut ihn ängstlich und zugleich erwartungsvoll an. Sie versuchte in seinem Gesicht zu lesen, was er gerade dachte.

„Ich hätte es nicht sagen sollen. Es war ein Fehler."

„Nein es ist schon gut. Es ist gut, dass ich es jetzt weiß. Die ganzen Jahre immer diese quälende Ungewissheit, die Vorwürfe, die ich mir gemacht habe. Warum bin ich nicht an diesem Abend in Fürstenwald geblieben, wie sonst auch immer."

„Mist, es war ein Fehler", sagte sie und schlug sich dabei mit der Faust aufs Knie.

„Nein, war es nicht. Ich mach dir keinen Vorwurf. Andre hat sich ins Auto gesetzt, ja aber ob das wirklich der Grund war, das werden wir nie erfahren."

Noch eine ganze Weile saßen die beiden in seinem alten Zimmer. Jeder für sich gefangen in den Gedanken an die Vergangenheit, die solch lange Schatten warf. Michael war sprachlos, was hatte sich nur alles in den letzten zwei Tagen hier in Fürstenwald ereignet. So viele Erinnerungen, die sich in ihm breitmachten. Auf einmal war alles wieder da, obwohl doch mehr als zweiundzwanzig Jahre dazwischenlagen.

Er erhob sich und reichte Louise die Hand, die sich mit angewinkelten Beinen, die von ihren Armen umschlungen waren, gegen die weiße Wand lehnte. Mit einem Taschentuch in der Hand, trocknete sie sich immer wieder ihre Tränen, die auf ihre blaue Bluse tropften.

„Komm wir gehen", sagte Michael, um sich aus der Umklammerung zu befreien.

Er warf seine Reisetasche schwungvoll in den Kofferraum seines silbernen SL und schlug die Kofferraumklappe zu.

Louise stand in der gleißenden Sonne schräg vor dem Auto, mit ihrer Tochter im Arm. Sie schaute ihn traurig an und wusste noch immer nicht, wie sie jetzt auf Michael reagieren sollte. Er war auf einmal so still und in sich gekehrt, wie sie ihn nur sehr selten erlebt hatte. Es machte ihr Angst, nicht zu wissen, was er nun dachte. Ob er ihr nicht doch die Schuld an allem geben würde. Sie war unsicher: „Schade, dass du schon los willst. Ich dachte, wir könnten nachher gemeinsam hier in der Nähe noch etwas essen gehen. Du erinnerst dich doch sicherlich an das Steakrestaurant unweit von hier. ..... So zum Abschluss."

„Das ist nett von dir gedacht, aber ich habe heute noch etwas zu tun. Etwas Wichtiges. Etwas was mir sehr viel bedeutet. Nach Essen ist mir nicht zumute. Ich muss das erst einmal verdauen. Ich kann kaum noch einen klaren Gedanken fassen."

„Ja, gut aber denk an mich, wenn du bei Andre am Grab stehst."

Michael schaute Louise überrascht an.

„Woher weißt du?"

„Ich kenn dich doch, … manchmal sogar besser als du glaubst."

„Dann verstehst du mich sicherlich auch."

„Ja, ich verstehe dich, sag ihm alles Gute von mir."

„Ich danke dir. Gut, dass du mir alles erzählt hast, mach dir keine Vorwürfe mehr. Du bist nicht schuld daran, dass Andre in der Nacht noch gefahren ist. Du bist nicht schuld an dem Unfall, aber es ist gut, dass wir darüber gesprochen haben", sagte Michael erleichtert und nahm Louise in den Arm, um sie fest an sich zu drücken.

„Na los", sagte Louise. „Fahr schon, sonst kommen mir schon wieder die Tränen."

Zum Abschluss küsste er sie noch einmal auf die Wange, um sich dann hinter das Lenkrad seines Wagens zu setzen.

Er startete den Motor und schaute dabei die ganze Zeit Louise mit ihrem Kind an. Aufmunternd nickte er ihr zu und fuhr langsam vom Internatsgelände. Im Rückspiegel konnte er sie noch sehen, wie sie ihm durch den aufwirbelnden Staub nachwinkten.

Nach etwas über einer Stunde Fahrt, parkte er seinen Wagen auf dem Parkplatz vor der großen Kirche mit dem Friedhof, auf dem Andre vor so vielen Jahren beerdigt worden ist.

Er ging an der Kirche vorbei, sein Blick schweifte über die Gräber und auf einmal waren die Bilder der Erinnerung wieder da. Der Tag der Beerdigung, ein für ihn so einschneidendes Erlebnis, das ihn bis heute geprägt hat. Dieser unauslöschliche Moment vor dem Sarg des besten Freundes zu stehen und die Endgültigkeit zu verstehen.

Keine gemeinsamen Abende mehr, mit stundenlangen Gesprächen über die Zukunft, das Philosophieren, Diskutieren bei Bier und der einen oder anderen Zigarette.

Die endlos langen Wochen danach, wo er immer wieder in seinen Gedanken mit ihm sprach und dabei seine Stimme und sein Lachen hören konnte.

So nah, als wäre er noch da. Der schreckliche Verlust des besten Freundes und die Frage nach dem Warum? Welchen Sinn das Ganze macht. Auf der anderen Seite immer wieder die quälenden Gedanken, was wäre gewesen, wenn er an diesem Abend des Altfürstenwäldertreffens nicht mehr nach Hause gefahren, sondern mit Andre weitergefeiert hätte.

Wie wäre dann alles verlaufen, welchen Lebensweg hätte man eingeschlagen. Ohne den Unfall, da war sich Michael sicher, wäre vieles anders gekommen. Manchmal stellte er sich auch die Frage, ob sie dann immer noch so eng befreundet wären?

Dies war natürlich die leichteste von vielen unbeantworteten Fragen. Für ihn war sie zweifelsfrei immer nur mit Ja zu beantworten. Da war er sich ganz sicher, zumal er mit allen seinen Freunden aus Fürstenwald bis heute sehr eng befreundet ist.

Internatsfreundschaften sind einfach anders, dachte er bei sich. Man lebt mit einem, manchmal auch zwei Schülern auf einem Zimmer. Man steht morgens zusammen auf, geht zur Schule. Nachmittags Hausaufgaben. Danach Freizeitaktivitäten, Gruppenabende und die Scheune.

Die Wochenenden oder die Ferien hat man miteinander verbracht und dabei neue Städte, aber auch andere Länder kennengelernt. Eine solche Nähe, Vertrautheit über Jahre schafft eine Verbindung, die ein ganzes Leben hält.

Wann immer er nach seiner Internatszeit gefragt wurde, erzählte er davon mit einem Leuchten in den Augen.

Und damit andere sich das vorstellen konnten, wie er die Zeit dort empfunden hat, beschrieb er es gerne mit einer nicht endenden Klassenfahrt, die mehrere Jahre dauert. In seinem Fall waren es fünfeinhalb.

Er stand jetzt vor Andres Grab und las seinen Namen auf dem weißen Marmor. Mit Entsetzen stellte er fest, dass ein weiterer Name in Gold auf dem Grabstein eingraviert war. Es war Andres Mutter. Sie war vor fast genau zwei Jahren gestorben. Michael wollte nicht glauben, was er da sah, es zitterten ihm die Knie und am liebsten hätte er sich jetzt hingesetzt. Das war aber nicht möglich und so blieb er einfach noch ein paar Minuten regungslos stehen und starrte auf diesen Stein. Jetzt auch noch Andres Mutter, dachte er bei sich und versuchte sich vorzustellen, wie es Hans, Andres Vater, jetzt geht.

Seit zehn Jahren hatten sie keinen Kontakt mehr, nachdem sie sich die zehn Jahre davor sehr häufig gesehen hatten. Wann immer es Michaels Zeit zuließ, hatte er sie mit Louise zusammen gerne besucht. Diese gemeinsamen Abende hatten ihm viel bedeutet.

Auf dem Weg zurück zu seinem Auto, entschloss er sich, einfach Andres Vater zu besuchen, ohne sich anzumelden, ohne darüber nachzudenken, ob man ihn überhaupt sehen will. Aber warum nicht? Ja warum eigentlich nicht? Es waren nur ein paar Straßen weiter und ihm ein starkes inneres Bedürfnis dort hinzufahren, wo er früher so viele unbeschwerte Wochenenden verbracht hatte.

Er schaute auf die messingfarbene Türklingel, dort stand noch immer der Name „Lesage". Auch sonst hatte sich auf den ersten Blick nichts verändert. Eine Haushälterin in einem schwarzen Kostüm öffnete langsam die Tür. Sie schien überrascht zu sein, ihn zu sehen, auf Besuch war sie nicht eingestellt.

„Guten Tag, mein Name ist Michael, Michael Petersen. Ich bin ein alter Freund der Familie. Ich hätte gerne Andres Vater gesprochen."

„Kommen Sie herein, der Doktor sitzt im Wohnzimmer. Soll ich vorgehen?"

„Danke, das ist nicht nötig", sagte er höflich. „Ich kenne mich hier aus." Er schritt durch das große Haus, auf dem direkten Weg ins Wohnzimmer. Auch hier, so war sein Eindruck, hatte sich nichts verändert. Als Michael den leicht abgedunkelten Raum betrat, war er sichtlich erschrocken über den Anblick, der sich ihm bot.

Herr Lesage war stark gealtert, er wirkte müde und sein fahles eingefallenes Gesicht war grau und unrasiert. Neben ihm stand ein Rollstuhl.

„Hallo, wie geht es dir?" fragte Michael und beugte sich zu ihm herunter, um ihn in den Arm zu nehmen.

„Michael, du bist es. Schön dich zu sehen. Setz dich doch."

Er zeigte dabei auf das braune Ledersofa, was ihm gegenüber stand.

„Wo kommst du her? Wir haben schon lange nichts mehr voneinander gehört? Wie lange ist das bloß her?", fragte Herr Lesage leise mit einer Stimme, die in Wehmut getränkt war.

„Ich glaube zehn Jahre ist es her", sagte Michael und erschrak über diese große Zahl, über diesen langen Zeitraum, der ihm gefühlt viel kürzer vorkam.

„Und wo kommst du jetzt gerade her?“

„Ich war das Wochenende in Fürstenwald mit Louise“

„Schön, … gibt es da was Neues?“

„Oh, ja vieles, da weiß ich gar nicht wo ich anfangen soll“, lächelte Michael.

„Ach, erzähl mal wie es Louise geht. Was macht sie so?“

„Sehr gut, sie war mit ihrer Tochter da.“

„Mit ihrer Tochter?“

„Ja, eine ganz Niedliche.“

„Wie schön.“

„Ja,. und ich musste auch noch erfahren, dass unser ehemaliger Direktor Herr Dr. Fritsch bei der Napola war. Du kannst dir sicher vorstellen, dass mich das ganz schön schockiert hat. Auch nach all denn Jahren noch.“

Herr Lesage schauten ihn berührt an: „Bei der Napola. Euer Direktor war ein Nazi? Das höre ich zum ersten Mal.“

„Als ich das erfahren habe, musste ich unweigerlich wieder an die Vergewaltigung denken und wie wir damals durchs Abi geflogen sind. Weißt du noch die Semesterarbeit von Andre, die er angeblich nicht abgegeben haben soll. Oder die Razzia. Oh mein Gott, waren das damals grausame bewegte Zeiten, die wir durchgemacht haben. Andre und ich. Herrn Dr. Fritsch hat man dafür nie zur Verantwortung gezogen. Auch all die Jahre später nicht.“

Herr Lesage hatte ihm sehr aufmerksam zugehört.

„Michael, wenn du das alles so erzählst, willst du mir damit sagen, dass ihr euch das damals nicht ausgedacht habt?“, fragte er verunsichert, schon fast entschuldigend.

„Natürlich haben wir uns das nicht ausgedacht. Wir waren sicher fantasievoll und auch recht unbequem. Aber diese Vorkommnisse, die haben sich damals tatsächlich so ereignet“, sagte Michael überzeugend.

„Das habe ich mir nicht vorstellen können. Wenn du das jetzt so erzählst, nach über zwanzig Jahren, bin ich schon sehr überrascht.“ Mit einer Geste der Verlegenheit, fuhr er sich durch seine weißen Haare.

„Hans, du warst nicht der Einzige. Niemand hat uns geglaubt. Niemand hat uns geholfen, wir waren nur auf uns alleine gestellt. Irgendwann waren wir an einem Punkt angelangt, an dem wir niemandem mehr etwas erzählt haben."

„Wenn ich könnte, dann würde ich das alles ungeschehen machen."

Es fiel Herrn Lesage sichtlich schwer sich zu unterhalten, seine Stimme war belegt. Sein Blick glasig und leer.

Michael suchte nach den richtigen Worten, er schaute sein Gegenüber an und es entstand ungewollt eine längere Pause. Behutsam begann er den Satz, auch wenn es ihm schwerfiel darüber zu reden.

„Ich war gerade an Andres Grab", sagte Michael, der mit seiner Fassung kämpfte, weil plötzlich eine Wunde aufriss, die nie verheilen konnte.

„Dann hast du es sicherlich gelesen", sagte Herr Lesage bedrückt. Michael nickte leicht mit dem Kopf und senkte seinen Blick, um sich irgendwo festzuhalten.

„Es ging alles ganz schnell. Ich konnte Isa nicht mehr helfen. Der Krebs hatte sich bereits in ihrem ganzen Körper ausgebreitet. Es gab keine Rettung mehr. Ich konnte ihr nicht helfen. Ich konnte beiden nicht helfen. Er schaute dabei hilflos aus dem Fenster, als würde er sich dafür schämen.

„Ich verstehe das nicht, warum habt ihr euch nie mehr gemeldet. Was ist passiert?", wollte Michael wissen, ohne aber einen Vorwurf damit zu verbinden. Diese Frage lag schon so lange auf seiner Seele, dass sie sich nun direkt ihren Weg gebahnt hatte.

„Erst war es nur die Lunge. Es wurde immer schlimmer. Zum Glück bin ich am Tag ihres Todes noch rechtzeitig an ihrem Bett im Krankenhaus gewesen. Sie ist dann in meinen Armen eingeschlafen. …Ich konnte nichts für sie tun. Ich konnte für beide nichts tun."

Seine Frage blieb unbeantwortet und für einen zweiten Anlauf fehlte ihm der Mut.

„Michael, wir haben uns die ganzen Jahre immer wieder gefragt, warum er an diesem Abend ins Auto gestiegen ist. Warum ist er nur gefahren? Warum nur Michael?"

Wieder schaute er auf den Boden, um sich irgendwo festzuhalten, es war, als würde er eine Schlucht hinunterschauen, gelähmt vor Angst, einen falschen Schritt zu machen, etwas Falsches zu sagen. Gleich danach schaute er wieder auf. Es wurde ihm schwindelig. Er überlegte sich seine Antwort und schaute ihn an, aber kein Wort kam über seine Lippen.

Sollte er nun diesem gebrochenen Mann, der vor ihm saß, davon erzählen, was Louise ihm anvertraut hatte. Würde sich jetzt noch etwas ändern? Könnte ihm das Trost spenden? Er wirkte erschöpft, ohne Lebensmut, in sich zusammengefallen. Nur noch in der Vergangenheit lebend, weil alles was morgen ist, nicht mehr zählt, keinen Glanz mehr hat, um danach zu greifen.

Michael wusste keine Antwort auf so viele Fragen, zu viel war geschehen an diesen zwei Tagen.

„Er fehlt mir auch", war alles, was er jetzt noch sagen konnte, für mehr hatte er nicht die Kraft.

Und so saßen sie noch eine ganze Weile zusammen, um sich über alltägliche Dinge zu unterhalten. Kein Wort mehr über Andre und die quälende Vergangenheit. Bei der Verabschiedung versprach Herr Lesage sich zu melden.

Es war das letzte Mal, dass sie sich sehen sollten, aber das wusste er in diesem Moment noch nicht.

Wenige Tage vor Andres zwanzigstem Todestag, wieder um den elften Mai herum, versuchte Michael Herrn Lesage telefonisch zu erreichen. Er wollte sich mit ihm verabreden, um diesen Tag gemeinsam zu begehen. Der Gedanke, dass er alleine an dem Grab seines Sohnes und seiner Frau stehen könnte, war für ihn unerträglich gewesen. Michael versuchte schon früh, ein paar Tage vorher, ihn zu erreichen.

Es war noch immer die gleiche Telefonnummer, die er wieder und wieder wählte. Aber leider ohne Erfolg.

Später erfuhr er von der Haushälterin, dass Herr Dr. Lesage schon ein paar Tage zuvor ins Krankenhaus eingewiesen worden war. Der Alkohol, die Tabletten und sein Schmerz, hatten seinen Körper, sein Herz geschwächt. Aber dennoch schaffte er es noch einmal, das Krankenhaus zu verlassen, um ein paar Tage später in seinem Haus im Schlaf zu sterben.

Damit war die letzte Verbindung zu seinem besten Freund für immer ausgelöscht. Ein paar persönliche Dinge durften er und Louise aus dem Nachlass behalten. Es waren alte Fotos, ein grauer Schiefertisch, der in

Andres Zimmer stand. Ein paar Schallplatten, seine Modellautosammlung und eine kleine Anzahl Bücher.

Michael fuhr auf die Auffahrt seines Hauses. Der Kies knirschte unter den Reifen des geschlossenen Wagens. Nachdem er den Motor abgestellt hatte, blieb er noch einen Moment sitzen und schaute sich um. Seine größere Tochter hatte aus ihrem Fenster im ersten Stock ihn ankommen gesehen und lief nun aus der Tür ihrem Vater entgegen. Ihre langen blonden Haare wurden von einer leichten Brise durcheinandergeweht.

Sie hatte ein bezauberndes Lächeln auf ihrem hübschen Gesicht und wann immer Michael ihren Namen aussprach, so vergaß er nie, sich auch ihren Zweitnamen in Erinnerung zu rufen, der so lautete wie der seines besten Freundes. Andre, der viel zu früh gegangen ist und dessen gemeinsame Geschichte er für immer in sich tragen würde, solange bis der letzte Vorhang fällt.

„Hallo Papa, du warst aber ganz schön lange weg." Michael öffnete die Tür des Wagens.

„Es waren doch nur zwei Tage."

„Das kam mir wie eine Ewigkeit vor", sagte sie und hielt die Wagentür fest, als Michael ausstieg. Er umarmte seine Tochter fest und innig, die seiner Frau Ina jeden Tag ähnlicher wurde.

„So mein Schatz, was habt ihr denn die ganze lange Zeit gemacht?" fragte er, als sie zur Eingangstür des Hauses gingen, in der schon seine kleine Tochter stand und auf die beiden wartete.

„Erzähl erst du. Was hast du gemacht?"

„Ich habe mich mal wieder daran erinnert, was das Wichtigste im Leben ist."

„Und?"

Er schaute die beiden an, und ohne eine Antwort zu geben, nahm er sie noch einmal in den Arm.